COM LOUVOR

Obras da autora publicadas pela Editora Record:

Com Louvor

Gossip Girl
O início – *Só podia ser você*
Volume 1 – *As delícias da fofoca*
Volume 2 – *Você sabe que me ama*
Volume 3 – *Eu quero tudo!*
Volume 4 – *Eu mereço!*
Volume 5 – *Do jeito que eu gosto*
Volume 6 – *É você que eu quero*
Volume 7 – *Ninguém faz melhor*
Volume 8 – *Nunca mais!*
Volume 9 – *Vai sonhando*
Volume 10 – *Eu não mentiria para você*
Volume 11 – *Não me esqueça*
Volume 12 – *Eu sempre vou te amar*

It girl
Volume 1 – *Garota problema*
Volume 2 – *Uma garota entre nós*
Volume 3 – *Garota sem limite*
Volume 4 – *Garota inesquecível*
Volume 5 – *Garota de sorte*
Volume 6 – *Garota em tentação*

Gossip Girl: Carlyles
Volume 1 – *Gossip Girl: os Carlyles*

Cecily von Ziegesar

COM LOUVOR

Tradução de Ryta Vinagre

GALERA RECORD
RIO DE JANEIRO • SÃO PAULO
2011

CIP-BRASIL. CATALOGAÇÃO-NA-FONTE
SINDICATO NACIONAL DOS EDITORES DE LIVROS, RJ

Von Ziegesar, Cecily, 1979-
V92c   Com louvor / Cecily von Ziegesar; tradução de Ryta
Vinagre. -- Rio de Janeiro: Galera Record, 2011.

Tradução de: Cum laude
ISBN 978-85-01-08633-4

1. Ficção juvenil americana. I. Vinagre, Ryta. II. Título.

11-3823.   CDD: 028.5
                                        CDU: 087.5

Título original em latim:
Cum laude

Copyright © 2010 Cecily von Ziegesar
Os copyrights deste livro continuam na página 317.

Todos os direitos reservados. Proibida a reprodução, no todo ou em parte, através de quaisquer meios. Os direitos morais do autor foram assegurados.

Texto revisado segundo o novo Acordo Ortográfico da Língua Portuguesa.

Direitos exclusivos de publicação em língua portuguesa somente para o Brasil adquiridos pela
EDITORA RECORD LTDA.
Rua Argentina, 171 – Rio de Janeiro, RJ – 20921-380 – Tel.: 2585-2000, que se reserva a propriedade literária desta tradução.

Impresso no Brasil
ISBN: 978-85-01-08633-4

Seja um leitor preferencial Record.
Cadastre-se e receba informações sobre nossos
lançamentos e nossas promoções.
Atendimento e venda direta ao leitor:
mdireto@record.com.br ou (21) 2585-2002.

EDITORA AFILIADA

Para meus professores

Considerando a falta de rumo do mundo, parece que muitas pessoas fazem faculdade e saem dela sem realmente se indagar sobre quem são.

— Prefácio, *The Insider's Guide to the Colleges*, 1992

I

A universidade é para os apaixonados. Pelo menos, esta era. Surgindo acima das árvores em seu pedestal na colina, a Dexter College era tão incrivelmente bonita e, ao mesmo tempo, tão acadêmica, que ficava deslocada em seu ambiente rural quase tanto quanto alguns alunos. O campus era fortificado de todos os lados por bosques de antigas coníferas, bétulas altas e bordos copados, de modo que só o cume altivo e branco da capela da universidade era visível da cidade. A avenida Homeward, que, vindo da Interestadual 95, levava ao campus, continuava descendo até a cidade "se-piscar-não-vê" de Home, no Maine, que consistia em um Walmart, uma Shop'n Save, um hotel Rod and the Gun Club, além de algumas lojas familiares frequentadas somente pelos locais.

Se pudesse, Shipley Gilbert teria disparado a pé colina acima até o campus, mas, como a Mercedes de sua família estava carregada das coisas básicas de caloura para um semestre, ela precisava ir de carro. Pelo menos a mãe não a acompanhara. Shipley insistira nisso.

Ela manobrou o carro para uma das vagas temporárias do estacionamento, em frente a um imponente prédio de tijolos, com a palavra "Coke" gravada em mármore no alto de suas portas pretas duplas. O estacionamento estava movimentado. Estudantes carregavam suas malas de rodinhas e caixas de papelão, pais puxavam cães em coleiras, irmãs mais novas giravam as saias, irmãos mais novos fingiam atirar nos passarinhos com os dedos, mães se abanavam no ar úmido. O céu era azul; a grama, verde e recém-aparada; e os tijolos, aparentes, vermelhos e limpos. Um grupo de meninos de camiseta em batique jogava Hacky Sack[*] no imenso gramado. Um lindo e jovem professor de literatura inglesa estava sentado de pernas cruzadas, lendo em voz alta *Folhas de relva*, de Walt Withman, tentando inspirar sede por algo além de cerveja no semicírculo de calouros que se remexiam, sentados em volta dele. Três meninas de idênticos uniformes cor-de-rosa corriam para o ginásio de esportes.

A Dexter College era exatamente como se anunciava.

Shipley saiu do carro, liberando o cheiro de cigarros Camel e do chiclete Juicy Fruit no ar ensolarado. Jamais foi de fumar ou mascar chicletes, mas decidiu cultivar os dois hábitos no caminho até a universidade. Um vento de final de agosto farfalhava as folhas dos bordos que ficavam entre o carro e o pátio, naquele longo trecho de gramado no meio do campus da Dexter. Do outro lado, prédios de tijolinhos

---

[*] Um tipo de futebol jogado com uma pequena bola de pano. (N. do T.)

vermelhos com imensas colunas brancas competiam entre si por atenção. A imaculada capela branca de madeira se destacava no alto da colina, em uma das extremidades do pátio, e o novo prédio rosa de estuque e vidro do grêmio estudantil ficava do outro lado, uma justaposição perfeita de tradição e modernidade.

"Tradição e Modernidade" era o mais recente lema da universidade, doutrinado durante a inauguração do grêmio, em junho. A livraria da Dexter College até vendia um par de sinos de vento com a palavra "tradição" impressa em um dos sinos grosso de bronze e "modernidade" em seu parceiro de aço inox fino. É claro que o papel timbrado da Dexter College ainda trazia seu lema original em latim — *Inveni te ipsum* (Conhece-te a ti mesmo) —, mas pouquíssimos alunos sabiam ou se preocupavam em descobrir o que significava.

Shipley respirou o ar puro do campo e imaginou-se chutando folhas de bordo neste outono, quando estivessem vermelhas e crespas, e cobrissem o chão. Vestida em seu suéter creme de tricô preferido, ela andaria pelas calçadas de pedra com um grupo de novos amigos bebendo café aromatizado com avelã do Starbucks, discutindo poesia, arte e esqui *cross-country*, ou o que as pessoas conversassem no Maine. Ansiosa para se enturmar, abriu a mala do carro e pegou as alças de sua maior bolsa de viagem.

— Quer ajuda? — Dois meninos apareceram a seu lado, abrindo sorrisos ansiosos e prestativos.

— Meu nome é Sebastian. — O mais alto estendeu a mão para a bolsa e se abaixou para pegar outra no carro. — Todo mundo me chama de Sea Bass. — Ele atirou a segunda bolsa ao amigo, cuja cabeleira densa só podia ser descrita como afro-grega. — Este é Damascus.

Damascus segurou a bolsa de viagem contra o peito volumoso. Os nós dos seus dedos eram carnudos e bronzeados.

— Somos totalmente inofensivos — garantiu-lhe com um sorriso malicioso.

Shipley hesitou.

— Vou para o terceiro andar. Quarto 304. Será que é uma subida puxada?

— Que máximo! — exclamou Sea Bass, os cantos da boca subindo tanto que quase tocaram as pontas das costeletas cuidadosamente aparadas. — Bem do lado da gente! — Ele largou a bolsa de Shipley no chão e lançou os braços ao redor dela, abraçando-a com tanta força que a ergueu do chão. — Bem-vinda ao primeiro dia do resto de sua vida!

Shipley recuou, sobressaltada, e colocou o cabelo louro e comprido para trás das orelhas, corando intensamente. Não estava acostumada a ser abraçada por meninos simpáticos e impetuosos. Ela fora aluna de uma escola para meninas, a Greenwich Academy, desde o jardim de infância. Havia uma escola correspondente para meninos, a Brunswick, e ela cantava no coral deles e até tinha um parceiro de laboratório no curso de química avançada. Mas como o pai era do tipo ausente na maior parte do tempo e o irmão mais velho era estranho e distante e estudava em internatos desde que ela se entendia por gente, Shipley continuava sem saber como se comportar perto de homens. Ela contornou o carro e abriu a porta do banco traseiro, onde colocara o travesseiro de penas de ganso e o CD player portátil, imaginando se levaria essa confraternização com os homens com a mesma facilidade com que estava fumando e mascando chicletes.

— Tudo bem. — Ela enfiou o travesseiro debaixo do braço e bateu a porta. — Estou pronta.

— E aí, por que escolheu a Dexter? — perguntou Sea Bass enquanto Shipley o seguia pela escada escura e sinuosa do Coke.

Shipley deu de ombros.

— Sei lá — respondeu vagamente. — Meu irmão era daqui. — Ela parou. — E eu não consegui entrar para a Dartmouth.

— Nem eu — acrescentou Damascus atrás dela. — Acho que foi por isso que viemos parar aqui, né?

Shipley seguiu Sea Bass pelo corredor. Havia um quadro branco na porta de cada quarto para que os alunos pudessem trocar recados. Na véspera, os funcionários da Sub-reitoria de Alojamentos e Vida Acadêmica tinham escrito nos quadros os nomes dos alunos que ocupariam cada quarto. Os nomes "Eliza Cheney" e "Shipley Gilbert" estavam escritos numa letra cursiva e trabalhada no quadro do lado de fora do 304.

O quarto era pequeno e simples, com duas camas de solteiro encostadas às paredes brancas. Uma mesa larga de madeira ficava diante da única janela, com uma cadeira de cada lado e uma luminária no meio. Do outro lado da mesa havia um gaveteiro embutido com um grande espelho retangular e uma tomada para secador de cabelos ou chapinha na parede acima. As gavetas eram emolduradas por dois espaços estreitos e retangulares com suporte de madeira para pendurar roupas. As paredes brancas estavam recém-pintadas, mas os móveis de madeira e o piso de linóleo laranja estavam arranhados e sujos de marcas de caneta, dando ao quarto um toque institucional deprimente.

Shipley se sentou, ocupando a cama mais próxima da porta. Sea Bass e Damascus pararam na soleira.

— Quer uma cerveja? — perguntou Sea Bass. — Nós encomendamos um barril.

— E tem funil! — Damascus uivou.

No corredor, Shipley ouvia pais em suas derradeiras despedidas.

— Não temos que ir logo para a orientação? — perguntou ela.

A orientação de calouros era uma tradição da Dexter. Os alunos recém-chegados passavam uma noite acampados no bosque, com o companheiro de quarto, e cinco ou seis outros calouros, sob a orientação de um dos professores.

— Que nada... — Damascus passou as mãos na barriga gorducha. — Somos do terceiro ano. Já passamos por isso. Só chegamos mais cedo para a festa.

Sea Bass entrou e abriu a janela o máximo possível. Empoleirou-se no peitoril, esticando as pernas compridas. Os joelhos dos jeans estavam rasgados como recortes gigantes de papel.

— Eles dão a todos os calouros os menores e piores quartos. O nosso parece um palácio se comparado ao seu. — Ele observou Shipley afofar o travesseiro e atirá-lo no colchão. — E aí, de que curso seu irmão era?

Shipley nunca pensara em como responderia a uma pergunta dessas. Quatro anos antes, ela estivera ali com os pais para deixar Patrick em seu alojamento, um quarto de solteiro no primeiro andar. Ele se sentou na cama ainda de jaqueta, a mala cuidadosamente colocada a seus pés, e se despediu deles com um aceno animado. Dois meses depois, a universidade ligou para reclamar que Patrick raras vezes ia às aulas e que costumava ficar dias seguidos fora do campus. Um mês depois, ligaram para dizer que ele tinha desaparecido completamente, deixando para trás a mala ainda intacta.

Apareceram rastros de Patrick nas contas do cartão de crédito. Ele tinha ido a bares, hotéis e restaurantes por todo o Maine. Depois chegaram os relatórios da polícia. Ele invadira casas desocupadas para se aquecer e dormira em estacionamentos, acampamentos ou praias. Havia roubado uma bicicleta novinha. Depois chegaram as contas do pronto-socorro. Ele teve pneumonia, ulceração pelo frio e intoxicação por hera venenosa.

Os pais de Shipley tentaram deixar um recado dizendo para ele voltar para casa ou pelo menos telefonar, mas Patrick nunca fez isso. Quando terminavam o jantar e Shipley ia para seu quarto terminar o dever de casa, eles ficavam sentados à mesa por muito tempo, bebendo em silêncio. Às vezes a mãe chorava. Uma vez, o pai quebrou um prato. Por fim, eles cancelaram o cartão de crédito de Patrick e o consideraram perdido para sempre.

"Pelo menos temos Shipley", diziam.

— Ele não se formou — explicava Shipley agora, abanando-se com a mão. Apesar da janela aberta, o ar no quarto era denso e quente. — Foi embora — esclareceu ela. — Ninguém sabe realmente para onde.

— Que bizarro — disse Damascus da porta.

— *Excusez-moi?* — Uma menina com cabelo preto e liso colocou a cabeça por cima do ombro dele. — Já estão falando de mim?

— Desculpe. — Damascus entrou no quarto e tentou colocar as mãos nos bolsos. A calça de veludo cotelê marrom era tão apertada na cintura que só coube um dedo.

A menina usava um short jeans preto tão curto que mostrava o forro branco e desfiado dos bolsos.

— Meu nome é Eliza. — Ela apontou para Shipley. — Ei, você está na minha cama.

Shipley se colocou de pé num salto.

— Não preciso ficar com esta cama — gaguejou ela.

Eliza revirou os olhos. Estava acostumada a matar as pessoas de susto, era sua especialidade, mas se não quisesse que a nova colega de quarto a odiasse instantaneamente, teria de fazer um esforço para ser legal.

— Eu estava brincando. Só tentei te fazer de boba. Desculpe. Agora quem se sente boba sou eu. E eu entrei para Harvard.

— Tá de sacanagem. — Sea Bass assobiou. — Então, o que está fazendo aqui?

Eliza deu de ombros. Ela escolhera ir para Dexter em vez de Harvard porque a menina que a guiara pelo campus da Dexter estava de patins gastos e antiquados com pompons amarelos nos cadarços e ficara o tempo todo de costas para o grupo. Da visita, ela só se lembrava disso. Parecia-lhe que, numa faculdade pequena, tediosa e vagamente hippie da Nova Inglaterra como a Dexter, os excêntricos realmente se destacavam, enquanto num lugar como a Harvard ninguém notava a presença deles. E ela queria ser vista.

— Sei lá. — Ela deu de ombros. — Soube que a comida é melhor.

Sua mala verde militar, a única que tinha trazido no ônibus vindo de Erie, na Pensilvânia, bloqueava o corredor como um cadáver. Ela a arrastou para o quarto.

— Esta parece boa — disse ela a Shipley, tentando controlar o tom insolente enquanto se sentava na cama encostada à parede mais distante. Ela se virou para Sea Bass, ainda empoleirado no peitoril da janela. — E você, mora onde? — perguntou, a insolência voltando. Era evidente que os meninos só estavam por ali porque Shipley era loura e bonita. Ela também parecia estranhamente tímida, o que era bom, porque Eliza era tudo, menos isso. Elas se entenderiam muito bem. Duas ervilhas numa fava. Duas abóboras num canteiro. Duas galinhas num poleiro, ou seja lá como for a merda do ditado. — Porque eu preciso muito contar meus absorventes antes de a orientação começar.

Sea Bass se levantou rapidamente. Damascus já tinha sumido.

— Lembre-se de que tem um barril esperando por você quando voltar! — disse Sea Bass antes de fechar a porta.

Procurando alguma coisa para fazer, Shipley abriu a menor das duas malas e pegou seu novo jogo de cama da Ralph Lauren. Podia sentir Eliza observando-a rasgar o plástico e retirar o lençol da embalagem. Ela tinha passado muito tempo escolhendo os lençóis novos na Lord & Taylor, em Stamford. Foi a primeira coisa que comprou para si, e queria que fossem os lençóis certos. Algo na padronagem, com o roxo-escuro, o azul-marinho e o verde-mata em espiral parecia rebelde o bastante para dizer "universidade", ainda sendo Ralph Lauren.

— Legal — comentou Eliza. — O lençol é legal de verdade — esclareceu ela. — Sério.

— Obrigada. — Shipley não sabia se a nova colega de quarto estava sendo inteiramente sincera. Ela esticou o lençol sobre o colchão, enfiando-o para baixo onde estava sobrando. — Eu disse àqueles caras que não consegui entrar para a Dartmouth, mas na verdade consegui. — O fato de que ela e Eliza tinham escolhido a Dexter no lugar de uma universidade da Ivy League pelo menos lhes dava alguma coisa em comum. — Como você, eu decidi vir para cá. — Ela alisou as rugas do lençol. O quarto já parecia melhor.

— Como assim? — Eliza abriu o zíper da mala e puxou para fora uma coleção de livros: *A redoma de vidro*, *O jardim dos esquecidos*, *Entrevista com o vampiro*; e um pé de coelho gigantesco numa correntinha de ouro. Ajoelhando-se no colchão, ela prendeu a corrente na parede com uma tachinha de modo que o pé de coelho ficasse pendurado sobre sua cabeceira. Voltou a se sentar e sorriu, deliciando-se com sua mistura perversa de vulgaridade, brutalidade e desespero.

Shipley sacudiu o lençol de cima. Seus pais ficaram irritados quando ela se candidatou à Dexter. Quando decidiu ir, quase pararam de falar com ela. É claro que culpavam a universidade por não vigiar Patrick. E onde exatamente Shipley esperava chegar desse jeito? A Dartmouth era uma universidade muito superior. Mas agora Shipley tinha 18 anos e estava cansada de ser a certinha à sombra do irmão que sempre fazia tudo errado. Para ela, a Dexter representava uma espécie de guarda-roupa sem fundo, um portal para uma vida muito mais interessante que a que tivera até agora.

Patrick tinha vindo para cá e depois — gloriosamente — *desaparecera*.

Alguém bateu à porta.

— Shipley Gilbert? Eliza Cheney?

Eliza foi abrir a porta.

— Quem quer saber?

Uma figura alta e magra de cabelo castanho espetado, queixo quadrado, um proeminente pomo de Adão e lóbulos compridos e decorados, com dois brincos de ouro minúsculos, olhou friamente para ela. Eliza examinou a bermuda larga, a camiseta grande da Dexter e as sandálias de tiras de camurça marrom. Homem ou mulher? Era impossível saber.

— Sou Darren Rosen, líder da orientação. Está na hora de irmos. Não se esqueçam: estamos no Maine. Levem algo quente para usar à noite.

Eliza pegou o primeiro suéter que achou: com gola em V e de lã acrílica magenta, que havia comprado na JC Penney. Magenta era como um grande e sonoro "foda-se" para o rosa-claro, uma cor que ela odiava mortalmente. Ela embolou o suéter e o enfiou embaixo do braço, olhando Shipley vasculhar uma pilha de suéteres bonitos até se contentar com um cardigã de tricô creme com bolsos e amarrá-lo na cintura Ela parecia uma modelo num daqueles catálogos de roupas que a mãe de Eliza sempre jogava fora porque "Penney tinha tudo".

Elas seguiram Rosen escada abaixo, saindo do alojamento. A maioria dos outros calouros já fora para a orientação e o estacionamento temporário estava tranquilo.

— Ah, não! — exclamou Shipley. — Meu carro! — Ela disparou em direção a uma Mercedes preta e elegante com placa de Connecticut. Um ticket amarelo de estacionamento fora enfiado por baixo de um dos limpadores de para-brisa.

— Depressa! — ordenou Rosen. — O estacionamento principal fica do outro lado da rua. Vamos esperar por você na van.

A descrição da colega de quarto de Eliza não mencionava que Shipley seria linda ou loura, ou que tinha uma Mercedes preta com minúsculos limpadores nos faróis. Não falava que as pernas magras e bronzeadas dela ficavam ótimas de short branco, especialmente quando ela corria, o que fazia agora com a elegância tranquila de um puro-sangue. Eliza não sabia dirigir, suas pernas eram pálidas e nada definidas, e o único short que tinha era o jeans preto surrado que usava. Estava cada vez mais difícil não sentir inveja de Shipley, e mais ainda não ter ódio dela.

Rosen abriu a porta da van, uma Chevrolet marrom amassada com o logo da Dexter contendo um único pinheiro verde. Eliza não conseguiu deixar de pensar que Harvard provavelmente tinha toda uma frota de Mercedes.

A van cheirava a mofo e estava lotada. Rosen, que na realidade era mulher, batia os dedos com impaciência no volante enquanto Eliza se espremia no banco do fundo ao lado de três meninas que usavam camisetas da Dexter rosa-claro de manga curta. Essa camiseta feminina era um novo modelo e acabou fazendo sucesso com as recém-chegadas. A livraria já esgotara todas.

Na segunda fila de bancos, bem em frente a Eliza, Tom Ferguson e Nicholas Hamilton esperavam com impaciência que a professora Rosen desse a partida no motor e ligasse o ar-condicionado.

— Esquisitos — murmurou Tom. Esquisitos com seus gorros de lã e sandálias de couro. Até mesmo quem estava encarregado dessa excursão de orientação, a pessoa ao volante com o cabelo castanho espetado e brincos de ouro. Homem ou mulher? Ele não tinha a menor ideia.

— Por que eu tenho que ir a esse lugar, mesmo? — perguntou ele ao pai naquela manhã no carro. Os pais de Tom lhe deram um jipe Cherokee novo de presente de formatura. O pai foi no jipe com ele enquanto a mãe os seguia no Audi.

— Porque você deve seguir seu legado e é o melhor lugar para você — lembrou-lhe o pai. — Olhe, não desanime, garoto. A Dexter é minha *alma mater* e veja o que me tornei: ge...

— Tá, pai. Eu sei, eu sei. Gerencia seu próprio negócio, num casamento feliz com uma linda mulher, dois filhos em boas universidades, uma casa grande em Bedford, casa de praia no Cape.

Tom alisou o cabelo preto para trás com a mão — o que restara dele, aliás. Queria cortar curto para o triatlo de Westchester, mas o barbeiro do pai não entendeu e fez um corte estilo militar. Ele olhou o pai. O cabelo grisalho e elegantemente aparado era impecável. A pele era impecável. A camisa branca era impecável. Ele parecia uma porra de "propaganda do homem", para citar *O grande Gatsby*, o único livro obrigatório na escola de que Tom realmente gostou e que terminou de ler. Mas ele nem sempre fora assim. Tom vira fotos do pai na faculdade. Um hippie de pele feia, cabelo comprido e embaraçado, sorriso de doidão e espinhas por todo canto, até nas pálpebras.

O pai olhou pela janela e assentiu com aquela irritante mistura paterna de sagacidade e nostalgia.

— A Dexter vai surpreendê-lo.

— *Como* vai me surpreender? — perguntou rispidamente Tom, pisando no acelerador. Ele pensou que talvez o pai fosse lhe contar sobre uma sociedade secreta clandestina da Dexter, onde os homens eram trazidos à tona nos meninos e as mulheres só queriam uma coisa.

Mas o pai se limitou a lhe dar um tapinha no ombro e sorrir enigmaticamente.

— Não faço ideia.

As janelas da van estavam abertas. Tom olhou os gramados verdejantes, tão verdes que doíam, e ouviu os passarinhos cantando a plenos pulmões. Sempre reparava nessas coisas; o ambiente onde se encontrava. Ele se deixava envolver. Virou-se para o garoto sentado ao lado, seu novo colega de quarto. Haviam se encontrado brevemente no quarto antes dele e dos pais saírem para almoçar qualquer coisa.

— Nicholas? — Tom se voltou para o esquisito-usando-gorro-de-lã. — É assim que prefere ser chamado?

O cara tirou os fones dos ouvidos. Cachos de cabelo louro-escuro caíam sobre a gola do blusão bordado e bege de gente estranha. Na verdade, mais parecia uma túnica, uma vez que descia quase até os joelhos.

— Prefiro Nick.

Tom remexeu as pernas, irritado. Se Nicholas queria ser chamado de "Nick", por que não colocou simplesmente "Nick" nos formulários de matrícula, como Tom tinha colocado "Tom" nos dele? Ninguém o chamava de "Thomas"; nem mesmo sua bisavó.

— Ei, professor — chamou ele, se dirigindo à figura ao volante. — Alguma chance de a gente partir logo, cara? Essa van podia ter um pouco de circulação de ar.

— *Ele é ela* — cochichou Nick. — Professora Darren Rosen. Ela dá uma matéria no último ano chamada androginia. Li sobre ela em um dos guias da universidade.

— Meu Deus. — Tom se perguntou se era tarde demais para pedir transferência para uma universidade com menos esquisitos. Olhou pela janela, observando a vasta paisagem de bosques sombrios, fazendas lamacentas e cidades deprimentes de merda em volta da colina em que se empoleirava a universidade. — Lama, mato e árvores... Lama, mato e árvores... — murmurou ele.

Uma das meninas atrás dele deu um chute no encosto de seu banco.

— Fala sério, cara. Estamos em Maine... *A terra das férias*, sabe? As pessoas vêm para cá por causa da paisagem. Você devia se sentir honrado.

Tom se virou para encarar a menina de cabelo escuro e curto e uma expressão permanente de mau humor.

— Vá se foder você também — acrescentou Eliza, reconhecendo aquele olhar.

— Eu estava pensando em acampar nos arredores do campus. Sabe, enquanto o tempo ainda está quente. Quem sabe construir um iurte? — Nick refletia em voz alta, sem perceber a pequena troca de insultos entre Tom e Eliza.

Nick era uma dessas pessoas felizes, Eliza percebeu. Usava o uniforme hippie padrão de internato, e o sorriso permanente devia ser induzido por maconha, mas ela apostava que ele sorria assim mesmo quando não estava chapado.

Um cara tão feliz que a deixava louca. Ela queria devorá-lo ou maltratá-lo, ou as duas coisas.

Nick recolocou os fones nos ouvidos. Eliza tinha razão: ele era feliz. E mais feliz do que nunca quando ouvia um de seus discos preferidos: *The Concert in Central Park*, de Simon and Garfunkel. A mãe o levara a um show deles quando ele tinha 7 anos; só os dois. Ela dividiu um baseado com as pessoas que dançavam na grama perto deles e até o deixou dar um tapa, só por diversão.

Depois de quatro anos de internato, Nick deveria ter se acostumado a ficar separado da mãe e da irmã mais nova, mas já estava com saudades de casa. Passara o verão todo na cidade com elas, ouvindo música e fazendo piqueniques no parque. A viagem de ônibus até Dexter fora muito solitária. Ele até abrira mão de um sanduíche do Subway com Tom e os pais dele para poder ligar para casa. A mãe estava no trabalho e Dee Dee na creche, mas tinha sido bom ouvir a voz das duas na secretária eletrônica.

— E o que é um... Como você chamou mesmo? Um iurte? — perguntou Tom a ele.

— Hein? — Nick manteve os fones nos ouvidos, tentando se desligar do fato de que o novo colega de quarto iria matá-lo e devorá-lo antes que as aulas começassem.

— Um iurte. — Tom levantou a voz. — Que diabos é isso?

Nick se iluminou. Talvez Tom se animasse se recebesse boas vibrações.

— Ah, é tipo uma barraca grande e permanente. Vou perguntar à faculdade se posso construir uma e dormir nela de vez em quando. Sabe como é... para entrar em comunhão com a natureza.

Laird Castle, aluno do último ano do colégio interno de Nick quando ele estava no primeiro, construiu um iurte atrás do prédio de ciências e morou nele até se formar. Ele deveria ter ido para a Dexter, mas a viga mestra da barraca fora atingida por um raio durante uma excursão de acampamento nas Berkshire Mountains, matando-o instantaneamente. Na verdade, Nick não conhecia Laird, apenas admirava sua coleção de gorros com tapa-orelhas tricotados à mão, o adesivo "Carne é assassinato" no para-choque de seu Subaru amassado e a nuvem constante de fumaça de maconha que emanava dos buracos de ventilação do iurte. Mas ele assumira a tarefa de levar o legado de Laird para Dexter. Gostava de pensar em Laird como Yoda, o mestre Jedi manco e verde de séculos de idade de *Guerra nas Estrelas*, e em si como o jovem Luke Skywalker. Para dominar a força, um cavaleiro Jedi em treinamento precisava de um refúgio seguro onde praticar e aperfeiçoar suas habilidades. O iurte seria esse lugar.

Nick espirrou violentamente e enxugou o nariz com as costas da mão. Depois espirrou novamente.

— Meu Deus, cara! — exclamou Tom, enojado.

— Desculpe — disse Nick. — Alergias.

— Saúde — murmurou Eliza lá atrás.

Tom afrouxou um pouco o cinto amarelo-canário e se afastou de Nick. Obviamente, seu novo e alérgico colega de quarto estava louco para convidá-lo a acampar. Eles podiam ter uma velha curtição gay na barraca, iurte ou o que fosse, bebendo Toddy quente, enxugando o nariz um do outro e apoiando-se um nas costas do outro. Mas que droga, por que a faculdade não podia começar logo para ele acabar de uma vez esses quatro anos e começar a trabalhar para o pai?

Ele não precisava de nenhuma orientação idiota. Já estava mais do que orientado, e todas as bússolas apontavam para quatro longos anos de uma merda de sofrimento, a começar por um ano inteiro dividindo o quarto com essa bichinha alérgica de Manhattan.

A professora Rosen deu a partida no motor.

— Lá vem nossa última passageira... Até que enfim. Cheguem para lá, meninos.

Shipley fumara outro cigarro enquanto procurava uma vaga. Nem tinha certeza de que estava fumando direito, mas sentia um entusiasmo singular só de imaginar o que a mãe pensaria se visse o cinzeiro do carro abarrotado de guimbas velhas.

— Não tinha mais vaga, então precisei estacionar na grama — disse ela à professora. — Espero que não tenha problema. — Shipley colocou o cabelo para trás da orelha e pensou em onde se sentaria. Eliza estava bem no fundo, espremida entre três meninas que vestiam camisetas cor-de-rosa iguais.

— Sente aqui! — Dois meninos se afastaram um do outro, abrindo um espaço mais do que suficiente para ela. Um deles tinha a mesma bata J. Crew cor de aveia que ela havia comprado como saída de praia no verão anterior. As abas do gorro de lã mal cobriam os fones do walkman. O outro menino estava de bermuda tactel azul e tinha de se abaixar para não bater a cabeça quase raspada no teto da van.

Shipley afundou no banco enquanto a van saía do estacionamento e descia a colina em direção à cidade. O vento quente e forte entrava pelas janelas abertas, soprando seu cabelo louro para trás.

— Essa brisa é tão boa! — exclamou uma das meninas no banco de trás.

— Incrível! — concordou a amiga.

— Demais! — completou a terceira.

— Olhe, meu nome é Tom. — O mauricinho grandalhão estendeu a mão direita para Shipley. — De Bedford — acrescentou ele, pressupondo que Shipley saberia do que ele estava falando. E ela sabia. Bedford, Nova York, era o primo de segundo grau de Greenwich, em Connecticut. Era terra de caçadas, cavalos e cães farejadores. Shipley cavalgara em Bedford quase todo fim de semana enquanto seu velho pônei ainda era saudável. — E este aqui é o Nick. — Tom olhou para o outro menino. — Nem tente chamá-lo de Nicholas. Eu fiz isso e ele quase me deu uma dentada no saco.

— Ei! — gritou a professora Rosen do volante.

Eliza bufou e chutou o encosto do banco de Shipley. Nick soltou um riso forçado.

— Sou Nick — disse em voz alta. Ele tirou os fones e se inclinou para Shipley. Tinha certo cheiro de manjericão. — Sabe a pessoa que está dirigindo, nossa escrupulosa liderança? — cochichou ele.

Shipley riu.

— O que tem ele?

— Ele é *ela* — cochichou Tom no outro ouvido. — Mas parece uma sapata.

— O nome dela é professora Darren Rosen — continuou Nick. — Tenho certeza absoluta de que ensina inglês no primeiro ano.

Eliza olhou pela janela enquanto entreouvia a conversa. Na verdade, vira Tom e Nick se empertigarem quando Shipley entrou na van. Eles congelaram, como cães de caça excitadinhos. O pai dela tivera dois springer spaniels que usava para caçar patos. Ela reconhecia o comportamento.

A van parou num sinal e um corredor pálido e magrelo passou por eles, a camiseta de basquete marrom da Dexter batendo frouxa nas pernas. Tom se lembrou da famosa pintura de Salvador Dalí de relógios pingando. Ele estava correndo há tanto tempo que derretia.

— Atenção, pessoal! — anunciou a professora Rosen. — Estamos prestes a atravessar o rio Kennebec. Nosso acampamento fica três quilômetros rio abaixo. Se alguém quiser fazer xixi, ache um lugar *longe* do rio. Vamos ter Miojo no jantar. Vocês vão comer muito Miojo neste inverno, então, por que não começar a se acostumar agora?

— *Ai. Eca!* — gemeram as três meninas de camiseta cor-de-rosa num coro desanimado no banco traseiro.

Passou uma fazenda. Um trailer. Um celeiro destruído. Mais trevos, mais margaridas, mais abelhas zumbindo. Vacas imóveis piscaram para a van, os insetos pairando em nuvens sobre suas cabeças.

— Caramba. Viu aquilo? Toda essa região é deprimente como o inferno — queixou-se Tom.

— Ei, cara — replicou Nick. — Pessoas moram aqui. E eles devem nos odiar, sabia? Garotos ricos da cidade indo para a faculdade na cidade deles? Jogando lixo em suas fazendas? Aumentando o preço do bacon, do café e sei lá do que mais.

Nick podia sentir os lóbulos das orelhas corarem em um tom de rosa-escuro. Puxou as abas do gorro para baixo e olhou constrangido para Shipley, que estava ocupada fingindo olhar sonhadoramente pela janela enquanto, secretamente, admirava os tríceps volumosos de Tom. Eliza continuava a encarar o crânio volumoso de Tom, ao passo que Tom se maravilhava ao ver o sol refletido nos pelinhos louros no alto das coxas de Shipley, fazendo-os cintilar. A van pegou uma antiga estrada de cascalho que levava diretamente para o bosque. Passou em alta velocidade por um buraco, movimentando os passageiros enquanto as árvores os envolviam.

2

A relação entre cidade e universidade costuma ser cheia de tensão. A cidade gostaria de pensar que não precisa da universidade, apesar de linda, para atrair visitantes. Afinal, ela tem seu antigo moinho, seu curtume, seu rio volumoso, sua represa imensa. A rua Elm ainda é quase uma perfeição de cartão-postal, apesar da praga de fungo nos olmos. As pizzas e as panquecas não são tão ruins. O ensino médio vence os campeonatos regionais de basquete e hóquei quase todo ano. E os moradores são simpáticos — pelo menos a maioria deles.

— É claro que você não tem dinheiro algum — Tragedy rebateu para o irmão. Ela manipulava o sempre presente Cubo Mágico, embaralhando-o para poder resolvê-lo novamente. — Nenhum de nós tem. E nunca teremos, a não ser que a gente dê o fora dessa merda.

Adam e Tragedy Gatz não eram parentes, mas, apesar disso, eram irmãos. Tragedy era adotada e nunca deixava que ninguém se esquecesse disso. Os pais dela, Ellen e Eli, eram agricultores hippies autossustenáveis e feirantes. Os dois foram criados no Brooklyn e largaram a Dexter no primeiro ano, após tomarem ácido demais e perderem muitas aulas. Eles se casaram e, com a ajuda dos pais, compraram um haras caindo aos pedaços em Home. Em vez de cavalos, criavam ovelhas. Ellen fiava lã e Eli fazia atiçadores de lareira em formato de faca, garfo e colher gigantes, tudo em ferro fundido. Comiam o próprio cordeiro alimentado a pasto e vegetais orgânicos sem pesticidas. Assavam o próprio pão e produziam o próprio leite e iogurte de ovelha. E deram à luz um filho, Adam. Quando ele tinha 4 anos, Ellen e Eli adotaram a filha ainda bebê de Hector Machado, um negociante brasileiro de ovelhas que morreu de ataque cardíaco na soleira da porta deles, ou assim diziam. Enquanto estava moribundo, Hector pediu aos Gatz para cuidarem de sua filhinha, cuja mãe havia morrido no parto. O bebê tinha sido batizado de Gertrudes Imaculada, em homenagem à mãe. Os Gatz a rebatizaram de Tragedy, sua música preferida dos Bee Gees, e a criaram como se fosse deles.

Nesse momento, Adam e Tragedy estavam sentados no Volkswagen GTI amassado de Adam, no acostamento da estrada que passava pelo campus, bem em frente ao novo grêmio estudantil da Dexter College. Discutiam se filariam ou não um café. É claro que seria Tragedy a responsável pela execução do plano; era sempre ela quem fazia essas coisas.

— Não entendo por que você não pode fazer café em casa — disse Adam, tentando ser razoável.

Mas Tragedy nunca era razoável.

— Não tem o mesmo gosto. Ainda mais com leite de ovelha... — Ela apoiou o Cubo Mágico no painel do carro. —

Um queijo-feta-merda-ccino? — Ela saiu do carro. — Não, obrigada — acrescentou, batendo a porta.

Os calouros tinham saído para a excursão de orientação e a matrícula para os alunos mais antigos só começaria dali a dois dias. A não ser por alguns alunos mais velhos que chegaram cedo, o campus estava tranquilo. Adam olhou a irmã atravessar a avenida Homeward e andar decidida pela calçada até o grêmio, o rabo de cavalo batendo na cintura.

Era culpa de Tragedy que Adam tivesse se formado no ensino médio praticamente sem amigos. No último ano de curso, Tragedy ficara 15 centímetros mais alta em apenas alguns meses. Os quadris e os peitos se desenvolveram a uma taxa igualmente acelerada, obrigando a irmã a abandonar as roupas de adolescente e vestir roupas de adulta. "Sua irmã é bizarramente gata, cara", protestavam os colegas de turma de Adam. "Como é que você aguenta? Afinal, vocês nem são parentes." Então alguém espalhou o boato de que a relação de Adam com a irmã era mais do que fraterna e ambos imediatamente tornaram-se socialmente excluídos.

É claro que jamais aconteceu nada que justificasse esses boatos, mas Tragedy os sustentava, e, para a população da escola Home High e a própria cidade de Home, era suficiente. A ironia era que Adam não via isso. Não sabia o que havia de bizarramente gata na irmã. Ela era simplesmente sua irmã mais nova: irritante, brigona, incrivelmente exigente, constantemente presente e, como cavalo dado não se olha os dentes, sua única amiga.

Tragedy examinou o cardápio na parede do novo Starbucks do grêmio estudantil, tentando entender aquele dialeto italianado ridículo. *Tall* era pequeno, *grande* era maior e *venti* era o maior de todos. Abriram alguns Starbucks nas cidades maiores do Maine — dizia-se que a cadeia crescia ao ritmo de uma nova loja por dia —, mas esse era o primeiro de Home, e era também a primeira vez de Tragedy dentro de um deles. O interior era muito limpo e organizado; sem dúvida, um avanço em relação à Boonies, a confeitaria sebenta, apinhada de jornais velhos e cinzeiros transbordando e equipada com o banheiro mais nojento da Nova Inglaterra.

O cara cheio de espinhas atrás do balcão a olhava de cima a baixo. Provavelmente se perguntava por que nunca pusera os olhos nela. Era meio difícil esquecer Tragedy.

— Só tenho um dólar — disse ela com atrevimento. — Mas não quero gastar. — Ela adorava sair ilesa de qualquer situação. Era seu esporte preferido.

— Não tem problema — respondeu o sujeito, encarando debilmente os peitos de Tragedy. Ele passou as palmas das mãos no avental verde. — O que vai querer?

Ela olhou o quadro novamente, procurando pela bebida mais cara que ofereciam.

— Vou querer esse venti mocha cappuccino com um monte de creme e chocolate em pó e umas doses extra de expresso. E me dá um daqueles biscotti de chocolate também. Ah, e trate de usar o café de comércio justo.

O rosto espinhento do cara ficou cor-de-rosa.

— Não sei o que quer dizer com "comércio justo". Tudo bem se não pode pagar por ele.

Ela o encarou, enfurecida. Era tão difícil assim saber o que acontecia no mundo? Era difícil usar o cérebro?

— Você vende café, mas não sabe o que quer dizer comércio justo? — perguntou ela, enojada. — E dizem que esta universidade é *liberal*. Quem cultivou esse café? Quem o colheu? Quem está lucrando aqui? — Ela piscou os cílios pretos e longos com raiva. — Ainda estou no ensino médio, mas posso te garantir que vou fazer faculdade num lugar onde as pessoas saibam o que é o quê. Talvez nem mesmo nesta merda de país!

O cara piscou em silêncio para ela, obviamente deprimido por ter descido tanto no conceito de Tragedy.

— Ainda quer seu mochaccino? — perguntou ele, timidamente. — Vou colocar um biscotti a mais.

— Tá legal. Claro. — Com ou sem comércio justo, ela realmente queria o café.

Tragedy se virou de costas enquanto o rapaz se atrapalhava com a maquinaria. O sol da tarde banhava o grêmio através de uma vidraça que dava para a estrada. Adam buzinou e ela acenou, agitando os dedos da mão esquerda para indicar que voltaria ao carro em, no máximo, cinco minutos.

Adam era tão *perdedor*. Em dois dias começaria a ter aulas na Dexter. Justamente na Dexter! E daí que dessem desconto aos moradores do Maine? E daí que a universidade estivesse em pé de igualdade com as da Ivy League e tivesse um Starbucks novinho em folha? E daí que tenha sido eleita a Mais Bonita Universidade da Nova Inglaterra em 1992 pelas revistas *USA Today* e *Yankee*? Adam podia ir para a Califórnia, para o Colorado, para a Flórida ou para a Sorbonne, na França. Até a Universidade do Maine, em Orono — aonde ia a maior parte dos alunos da Home High — teria sido mil vezes mais interessante. Orono ficava longe o bastante para que ele tivesse de morar no alojamento da faculdade. Ele poderia abandonar a comida orgânica e comer a deliciosa comida que entupia artérias, do refeitório. E ela sairia de Home para visitá-lo.

A Dexter se orgulhava de fazer parte da comunidade e estimulava os moradores do Maine a se inscreverem. Como Adam se formou no ensino médio com louvor, a Dexter lhe deu uma bolsa integral; mas, como faltava alojamento, não pôde lhe fornecer um quarto. Ele assistiria às aulas durante o dia e continuaria a morar em casa. Para ele, tudo bem. Nem mesmo se matriculara na excursão de orientação dos calouros, alegando que era cara demais. "Eu sei onde estou", insistiu ele. "Não preciso de orientação nenhuma."

A verdade era que Adam não fazia ideia de onde estava. Tinha 18 anos e explodia de potencial. Gostava de ler e de jogar tetherball*. Colhia uma montanha de mirtilos. Sabia usar a solda. Sabia tosquiar uma ovelha. Mas viveu cada um de seus 18 anos com uma sensação de isolamento que o frustrava. Quando começaria a *viver*, plenamente? Quando começaria a se envolver com os que o cercavam? Até o campus da Dexter, lindamente presente como pano de fundo em toda a sua vida, parecia estranho e ameaçador. Ele sentia como se visse o campus pela primeira vez. Os prédios eram imaculados. A grama era verde. A capela era tão branca quanto seu carro devia ter sido quando novo, muito antes de ele nascer. Ele estava prestes a passar os quatro anos seguintes de sua vida ali, rondando por esses gramados verdes, comparecendo a seminários nesses prédios de tijolinhos ou a shows e palestras na capela branca e singular,

---

* Jogo no qual dois oponentes rebatem uma bola presa com uma corda a um poste. (N. do T.)

mas agora estava apavorado demais até para sair do carro. Tragedy tinha razão: ele era um lesado.

Adam bateu de leve na buzina, mas duvidava que a irmã pudesse ouvi-lo. As vidraças do novo grêmio eram incrivelmente grossas, instaladas para suportar as temperaturas gélidas do longo inverno do Maine.

O cara do balcão ainda moía, coava e vaporizava. Tragedy estava prestes a dizer que podia ter apanhado um voo para a Guatemala, colhido o próprio café, ordenhado uma porra de uma vaca e assado uma fornada inteira de biscotti no tempo que ele levava, quando a porta do banheiro se abriu e um cara de barba loura saiu em direção à cafeteria. Estava com uma parca preta, moletom marrom da Dexter e botas antigas de caminhada. Um livro grosso estava em suas mãos sujas de gordura. Ele parecia jovem e velho ao mesmo tempo, como se tivesse passado por muita coisa e não quisesse falar no assunto.

— Merda — murmurou ele ao passar.

— Ei! — exclamou o balconista. — Ei, cara, eu te falei ontem. Não pode usar o banheiro, a não ser que seja aluno ou cliente.

Ignorando-o, o barbudo abriu a porta de vidro e saiu para o sol.

— Como sabe que ele não é aluno? — perguntou Tragedy.

— Ele está com o moletom da Dexter.

O cara colocou um enorme copo de café no balcão preto e reluzente, espremeu um bloco de creme por cima e borrifou cacau em pó antes de fechar a tampa.

— Só abrimos há alguns dias e esse sujeito veio aqui em todos eles para usar o banheiro. Ele nunca compra nada.

Sempre está com a mesma roupa. Sempre meio sujo e agindo de um jeito estranho. Não é aluno. — Ele fechou uma cinta de papelão em volta do copo e entregou a Tragedy. — Um venti mocha cap com dose dupla e dois biscotti — anunciou ele, empurrando os biscoitos em embalagem de celofane pelo balcão. Ele piscou. — Não tem troco.

O café pesava uma tonelada. Tragedy pegou os biscoitos e os enfiou no bolso de trás.

— Diga a seu chefe que da próxima vez que eu vier vou querer ver alguma porra de café de comércio justo — lembrou-lhe ela.

O barbudo estava sentado num banco ensolarado em frente ao grêmio estudantil, lendo seu livro.

— Oi — ela o cumprimentou. — Meu nome é Tragedy. E o seu?

Ele levantou a cabeça, os olhos azuis gigantescos sem foco. Seu rosto e suas mãos estavam sujos e ele era mais novo do que ela pensara, porém mais velho que o irmão. Sua parca tinha um rasgo no peito que deixava escapar o forro e devia ser mais quente que o inferno. O livro em suas mãos era *Dianética*, de L. Ron Hubbard. Ela reconheceu o vulcão em erupção na capa de um episódio do *60 Minutes* que vira numa noite de domingo. Toda a reportagem girava em torno do motivo pelo qual a cientologia tinha tanto apelo com as celebridades, que tendiam a ter "problemas de estilo de vida". A Igreja da Cientologia estimulava gente fodida a se aprofundar no passado e "auditar" suas piores lembranças ou "engramas" para ficar "purificado". O caso é que era preciso *pagar* a eles para fazer a auditoria porque, sabe Deus por que, aprofundar-se no passado não é algo que se deva fazer sozinho em casa. Só outro conceito totalmente louco que o mundo moderno do Planeta Starbucks traz para você.

O sujeito ainda a encarava. Ou olhava através dela. Tragedy não se importava. Pelo menos ele não estava olhando para os seus peitos.

— Patrick — disse ele por fim. — Pink Patrick.

— Tome. — Ela lhe ofereceu o mochaccino. Como acontecia com tudo, agora que o possuía, não o queria mais. — Fique com isto também — disse ela, entregando-lhe um biscotti. — Desculpe, o outro é para o meu irmão.

Pink Patrick abriu a embalagem com os dentes e devorou o biscotti.

— Ah, que se foda — disse ela, e lhe deu o segundo. Adam não estava com fome; não como esse sujeito. O cara do café devia ter razão. Ele não era aluno.

Do outro lado da rua, Adam observava os acontecimentos. Não gostou da parca rasgada do sujeito nem de como ele falava com a irmã sem olhar para ela. Não gostou de sua barba nem das botas sujas. Não gostou do modo como ela lhe deu toda a comida, especialmente depois de ter tido tanto problema para consegui-la. Ele buzinou de novo.

O barbudo se colocou de pé e partiu para o carro.

— Ei! Qual é o seu problema? — gritou ele, atravessando a estrada num rompante. — Tem algum problema aqui?

Adam trancou a porta. A janela estava escancarada, mas ele não queria fechar por medo de irritar ainda mais o homem. Deu a partida no motor, pisando no acelerador com o que esperava ser um rugido de ameaça. Havia farelos na barba do sujeito e os olhos azuis estavam arregalados e ferozes. Ele parecia Kris Kristofferson doidão com metanfetamina.

— Não ligue para ele — disse Tragedy enquanto atravessava a rua até o carro. — É só o meu irmão, Adam. É inofensivo. — Ela abriu a porta do carona. — Ei, quer uma carona? — perguntou ela ao barbudo.

— Meu Deus... — Adam deixou a cabeça tombar no encosto, resignando-se. O sujeito ou jogaria aquele copo imenso de café fumegante na cara dele, marcando-o pelo resto da vida, ou sentaria no banco traseiro e seguiria com eles por mais ou menos um quilômetro antes de esmagar a cabeça dos dois com as botas.

— Não, obrigado. — O sujeito se virou de repente e saiu andando pela rua, para longe da cidade.

Tragedy entrou e fechou a porta. Então pegou o cubo e o girou.

— Peguei um biscoito para você, mas acabei dando. O cara está morto de fome. Acho que nunca vi ninguém com tanta fome.

Adam deixou o carro solto ao descer a colina. Vinte, 25, 30, 35, 40, 45, 50.

— O homem é louco — disse ele.

Patrick levou o café para o estacionamento que ficava em frente ao seu antigo alojamento. Embora não tivesse nenhum propósito real, a Sub-reitoria de Manutenção conservava bem aparada a grama em volta do estacionamento. Ele contornou o perímetro limpo e verde, indo para uma depressão no canto mais distante do estacionamento, um de seus lugares de descanso preferidos. Gostava de se esticar ao sol naquela fossa verde, escondido da estrada e do resto do campus pelos carros no estacionamento. Mas, hoje, uma Mercedes preta sedã estava parada em um ângulo esquisito, metade no estacionamento e metade na grama. O carro tinha placa de Connecticut e um adesivo de estacionamento de Greenwich. Era o carro em que ele aprendera a dirigir e estava no espaço dele.

— Merda — Patrick xingou, prestes a se virar e correr. Depois de todos aqueles anos, finalmente vieram atrás dele. Mas ele viu o maço de cigarros no painel. Os pais não fumavam quando ele morava com eles, e ele duvidara que tivessem começado desde então. Ele se aproximou mais do carro e encostou o nariz no vidro do motorista. Embalagens de chiclete e fitas cassete ocupavam o banco do carona, junto com um moletom amassado da Greenwich Academy.

A porta não estava trancada. Patrick se sentou ao volante e pôs o café em um dos suportes entre os bancos. Fechando a porta, afundou no couro caramelo e macio. O interior do carro tinha um cheiro estagnado e doce. Ele tocou o volante com a ponta dos dedos. Estava quente.

Shipley tinha 9 anos quando ele fora para o colégio interno. Sempre que era expulso, Patrick ficava por um breve período em casa antes de ir para outra escola. Mas, à medida que os anos passavam, ele ainda pensava na irmã como a menina de 9 anos, pondo a mesa obedientemente, com uma fita no cabelo louro. Suas unhas eram muito limpas, ela mastigava de boca fechada, usava um tutu. Como uma pessoa podia ser tão boazinha assim o tempo todo? Shipley tinha 14 anos quando a família deixou Patrick na Dexter. Usava aparelho nos dentes e brincos compridos, mas ainda era boazinha. E parecia ter medo dele, como se o completo desinteresse de Patrick em agradar alguém pudesse contagiá-la, fazendo-a perder o ônibus da escola.

Seria possível que agora Shipley estivesse na Dexter?

Ele tirou um cigarro do maço pela metade e o acendeu com o pequeno isqueiro amarelo que estava ali dentro.

No verão em que fez 16 anos, ele fizera uma excursão da Outward Bound aos cânions de Utah. O grupo consistia em sete crianças entre 13 e 16 anos, outros três caras, três garotas, e dois guias homens de uns 20 anos. Ele era o único cujos pais haviam pagado pela excursão. Os outros tinham sido mandados como uma alternativa à detenção juvenil ou reabilitação em drogas, e suas matrículas eram subsidiadas. A irmã estava em Vermont numa colônia de férias, aprendendo a cavalgar e a atirar com arco e flecha. Ela implorou aos pais para ir. Ele não tinha feito nenhum plano. Então lá estava ele, em Utah.

— Vamos formar uma roda — disse um dos guias naquela primeira manhã, depois que uma van os deixou no meio de um nada poeirento e eles tiraram as mochilas e andaram por alguns quilômetros. Excetuando as provisões que foram distribuídas igualmente entre eles, a mochila de Patrick estava vazia. A Outward Bound mandara uma lista do que levar, mas ele deixara a mala no avião. Não tinha equipamento nenhum. Nem mesmo uma escova de dentes.

— Faremos um pequeno exercício de vamos-nos-conhecer — explicou o guia. Ele tinha óculos de esqui Smith na cabeça, embora fosse verão.

— Digam seu nome e a primeira coisa que lhes vier à cabeça — continuou o guia. — Vamos começar por você. — Ele sorriu para uma menina magrela com manchas roxas nas canelas.

Ela se encolheu um pouco antes de falar.

— Meu nome é Colleen. Eu roubo.

O guia assentiu como se fosse uma boa notícia. Apontou para a criança seguinte.

— Meu nome é Roy. Sou viciado em drogas.

O guia apontou para Patrick.

— Meu nome é Patrick — disse ele. — Pink Patrick.

Todo o grupo uivou de tanto rir, inclusive os guias.

— Bichinha de merda! — guinchou Colleen, tapando a boca com as mãos cheias de anéis de ouro.

Depois disso, foi Pink Patrick para sempre. Na segunda noite da excursão, ele colocou a mochila nos ombros e saiu andando. Ninguém o seguiu. Estavam ocupados demais jogando Stop e Detetive.

Ele andou pelo deserto a noite inteira e todo o dia seguinte sem comer nem beber. Fazia calor. Ele vestia jeans. As pálpebras e a língua ficaram inchadas e pesadas. Por fim, chegou a uma reserva indígena: um grupo de trailers com pedaços de grama sintética cortados para caber em volta deles como um gramado. Um índio gordo que fumava cigarro numa cadeira de plástico na frente de um trailer se levantou e lhe passou uma lata de refrigerante Tab pela metade. Patrick engoliu o líquido, sentindo queimar as paredes do estômago com sua efervescência marrom. Esperou em um pedaço de grama sintética enquanto o índio entrava. Ele saiu e deu a Patrick um pacote de tiras grossas de bacon Oscar

Meyer. E foi o que ele comeu naquele dia, bacon cru e Tab, até voltar a Moab e pegar um ônibus para casa.

Os pais estavam num cruzeiro pelas ilhas gregas, então ele se entocou em Greenwich por um mês inteiro, deitando-se sob os irrigadores do gramado e deixando a água fazer cócegas em sua língua. Quando eles voltaram para casa, não quiseram saber o que tinha acontecido. Só sabiam que suas roupas sujas cobriam todo o chão, que ele tinha secado o bar da casa e que a cozinha estava um caos. A irmã chegou da colônia de férias feliz e bronzeada, os braços cheios de pulseiras. Logo depois, ele partiu para outro internato. Nunca mais voltou para casa.

Patrick pegou o café quente e tomou um gole. Tinha gosto de sundae com calda de chocolate feito com sorvete de café. Era uma mistura paradisíaca, melhor que qualquer coisa que já tivesse experimentado.

Na sua excursão de orientação da Dexter, que sempre dura a noite toda, fora a mesma coisa. Ele se apresentou como Pink Patrick só para ver como todos reagiriam. É claro que riram, e depois passaram a evitá-lo. Ele solicitou um quarto de solteiro no Coke, porque assim, quando voltassem ao campus, poderia ficar sozinho. Naquelas primeiras semanas, ele tentou comparecer às aulas, mas não conseguia ver sentido naquilo. Parecia-lhe estar diante de um aquário vendo uma escola de peixes movimentada. Só o que faziam era nadar sem parar.

Desde que abandonara a faculdade, ele havia chegado até a Miami, mas sempre voltava à Dexter. Gostava do clima extremo do Maine, seu litoral irregular, dos gramados intermináveis e da população relativamente tolerante. Ninguém se importava com um solitário como ele. Além disso, era sempre fácil achar comida ou arrumar um lugar para tomar banho e umas roupas limpas no campus. Mas ele tinha a sensação constante e incômoda de que esperava por alguma coisa.

Patrick tomou outro gole do café doce e quente. Talvez fosse isso.

3

Dizem que a melhor maneira de fortalecer um relacionamento é acampar. As tarefas simples como escolher o local, desembalar as provisões, montar a barraca, recolher lenha, preparar e cozinhar o alimento e lavar a roupa permitem que cada um demonstre seus pontos fortes e estimulam o trabalho em equipe. No final do dia, quando o carvão está se apagando e aquecido, todos do grupo se aninham em sacos de dormir sob um céu estrelado, podem se parabenizar por um trabalho bem-feito, sentindo-se gratos por não estarem sozinhos.

— Continue procurando — ordenou Tom enquanto Nick se arrastava, de quatro. Antes de deixar que se virassem sozinhos, a professora Rosen dividira o grupo em dois. As três meninas com camisetas cor-de-rosa da Dexter ficaram de um lado do rio enquanto Tom, Nick, Shipley e Eliza ficaram do outro. Assim que os separou, Rosen desapareceu no bosque com seu saco de dormir, prometendo voltar ao amanhecer.

Shipley e Eliza ficaram encarregadas de montar o acampamento e mandar os meninos recolherem lenha. Tom estava de saco cheio. Partiu um galho ao meio e, irritado, atirou-o na pilha.

— Ande logo, cara, antes que escureça.

Nick não tinha certeza de que sobreviveria àquela noite, que dirá a todo um ano, morando com esse brutamontes. Ele espirrou quatro vezes numa série rápida e enxugou o nariz e os olhos na camisa.

— Estamos procurando alguma madeira especial? — Ele supunha que Tom soubesse todo tipo de coisas másculas sobre que madeira queimava por mais tempo e era a mais limpa.

— Como eu saberia, porra? — Tom descascou um galho fino e verde de um arbusto próximo. — Eu sou de Westchester.

Nick apertou os lábios num meio sorriso determinado e tentou manter o ânimo de sempre. A vida no internato em geral fomentava um desejo pela exploração filosófica. A Berkshire School, em Massachusetts, na qual Nick se formara em junho, chegou o ponto de oferecer um curso chamado Aventuras nos Conceitos Filosóficos Orientais. *The Tao of Pooh* e *Zen e a arte da manutenção de motocicletas* foram leituras obrigatórias. "Tudo é uma analogia." "Quando você se livra da arrogância, da complexidade e de algumas coisas que atrapalham, cedo ou tarde descobrirá um segredo simples, infantil e misterioso: viver é se divertir." Tinha sido o curso favorito de Nick.

— Acho que vamos precisar de umas coisas grandes, já que usaremos a fogueira para cozinhar. — Nick deu um tapinha no tronco de um imenso abeto semimorto, como se calhasse de ele ter, no bolso do blusão bordado, uma serra elétrica. Não tinham nem uma machadinha. Ele levantou a cabeça, examinando os galhos mais altos. Fora para Maine por sua beleza natural. Bem, ali estava sua primeira oportunidade de entrar em comunhão com a natureza.

Tom olhou, assustado, enquanto Nick soltava um grito desvairado e se atirava pelo ar em direção aos galhos da árvore, envolvendo desesperadamente seu tronco largo e robusto com as pernas.

— Imbecil. — Tom riu, admirado. — Meu Deus. Cara, cuidado com o saco.

Nick sentia os olhos lacrimejando e as mãos se cobrindo de assaduras enquanto se içava sem jeito pelo tronco até o grupo seguinte de galhos. Virou a cabeça de lado para não inspirar demais os vapores nocivos que podiam dar urticária.

— Vá devagar, seu doidinho — avisou Tom.

A árvore suportou os arranhões e os chutes de Nick como um velho cavalo acostumado a maus-tratos. Como ele fazia isso quando criança sem se castrar? O tronco áspero rasgava a pele na face interna dos joelhos e machucava a virilha. Havia lascas entre suas unhas e ele já esfolara os cotovelos. A três metros do chão havia um galho grosso de uns 25 centímetros de diâmetro que tinha sido descascado por um ouriço. Se Nick ficasse pendurado ali por tempo suficiente, balançando um pouco seu peso, talvez a gravidade fizesse sua mágica e o galho se partisse. Ele se soltou um pouco do tronco e se balançou como um Tarzan em direção ao galho.

— Cara! — Tom berrou. — Você é uma porra de um camicase!

Nick tomou impulso e se soltou, mas, antes mesmo que pudesse enganchar os dedos nele, a base do galho se soltou do tronco, se desmanchando. Ele caiu de cara no chão e o galho podre bateu em sua nuca.

— Ai... — Tom se aproximou do companheiro caído. — Quebrou alguma coisa?

— Ui... — Nick gemeu de um jeito deplorável — Está doendo.

— Madeira apodrece pra caralho — observou Tom parado acima dele. — Eu devia avisado você sobre isso.

Nick se ajoelhou com dificuldade e enxugou o rosto com as costas das mãos. Os nós dos dedos ficaram sujos de sangue. Tocou o espaço que ardia entre as sobrancelhas e os dedos voltaram com sangue. Mas ele ainda enxergava. Estava bem. E agora tinha um ferimento de guerra.

Nick pegou o galho partido e usou-o como muleta para se levantar.

— Acha que ainda vai queimar? — perguntou ele, segurando o galho para que Tom o examinasse.

Tom gostava de se achar durão, mas não perto de sangue. Durante a hora de descanso na pré-escola, ele costumava se deitar ao lado de Wallace White, que sofria de sangramentos nasais crônicos. Sempre vomitava.

— Ah, merda. — Ele colocou a mão sobre a boca. — Cara, você tá sangrando. — Ele cambaleou em direção ao acampamento, com ânsia de vômito. — Já volto.

Nick limpou as mãos e o rosto na camisa. O sangue era pegajoso; parecia tinta vermelha.

— E a madeira? — gritou ele, mas Tom já estava fora de vista.

— Ele está sangrando, porra! — Tom saiu do meio das árvores como um urso raivoso e vomitou a poucos metros da barraca que Shipley e Eliza tinham conseguido erguer, não graças aos meninos.

— Quem? Nick? — Shipley largou a panela amassada em que esperavam cozinhar o Miojo no chão, amassando-a ainda mais. — O que houve? Ele está bem? — Seu coração batia acelerado e forte no peito e ela podia sentir seus olhos azul-claros assumindo um tom mais escuro. A universidade já estava bem interessante.

Eliza saiu da barraca segurando uma caixa de macarrão Kraft com queijo.

— Olha o que eu achei. Deve ter vencido há uns vinte anos, mas quem liga? É melhor que Miojo. Ei, cadê a nossa lenha? — perguntou a Tom.

Tom estava lívido. Sentou-se de pernas cruzadas ao lado do círculo que Eliza e Shipley tinham acabado de montar com pedras para a fogueira. Não havia fogo porque ainda não havia lenha.

— Não estou me sentindo bem.

— Como é? — estranhou Eliza, prestes a descer a mão nele.

— Aconteceu alguma coisa com o Nick — Shipley interrompeu. — Fiquem aqui — disse com ar importante. — Eu vou lá.

Nesse exato momento, Nick em pessoa saiu do bosque com um fardo de gravetos aninhados na camisa.

— Caí de uma árvore! — anunciou ele. — Mas estou bem.

Shipley correu para ajudá-lo com a madeira. Ela tocou o rosto dele.

— Você está sangrando. Venha, tem um kit de primeiros socorros na barraca.

— Puta merda! — exclamou Tom. Ele se curvou e vomitou diretamente no círculo de pedras. — Por favor, tira esse cara daqui! — disse ele, ofegante.

— Coitadinho... — disse Eliza de forma nada solidária. Acampar com esses três era como ver a Exposição de Cães de Westminster pela TV. *O primeiro cão em nosso grupo de terriers é o terrier de Bedford, famoso por seu latido alto e pênis mínimo. Este é o número 44, Tom Ferguson, terrier de Bedford. Em seguida, o terrier do Internato, conhecido por sua pelagem desgrenhada e sorriso grudado na cara. Este é o número 33, Nick Hamilton, terrier do Internato. E, por fim, a Florence Nightingale dos terriers de Greenwich, famosa por seus lindos olhos azuis e disposição para o sexo. Esta é Shipley Gilbert, número 69, a Florence Nightingale dos terriers de Greenwich.*

— Venha. — Shipley levou Nick para a barraca e procurou o kit de primeiros socorros no pacote de orientação da Dexter. — Sente-se. Vou te limpar e depois faremos um jantar legal. — Ela não sabia nada de primeiros socorros nem de culinária, mas gostava da ideia de bancar a enfermeira. Passou um algodão com álcool no corte entre os olhos de Nick.

— Aaaaaiiii! — gritou Nick entredentes. As lágrimas desceram pelo seu rosto sujo de terra. Ardia tanto que ele teve vontade de dar um chute em Shipley.

Ela tirou a mão, mas só por um segundo. O ferimento estava sujo. Precisava limpá-lo.

— Desculpe. Sei que dói — murmurou ela, passando o álcool com determinação.

Não devia haver nada mais doloroso que esfregar álcool em uma ferida aberta. Nick tremia da cabeça aos pés e se obrigou a sorrir, tentando continuar zen.

— Desde que seja você me fazendo sofrer, eu aguento — disse ele com os dentes trincados.

Shipley ficou vermelha. Percebia que Nick dava mole para ela, mas não sabia como reagir. Ela pegou um Band-Aid redondo do kit de primeiros socorros e colou sobre o corte. Ficou meio bobo, mas teria de ser assim.

Eliza entrou na barraca.

— O Leão Covarde está descansando e recuperando os fluidos. Eu transferi a fogueira para um lugar legal, sem vômito, e coloquei uma panela com água para ferver. Mas acaba de me ocorrer uma grande invenção: um micro-ondas à bateria para camping. Imagine os milhões que posso ganhar com isso... — Ela vasculhou um dos pacotes na barraca e olhou para Shipley e Nick, ajoelhados a centímetros de distância. — Estão brincando de médico?

Shipley se sentou sobre os calcanhares. O curativo não parecia muito profissional, mas seria doloroso demais tirá-lo e colocar um novo.

— Fiz o melhor que pude — disse ela num tom de desculpas.

— Está melhor, obrigado — disse-lhe Nick com gratidão, embora pudesse sentir o adesivo do Band-Aid tentando se colar à própria ferida. Não era uma sensação agradável.

Eliza praticamente podia ver o rabo de Nick abanando de felicidade através das costas do blusão.

— Estou procurando uma pimenta ou quem sabe alho em pó ou umas ervas — explicou ela, ainda vasculhando. — Alguma coisa para temperar o macarrão.

— Mas essa é a minha mochila! — protestou Nick.

Eliza tirou um Ziploc cheio de folhas verdes, secas e grudadas da mochila de Nick. Abriu o Ziploc e cheirou seu conteúdo pungente.

— É maconha?

Nick cruzou os braços. Queria mostrar a maconha depois do jantar, como uma espécie de aperitivo para se conhecerem melhor.

— É, é maconha. Comprei para todos nós.

Shipley olhou o Ziploc. O irmão fora mandado para um internato pela primeira vez por causa de maconha. Tinha sido expulso de Brunswick por invadir a escola de madrugada e roubar maconha do armário de outro aluno. Maconha era ilegal. Fazia coisas com a gente. Shipley tinha pavor dela. E sempre desejara experimentar.

Eliza observou, fascinada, os olhos da nova colega de quarto se arregalarem e assumirem um brilho azul-prateado. Ela parecia Alice no País das Maravilhas caindo no buraco do coelho.

— A gente pode fumar agora? — perguntou Shipley.

Nick se levantou e pegou o saquinho das mãos de Eliza.

— Vamos nessa. Tenho seda no meu bolso. — Ele foi o primeiro a sair da barraca.

— Ei, acorda. — Shipley se agachou ao lado da figura prostrada de Tom e cochichou em seu ouvido. — Nick tem maconha!

— Justamente o que eu preciso — murmurou Tom. Mesmo assim ele se sentou, mais desperto pela sensação de Shipley cochichando em seu ouvido do que pela ideia de ficar chapado. O fato de que conseguira vomitar repetidas vezes em seu primeiro dia de faculdade era mais do que um pequeno constrangimento. Mas era notório que maconha aliviava náuseas e provocava perda de memória de curto prazo. Talvez fosse exatamente do que ele precisava. — Mas quero o meu próprio baseado. Devia ouvir esse cara espirrando — disse ele às meninas. — O cara tem uma merda de tuberculose.

Eles se reuniram em volta da fogueira, sentados de pernas cruzadas enquanto Nick enrolava quatro baseados perfeitos e os distribuía pelo grupo. O acampamento ficava numa pequena clareira a algumas centenas de metros da margem do rio. Eles tinham andado durante 15 minutos pelo bosque sem trilhas, atrás da professora Rosen, a partir de uma estrada de cascalho. Árvores altas os cercavam, proporcionando seu serviço silencioso, protetor e imparcial. Nick tirou um graveto em brasa da fogueira e acendeu a ponta de cada baseado. Eles fumaram em silêncio por um tempo, interrompidos somente por uma tosse sufocada da primeira vez de Shipley e pelos espirros incessantes de Nick.

— Seis anos no time de rúgbi e agora estou fumando como um completo imbecil — refletiu Tom antes de dar outro tapa. Seus olhos estavam fixos no cabelo de Shipley, incandescentes graças à fogueira. Suas mechas eram douradas, platinadas, bronze e cor-de-rosa. Castanho, ameixa, violeta e limão. E... peônia. — Nossa, eu já estou doidão.

Eliza fumou o próprio baseado com muito ceticismo. Só havia ficado chapada algumas vezes, dando tapas em narguilés em festas quando ninguém estava olhando. Gostava do relaxamento que proporcionava, mas odiava se sentir tão idiota. Por que alguém ia querer se sentir idiota daquele jeito constantemente? Além do mais, ficar chapada dava vontade de comer, o que engordava. Era literalmente para os sem cérebro.

Nick ficou feliz por ter comprado a maconha. Todo mundo agora estava calmo. Era como se todos meditassem sobre o mesmo tema. O crepúsculo baixava e cada átomo e molécula que girava em volta deles parecia cintilar. Do outro lado do rio, as meninas cantavam "Yellow Submarine". As vozes pareciam muito distantes.

Shipley queria poder comer a maconha em vez de fumá-la. Seus pulmões doíam depois de um dia fumando cigarros, e o papel colava em seus lábios secos. Mas era tudo tão rebelde, que parecia mais fantástico. Suas narinas zumbiam. Os ouvidos zumbiam. Ela podia sentir que Tom a olhava, e era bom. Se ele quisesse beijá-la naquele momento, ela deixaria. Ela passaria as mãos na cabeça arrepiada dele e lamberia seu pescoço musculoso.

Ela deu mais dois tapas e se levantou, desequilibrada.

— Tenho que fazer xixi — anunciou e andou em direção ao bosque. Talvez Tom me siga, pensou ela ao sair da clareira e entrar na mata escura. Troncos de árvore se erguiam em volta dela como pernas de gigantes. Devia ser assim que uma criancinha se sentia andando entre adultos.

Nunca na vida ela fizera xixi num bosque. Mais à frente havia um grupo de jovens abetos que pareciam um promissor toalete privativo. Agachando-se atrás dos arbustos, ela olhou, fascinadamente chapada, o xixi jorrar dela, formando um buraquinho na terra. Um mosquito picou sua coxa. Ela deu um tapa nele, girou o corpo e tentou puxar o short ao mesmo tempo. Havia outras picadas, mas só perceberia isso no dia seguinte.

Ninguém a seguiu até o bosque. Sua barriga roncava de fome enquanto ela voltava. Podia comer um donut cru. Podia comer uma dúzia deles. Parou e olhou em volta, sem saber o caminho. A luz entre as árvores parecia menos fraca em outra direção. Ela foi por ali, andando sem parar pelo que pareceu muito tempo. Ela se perguntou o que a professora Rosen faria quando descobrisse que Shipley estava desaparecida na noite. Será que mandariam uma equipe de resgate? Cães? Sua mente estava inquieta imaginando que raça era mais usada para encontrar gente perdida e se os cães gostavam de comer donuts, quando esbarrou na van marrom da Dexter, estacionada no acostamento da estrada de cascalho.

A professora Rosen tinha deixado as chaves no pneu da frente, como o pai de Shipley fazia com sua velha perua para o caso de alguém precisar do carro enquanto ele estava no trabalho. Shipley subiu ao volante e deu a partida, revigorada pela própria ousadia. Este certamente era um dia e tanto. Ela ligou o rádio. Guns N' Roses berraram dos alto-falantes.

— A gente abandonou o fogo — reclamou Nick enquanto seguia Tom e Eliza para o bosque, procurando por Shipley. Ela já tinha saído há mais de vinte minutos, mais tempo do que precisava para fazer suas necessidades.

— Ah, Shipley, querida? — chamou Eliza numa voz afetada. — Está na hora de voltar com sua bundinha magra para o acampamento, meu amor.

— Uhuu! — Tom pôs as mãos em concha em volta da boca. — Cadê você?

— Ainda nem jantamos — Nick reclamou. Ele sempre ficava meio manhoso quando estava chapado, especialmente depois que batia a larica. O chili vegetariano de três feijões da mãe. Ele poderia comer três pratos agora mesmo. Com pão de milho.

O crepúsculo desaparecia e o ar estava frio e parado. O terreno sob os pés deles era úmido e vivo. Eliza queria ter vestido o suéter.

— Já contei a vocês da vez em que vi um lobisomem e quase morri? — perguntou ela. É claro que eles não tinham ouvido essa história. Ela nunca tinha visto aquelas pessoas.

— Eu estava patinando no gelo em um lago atrás da minha casa e escureceu, mas continuei lá porque gostava pra caramba de patinar, e cara, eu era tipo a cega de *Castelos de Gelo*. Enfim. De repente, o vento começou a uivar nas árvores e caiu um raio; parecia que os efeitos especiais de tempestade de todos os Grandes Lagos estavam sendo reproduzidos ali, minha mãe gritava por mim feito a tia Em de *O mágico de Oz*.

Ela falava muito rápido para compensar o fato de que sua língua parecia uma salsicha encharcada. Era difícil saber se um dos meninos estava ouvindo.

— Então percebi que não achava minhas botas e tive que voltar para casa pela neve de patins, o que é impossível, cara, se você já tentou, e é claro que eu caí. O que eu não entendo é que bati a cabeça quando caí e fiquei inconsciente. Acordei quando alguém estava lambendo a minha cara, e tudo bem, seria totalmente inofensivo se a gente tivesse um cachorro, mas não tínhamos. Então eu me sentei e lá estava aquele lobisomem de olhos amarelos na minha frente. Sabe como é, com presas babando e bafo horroroso de carne crua. Eu gritei e ele fugiu, depois voltei para casa engatinhando e minha mãe me colocou na cama e me deu sopa com uma colher de chá. Eu tinha 13 anos. Fiquei menstruada no dia seguinte.

— Meu Deus. — Tom teve ânsia de vômito à menção de sangue e continuou andando. — Quase morreu. — Ele bufou com desprezo enquanto se esforçava para recuperar a compostura. — Você deve ter tido uma concussão e sonhou a coisa toda.

Eliza o fuzilou pelas costas. Babaca.

— De repente, foram só os hormônios — Nick deduziu de trás dela. — Por causa do... Sabe como é... Do que aconteceu no dia seguinte, né?

— Silêncio! — Tom disse, ofegante. — Ouviram isso?

O som de *Sweet Child O' Mine*, do Guns N'Roses, ecoou no bosque.

— Vamos! — Tom disparou. O modo como corria, esquivando-se das árvores, lembrou, para Eliza, filmes de terror. *Calouros na orientação: a caçada.*

Mais à frente, Tom viu a velha estrada de cascalho. Depois, descobriu de onde vinha a música. Shipley estava ao volante da van, descrevendo um oito lenta e repetidamente na estrada. Parecia que dava a si mesma uma espécie de aula de direção. O rádio berrava de um jeito irritante. Ela os viu e parou. Os olhos azul-claros brilharam à meia-luz.

— Alguém topa um Dunkin' Donuts?

4

As ovelhas baliam do lado de fora e a casa estava tranquila. Ellen e Eli Gatz tinham ido a uma feira de artesanato que ficava a oeste, em Stanley, Idaho, e deixaram Adam e Tragedy no comando. As ovelhas podiam cuidar de si mesmas. Era Tragedy que precisava ser pastoreada. Se ficasse por conta própria, já teria penhorado todos os objetos possíveis da casa e ido de carona para o Rio. Teria bebido todo o vinho e incendiado a casa. Não que fosse irresponsável. Muito pelo contrário: seus professores costumavam dizer que ela parecia ter 50 anos, e não 15. Mas ela se entediava com facilidade, e, como gostava de lembrar a todos da família diariamente, se não a cada hora, estava louca para dar o fora daquela merda de lugar. Seu quarto era cheio de guias de viagem.

Nesta noite, eles haviam visto reprises de *Scooby Doo* enquanto Tragedy jogava "Mímica da Moda Global", uma invenção dela. Experimentava cada peça de vestuário esquisita na casa: pés de pato, calçolas, calças emborrachadas de pesca, trajes de snowmobile, capacetes de apicultor, gorros, botas para neve, coletes de caça, e Adam tinha de adivinhar que tipo de desastre da moda internacional ela vestia.

— O que sou agora? — perguntou ela, desfilando barulhentamente pela sala de estar com os tamancos de madeira da mãe, um biquíni branco e uma manta xadrez amarela e verde amarrada na cintura. Tragedy sabia que Adam estava nervoso por começar na Dexter no dia seguinte. Tentava fazê-lo rir. Até agora não estava dando certo. Adam parecia inflexível.

— Barulhenta? — respondeu Adam. — Irritante?

— Sou uma dançarina escocesa de hula — declarou ela, batendo os pés e fazendo movimentos ondulares com os braços como um polvo descoordenado. — Eu poderia tocar uma gaita de foles, mas não temos nenhuma.

Adam pegou a camisa de flanela do traje de caçador australiano que ela havia descartado e a atirou para a irmã.

— Vista suas roupas, por favor — pediu ela.

A irmã parecia se esquecer de que não tinha mais 5 anos. Parecia não perceber que se espremer num sutiã de biquíni pequeno demais na frente do irmão era totalmente inadequado. Se ela tivesse amigas que lhe dissessem o que era tranquilo e o que não era... Mas todas as meninas da escola a odiavam. Suas pernas, cílios e cabelos eram mais compridos que os delas. Ela começou a usar sutiã no quinto ano. Ela era a Nêmesis daquelas meninas.

— *Scooby dooby doo, where are you...?* — Tragedy tirou os tamancos aos chutes e desamarrou a manta da cintura enquanto cantava.

Adam desviou os olhos e suspirou. Sua vida até agora fora cheia desses momentos chatos e cansativos, mas pelo menos a casa estava tranquila, visto que seus pais tinham saído. Os Gatz nunca paravam de gritar. Não porque tivessem raiva; simplesmente preferiam falar aos berros. E quanto mais Tragedy os importunava, mais alto eles gritavam. A casa era quase pacífica sem eles, embora ainda não o suficiente para Adam conseguir realmente *pensar*. Não com Tragedy por perto. Ela jamais calava a boca.

— ... *the way you shake and shiver...* — cantou Tragedy. Ela largou a manta xadrez no chão e amarrou um avental branco de chef por cima do biquíni. Sabia que deveria colocar um short e talvez uma blusa, mas eles não estavam esperando a rainha-mãe ou algo assim.

Adam cruzou e recruzou as pernas. Chutou os chinelos da irmã pela sala. Puxou um fio do sofá cinza e gasto. Sua mente estava a mil. Amanhã ele se matricularia nos cursos da Dexter e as aulas começariam no dia seguinte. Ele não devia estar fazendo algo para se preparar? Eu nem sei *para que* serve a faculdade, pensou ele com ressentimento. Mas pelo menos era alguma coisa.

Tragedy correu para o quarto e voltou com um ursinho de pelúcia azul e pequeno no bolso da frente do avental e um moletom por cima da parte de baixo do biquíni. Pegou o boné dos Yankees no armário do corredor e o colocou.

— E agora, o que sou? — perguntou ela, parada diante de Adam com as mãos nos quadris.

Adam se limitou a fechar a cara para ela.

— Sou uma mamãe do beisebol da Flórida, embora devesse estar usando um boné dos Marlins. Ou talvez seja a chef de cozinha dos Yankees. — Ela enfiou os pés nos tamancos de novo.

Adam não respondeu.

— Acho que você não está mais brincando. — Ela pulou para o sofá ao lado dele e pegou o Cubo Mágico. — Aposto que posso fazer todo o lado amarelo e todo o verde antes do próximo comercial.

A estrada rural estava deserta. Não tinha postes. Nem mesmo vacas. A van avançou aos trancos por um cruzamento e desceu uma colina.

— Como sabe para onde ir? — perguntou Eliza. Ela se agachou entre os dois bancos da frente, olhando ansiosa pelo para-brisa, como o cachorro da família. Tom estava sentado no banco do carona. Ficava aumentando e diminuindo o volume do rádio.

Nick se ajoelhara de lado no banco traseiro, segurando a maçaneta da porta.

— Eu sabia que era uma má ideia — queixou-se ele.

— Tenho certeza de que vamos acabar chegando a uma cidade se continuarmos dirigindo — refletiu Shipley. Ela não dirigia muito rápido. A coluna de direção da van estava desalinhada e ela mal alcançava os pedais. Era assustador passar de trinta por hora.

Ao longe, uma luz azul brilhou na ponta da torre de uma igreja. De repente a estrada não estava mais deserta. Uma fazenda branca surgiu à frente, suas janelas brilhando com uma luz alegre. Nuvens de fumaça cinza subiam da chaminé, e havia uma cadeira de balanço amarela na varanda. Atrás da casa havia um celeiro vermelho e, depois dele, uma cerca pintada de branco fechando um pasto íngreme, pontilhado de ovelhas brancas e felpudas. Parecia a casa de veraneio de Papai e Mamãe Noel.

— Vamos parar aqui — sugeriu Tom. — Vou pedir informações a alguém.

— Vá com cuidado — avisou Eliza. O campo começava a lhe dar nos nervos. Assassinos com machados e serial killers espreitavam atrás de cada árvore.

— Cuidado! — gritou Nick enquanto Shipley conduzia a van para a casa. Ela ignorou inteiramente a entrada de carros, entrando no jardim.

Uma luz amarela entrava pela janela. Os dois fachos de luz dos faróis de um carro atravessaram o jardim e iluminaram a varanda da frente.

— Ei, seu psicótico! — Tragedy correu para a cozinha e abriu a porta de tela. — Ei, devagar aí! — gritou ela, agitando os braços. — Tem gatos por aqui! Gatos e cordeiros!

Adam seguiu a irmã, a garganta seca e os joelhos tensos. Nada realmente interessante acontecia em Home, nunca, mas ele tinha certeza de que isso estava prestes a mudar.

Uma van marrom parou bem na frente dos degraus que levavam à varanda. Adam distinguiu o logo de pinheiro da Dexter na lateral. Uma loura de short branco saiu de trás do volante. Os olhos azul-claros pareceram reluzir no escuro.

— Caraca! — exclamou Tragedy. — Santa Guacamole!

Adam segurou a maçaneta de metal da porta de tela. O lado do carona se abriu e um cara imenso e musculoso saiu do carro. Vestia bermuda de mauricinho e um cinto amarelo-vivo. Atrás dele, tropeçou para fora uma menina de aparência durona e franjas pretas. A porta traseira deslizou e um cara usando gorro de lã com protetor de orelhas meteu a cabeça para fora, como uma marmota vendo se a primavera tinha chegado. Só o que faltava era um dogue alemão grande e babão.

— Oi. — O cara do gorro saltou da van. Estava com um colete de fleece cinza e era idêntico a todos os alunos da Dexter, a não ser pelo Band-Aid no meio da cara. — Desculpe pelo gramado. Ela... a gente... se perdeu, sabe?

Os lábios da loura se separaram. Os olhos azuis brilharam para Adam com uma intensidade luminosa.

— Não estamos perdidos — insistiu ela.

— *Hello, Dolly! Well, hello, Dolly...!* — Tragedy cantava de um jeito ridículo e alto. Qualquer desculpa para fazer o maior estardalhaço possível. Adam teve vontade de bater nela.

— Podemos ajudar? — disse ele, recebendo os visitantes.

— Estamos procurando um Dunkin' Donuts — explicou a menina de franja. — E talvez vocês digam que nem tem Dunkin' Donuts no Maine.

Adam ficou decepcionado. Esperava que a van estivesse quebrada ou que a líder de orientação tivesse sofrido um ataque cardíaco. Algo bem dramático.

— Acho que o mais próximo fica em Augusta.

O grandalhão riu.

— Isso pode significar alguma coisa para você, mas não para a gente. Dá para desenhar um mapa?

— Espere aí.

Adam estava prestes a entrar e pegar uma folha de papel e um lápis quando Tragedy o empurrou para o lado. De jeito nenhum deixaria essa passar.

— Ei, por que não entram? Nossos pais saíram e estamos morrendo de tédio. Temos cerveja, vinho e leite fresco de ovelha. Tem gosto de bunda, a não ser que você misture com um pote inteiro de Quik. Aí não fica ruim.

A maconha fizera maravilhas pela timidez de Shipley. Ela deu um passo à frente, colocando o pé direito com chinelo no degrau da varanda. A madeira rangeu.

— Desculpe, sou péssima motorista. Vocês têm sorte por eu não ter atropelado seus cachorros ou algo assim. — Ela olhou em volta, procurando sinais de animais. Pensou ter visto um gato se esgueirar por baixo da varanda.

— Meu nome é Adam — apresentou-se o ruivo desajeitado com um sorriso no rosto sardento.

— E eu sou a irmã dele, Tragedy — explicou a menina alta e morena parada ao lado, com as mãos nos quadris e um avental branco de chef. Não estava de blusa; apenas com a parte de cima de um biquíni e um boné dos Yankees. Um ursinho de pelúcia azul espiava do bolso do avental. Evidentemente ela era fã de esportes. — Só espero que vocês não tenham ferrado o gramado, ou meu pai vai pregar suas bundas numa árvore. Ele é totalmente obsessivo com esse gramado.

— Vocês têm comida? — perguntou Tom, subindo a escada. — Estamos mortos de fome, e assim, se tiverem alguma coisa para comer, vamos agradecer de verdade. — Ele sabia que deveria ser mais educado, mas todo aquele vômito o deixara vazio por dentro. Se não arrumasse um sanduíche de presunto, e rápido, desmaiaria.

— Claro. Definitivamente. — Tragedy escancarava a porta de tela. — Por favor, entrem.

Shipley olhou para trás para ver o que Nick e Eliza aprontavam. Nick estava parado sobre um pé só como um flamingo, parecendo hesitante e pouco à vontade com aquele Band-Aid ridículo colado entre as sobrancelhas.

— Depois, é melhor a gente voltar — murmurou ele. — Senão eles vão pensar que fomos devorados por ursos ou algo do tipo.

Eliza colocou as mãos nos bolsos do short e se aproximou da varanda.

— Desde que eles tenham comida... — concordou ela com uma relutância de chapada.

Os quatro recém-chegados se sentaram rigidamente à mesa da cozinha enquanto Adam e Tragedy pegavam comida e bebida. A casa era caótica, com livros, roupas e ferramentas de jardinagem, solda ou mecânica de carros espalhados por todo lado. Um fogão a lenha se encontrava encolhido no canto da cozinha. Parecia o único utensílio para cozinhar disponível.

— Vocês moram aqui mesmo? — perguntou Shipley, incrédula. Ela queria saber se eles moravam ali o tempo todo; se não era só uma casa de campo onde fingiam ser fazendeiros enquanto, na maior parte do tempo, moravam em algum lugar urbano e moderno, como Los Angeles.

— Eu até nasci nesta casa — admitiu Adam.

— A mamãe não acredita em médicos — explicou Tragedy. — Ela e papai são de um lugar chamado Park Slope, no Brooklyn. Eles se conheceram na Dexter, mas largaram a faculdade para começar esta fazenda. Eles cultivam vegetais e criam ovelhas para usar a lã e o leite. E fazem aquelas ferramentas de lareira totalmente inúteis. É onde estão agora: numa feira de artesanato, vendendo suas ferramentas idiotas.

Adam colocou quatro garrafas marrons na mesa.

— O papai produz sua própria cerveja. É meio turva e no começo tem um gosto um pouco estranho, mas depois que você se acostuma, fica muito boa.

— Vou tomar um vinho — disse Eliza.

— Eu também — concordou Shipley.

— Uma escolha sensata. — Tragedy arrumou sua porção matinal de biscoitos de chocolate num prato e ofereceu às visitas. Gostava de assar. Ajudava a aliviar o tédio. — Deixem-me adivinhar. Vocês são calouros e fugiram para passar a noite fora?

— Mais ou menos. — O cara do gorro meteu um biscoito na boca. — Meu nome é Nick. — Ele apontou para o grandalhão sentado de frente para ele. — Esse é o Tom. — Depois apontou para a loura. — Essa é a Shipley. — Por fim, apontou para a menina de franja. — E essa é a Eliza. — Ele engoliu o biscoito e pegou outro. — Desculpe se parecemos uns malucos. É que estamos bem chapados.

Então era esse o problema. Tragedy tirou o ursinho azul do bolso do avental — um acessório estranho, mesmo para ela. Depois, pegou um copo alto de Coca-Cola e o encheu até a boca com vinho tinto.

— Adam vai ser da turma de vocês. — Ela passou o copo a Shipley e serviu outro para Eliza. — Mas ele foi pão-duro demais para se matricular na orientação.

Adam abriu uma cerveja e tomou um gole cauteloso.

— Eu teria que conseguir 150 dólares em mirtilos para pagar por isso — disse à irmã. Ele percebeu que Shipley o encarava e, de imediato, arrependeu-se de falar em colher mirtilo.

— É mirtilo pra caramba — observou Tom com a boca cheia de biscoitos. Ele nunca tinha comido nada tão bom em toda a vida. Na verdade, podia sentir o gosto das sementes de cacau nas gotas de chocolate. Sentia o gosto do sol que brilhara sobre a cabeça das galinhas que puseram os ovos presentes na massa. Os biscoitos eram transformadores para sua vida.

Um gato cinzento e grande passou preguiçosamente pela cozinha, lambendo a boca. Uma tira de papel pega-moscas amarela pendia do teto como um enfeite, adornado de moscas mortas. O ar tinha cheiro de geleia de mirtilo e biscoito recém-assado.

Shipley se sentou de frente para Tom, bebericando o vinho com precisão rítmica. Estava feliz por já ter feito xixi.

Eliza mordeu a borda do copo. A qualquer minuto, ouviria o ronco de uma motosserra, e as cabeças começariam a voar.

— Ei, a gente devia fazer um jogo da bebida ou algo assim — sugeriu Tragedy.

— Ah, por favor, não — Adam gemeu. Tragedy sempre tinha as piores ideias do mundo.

Eles jogaram Desconfio com dois baralhos. Tragedy dizia "desconfio!" a cada mão, o que era irritante, mas significava que todos estavam muito bêbados. Seis garrafas de vinho e uma caixa de cerveja depois, Shipley se deitou no sofá da sala com a cabeça no colo de Tom e os pés no de Adam, observando Tragedy e Nick dançarem com a coleção de discos dos Bee Gees da família Getz. Os gemidos operísticos dos irmãos Gibb pareciam quase futuristas, embora a música tivesse sido lançada quase duas décadas antes. Eliza estava ajoelhada no chão ao lado da mesa de centro, olhando as peças de um quebra-cabeça. A maratona *Scooby Doo* continuava a passar na TV emudecida. Scooby e Salsicha andavam na ponta dos pés por um parque de diversões deserto, com os dentes batendo sem fazer barulho. Eram duas horas da manhã. As ovelhas estariam balindo para pedir ração às seis.

— Ameixa — disse Tom, olhando a lateral da cabeça de Shipley. — Era com essa cor que eu começaria se tivesse que pintar seu cabelo. Todo mundo acha que o cabelo louro é amarelo, mas na verdade não é.

— Hummmm... — Shipley nunca ficara tão bêbada. Havia muito tempo desistira de falar. Na outra ponta do sofá, sentia os dedos de Adam roçando em seus pés descalços. Fechou os olhos.

A música seguinte era uma balada. Em vez de tentarem uma dança lenta e desajeitada, Tragedy e Nick se ajoelharam ao lado de Eliza para ajudar no quebra-cabeça.

— É da Mensa Society — disse-lhes Tragedy. — Eu entrei para lá só por diversão. É uma foto do primeiro pouso na Lua e tem 800 peças... Oitocentas e só quatro cantos. Estou montando há quase uma semana e perdi a tampa da caixa, que tem a foto, e agora estou ferrada. — Ela recuperou a peça que Nick tinha acabado de pegar. — Ei, me dá isso aqui! É o polegar do Neil Armstrong. — Ela encaixou a peça no lugar. — Um ponto para as mulheres!

Começou outra música lenta e, mesmo com os corpos participando do que acontecia na sala — conversando, movendo as peças do quebra-cabeça, fingindo não dormir, afagando um pé ou uma mecha de cabelo —, a mente de todos estava longe dali. Cada um deles, à sua própria maneira, admirava-se de como tinham chegado ali, a essa casa no Maine, a esse momento da madrugada juntos, quando no café da manhã anterior, estavam em suas próprias casas, em suas próprias cidades, sem a menor ideia de que isso aconteceria.

— A vida é como uma ampulheta; a consciência é a areia. — Nick repetia uma frase que tinha decorado de um livro de meditações taoístas, ou talvez fosse de um adesivo de para-choque de Laird Castle. A mãe dele guardara dinheiro para mandá-lo para a universidade desde que ele estava no útero, e ali estava ele, jogando tudo fora na primeira noite. Era só uma questão de tempo até eles serem pegos, e então seria uma merda para todos.

Eliza avaliava sua própria propensão à violência. Nas últimas 12 horas, ela vira cinco caras caindo sob o feitiço do short branco e irritante de Shipley: os vizinhos de alojamento, o Nick ferido, o Tom cara-de-vômito, e agora esse garoto de fazenda. Se o serial killer não aparecesse, teria de assassinar Shipley ela mesma.

Tom estava dividido. Quando preenchera o formulário de matrícula, só pensava em economia e política. Mas o cabelo de Shipley era uma inspiração. Amanhã se matricularia num curso de pintura. Mesmo que achasse um porre, tiraria facilmente nota máxima.

Tragedy acabara de perceber que não tinha um só livro sobre viagens espaciais. Depois de ter visitado cada destino que marcara nos guias de viagem, começaria a economizar para ir à Lua, Marte, ou Urânus.

Adam também sonhava com uma existência extraterrestre. Se isto fosse *Jornada nas estrelas*, pensou ele, segurando com atrevimento os pés descalços e sonolentos de Shipley, eu teletransportaria todo mundo de volta à nave, menos ela. Fundaríamos nossa própria civilização em algum planeta abandonado e eu montaria uma espécie de campo de força em volta dela para que nada jamais lhe acontecesse. Mesmo que manter o campo de força significasse exaurir a energia do planeta, eu faria isso. Mesmo que eu morresse por ela. De repente, sua vida estava impregnada de significado.

Mas na fértil floresta de sua imaginação, Shipley já se rendia aos encantos de outro menino. A madeira estalava enquanto Tom a carregava escada acima, o gato cinza à frente deles como um cicerone intrometido. Ele a deitaria numa cama. O edredom seria Ralph Lauren com estampa roxa e azul e as paredes, decoradas como um grande quadro do Museu de História Natural. Patos nadando em lagos gelados, as pontas das asas juntas. Um coelho encolhido, farejando o ar ao se erguer sobre a pata ferida. Ovelhas balindo numa encosta verdejante. Um lobo olhando sua presa de cima com os caninos babando. Tom a beijaria e as roupas dos dois cairiam como cascas de cebola. Os animais ficariam olhando enquanto os dois faziam amor.

Tragedy pegou o cubo.

— Quem quer cronometrar para mim?

Como peças de um quebra-cabeça que tivessem sido cortadas para se encaixar, mas até agora se espalhassem ao acaso na caixa, a essa altura os seis estavam inextrincavelmente ligados. É claro que a maior parte do quebra-cabeça estava inacabada; levaria uma vida inteira para completar, ou pelo menos quatro anos.

A porta de tela da cozinha bateu. Shipley se sentou ereta no sofá, aliviada ao ver que ainda estava de short.

Lá vamos nós, pensou Eliza morbidamente. A deixa para a motosserra.

— Se estiverem aí dentro, quero seus traseiros de volta na van agora! — Era a professora Rosen. Estava esbaforida, como se tivesse corrido muito. — Vou levar vocês para o campus. Evidentemente, não posso confiar que fiquem sozinhos no bosque.

5

A universidade requer um período de experiência. Primeiro vem a tarefa nada familiar de dormir numa cama desconhecida, de um prédio barulhento, com uma praticamente estranha dormindo no seu quarto. Sua colega de quarto pode ser do tipo que levanta cedo e, depois de tomar o primeiro banho, está totalmente vestida e seca o cabelo às sete da manhã. O barulho do secador lhe dá dor de cabeça. Ao se levantar, você provavelmente terá de esperar no corredor, à porta do banheiro, para usar a privada, o chuveiro ou a pia. Você pode estar de ressaca depois de ficar acordada a maior parte da noite tomando cerveja pelo funil com os vizinhos veteranos. E tem o café da manhã no refeitório, uma combinação confusa de opções de cereais da pré-escola com xicrinhas mínimas de café ralo.

Em seguida, a matrícula: um hospício no ginásio de esportes. Os professores de matérias impopulares, como geologia ou alemão, anunciam os planos de estudo como vendedores em domicílio, enquanto a fila para se matricular em redação criativa ou estudos de cinema vai até a porta. Você se lembra do que disse sua orientadora do Ensino Médio sobre fazer uma variedade de cursos em seus primeiros dois anos de faculdade. Interessando-se por cada matéria, você abrirá mais opções enquanto se forma e conclui o curso básico, podendo então se concentrar nos cursos que realmente quer fazer. Além do obrigatório língua inglesa I, você se matricula em introdução à geologia para preencher os créditos de ciências, introdução à psicologia para usar seus créditos de ciências sociais — mas também porque você acha que a matéria consiste em se deitar num divã e falar de si mesmo —, compreensão da música (vulgo crédito mole), Romantismo porque parece romântico, e redação criativa de poesia porque a turma de ficção está lotada e poemas são mais curtos e, portanto, exigem menos trabalho.

Na primeira semana de aula, você cola nas pessoas que conheceu na orientação, não porque tenham algo em comum, mas porque não sabe com quem mais falar além dos caras do quarto ao lado que estão se formando em sua matéria preferida: cerveja. Você curte suas aulas e palestras nessa primeira semana porque elas estão entre as melhores da universidade: é a chance que elas têm de conquistar você, para que não largue o curso antes da confirmação da matrícula, na sexta-feira. Uma vez que a maioria dos alunos ainda está comprando os livros, a carga de trabalho é leve, uma representação falsa do que virá depois.

Corte para sexta-feira, no final da primeira semana.

Assim como os outros calouros, Shipley, Eliza, Tom e Nick continuaram juntos, como no seu grupo de orientação, comendo juntos no refeitório, estudando juntos na biblioteca, vendo TV juntos em seus respectivos alojamentos... Não porque se gostassem exatamente, mas porque estavam sendo castigados.

— A punição deve ser compatível com o crime — dissera a professora Rosen antes de impor aos quatro depravados "restrições de movimento", o que significava que na primeira semana de aulas, eles não poderiam sair do campus.

Na manhã de sexta-feira, Shipley já estava farta disso. O churrasco de boas-vindas da Dexter seria esta noite e ela precisava de cigarros, repelente de insetos, e, se criasse coragem para comprar, camisinhas. Ela nunca vira uma camisinha fora da embalagem, mas parecia-lhe que toda universitária de respeito, mesmo virgem, deveria ter camisinhas à mão para o caso de o cara por quem se apaixonou durante a orientação parar de implicar com o colega de quarto e começar a notar sua presença. Sua primeira aula só começava às 11 horas e havia um posto de gasolina com uma loja de conveniência ao pé da colina. A semana estava quase no fim. Certamente a professora Rosen não se importaria se ela fosse até a periferia da cidade só por um minutinho.

O carro devia estar bem ali onde deixara, de frente para o trecho inclinado de grama aparada no canto de trás do estacionamento, a traseira se projetando para a calçada, as chaves no pneu da frente, como era hábito da família. Ela contornou o perímetro do estacionamento, olhando para trás em direção ao seu alojamento, vendo se estava no lugar certo: o estacionamento para alunos na frente do Coke, onde deixara o carro no sábado anterior. Havia poucos carros pretos no estacionamento e a única Mercedes era uma conversível bege antiga. Seu carro tinha sumido.

Shipley cruzou os braços e mordeu o lábio. A quem ela contaria? Não aos pais, e certamente não a sua orientadora, que por acaso era a professora Rosen. Ela vira um carro da segurança do campus patrulhando a rua à noite, mas parecia haver um segurança só, e ela não sabia como entrar em contato com o homem. Talvez fosse melhor não contar a ninguém. O carro um dia apareceria, talvez. E pedir carona podia ser bom para conhecer pessoas. Tom tinha carro e ela certamente queria conhecê-lo. Corando enquanto criava uma pequena fantasia sobre perder a virgindade com Tom no banco traseiro de seu jipe, ela desceu a colina para a cidade, os chinelos se arrastando sobre as pedras soltas do acostamento, o sol de início de setembro queimando seus braços expostos. Logo um Volkswagen parou.

Adam nem acreditava em sua sorte. Tinha procurado por ela a semana toda. Na realidade, ele a vira várias vezes — na matrícula, comprando café no Starbucks, na biblioteca, no laboratório de computação —, mas ela nunca estava sozinha e ele sentia um calor tão intenso em suas extremidades sempre que a via que tinha medo do que poderia dizer. Tragedy não estava com ele, mas era a voz dela que Adam ouvia, aos gritos na sua cabeça: *Pare, seu frouxo, pare! Encoste!* Então ele criou coragem e pisou no freio.

— Precisa de uma carona? — disse ele pela janela aberta. Era o garoto da fazenda.

— Ah, é você... — disse Shipley, constrangida por não conseguir se lembrar do nome dele. — Eu só ia comprar cigarros lá embaixo. Perdi meu carro — explicou ela, abrindo a porta do carona do Volks.

— Espere. Desculpe. — Adam jogou a pilha de livros e fitas cassete que estavam no banco da frente para o traseiro para Shipley poder entrar. — Quer dar queixa na polícia? Por seu carro, quero dizer?...

Shipley puxou a minissaia jeans para baixo a fim de cobrir as pernas.

— A polícia? Não, está tudo bem. Eu só queria uns cigarros.

O carro desceu rapidamente a colina até a cidade. Na segunda-feira seria o Dia do Trabalho, e o hálito quente do verão já se mesclava ao toque gélido do outono. Logo as folhas cairiam e as árvores de todo o campus ecoariam os sons de tiros de armas de fogo. Caçava-se muito em Home.

— Vai ao churrasco hoje à noite? — perguntou Shipley, animada. — Soube que vai ter uma banda e tudo.

Adam ligou o rádio e rapidamente o desligou, sem saber o que fazer com as mãos além de trocar marchas e girar o volante.

— Eu iria se... — Sua voz falhou. Por que começou a frase desse jeito? Se *o quê*? Se ela fosse e ficasse de mãos dadas com ele? Se ela prometesse ir para casa com ele depois? Se ela deixasse que ele a beijasse?

Shipley não pareceu se importar por ele deixar um branco para ela preencher.

— Bem, nós vamos. Eu e minha colega de quarto, Eliza, e Nick e Tom. — Ela tombou de lado a cabeça loura. — Ficamos juntos a semana toda.

Adam se arrepiou ao ouvir o nome de Tom, seu aparente rival, e de repente mudou de assunto.

— Há quanto tempo você fuma?

— Acabei de começar. — Shipley riu. — Mas não sou viciada nem nada. Só estou experimentando.

Adam apertou o botão da água do limpador de para-brisa e do próprio limpador. Eles bateram loucamente de um lado a outro antes que ele os fizesse parar. Um fluido espumoso azul pingava para dentro das janelas abertas.

— Desculpe — murmurou ele, irritado consigo mesmo.

O posto de gasolina estava bem à frente.

— Pode me deixar aqui — disse-lhe Shipley. — Eu posso voltar a pé. — Ela estava prestes a sair do carro quando viu a professora Rosen abastecendo uma minivan branca.

— Merda! — xingou, abaixando-se no banco. — Eu não devia sair do campus. — Ela olhou para Adam e sorriu, com o rosto corado. — A gente pode ficar aqui até ela ir embora?

Adam desligou o motor e se abaixou para que a cabeça dos dois ficasse no mesmo nível. Era muito romântico. Ou teria sido, se ele conseguisse pensar em algo para dizer. Em vez disso, ele só a olhava. Podia olhar para ela o dia todo. *Não fale. Só beije-a!*, gritava a voz incorpórea de Tragedy. E, embora quisesse — ah, e como queria! —, Adam achou que seria sensato primeiro ficar amigo.

— Está gostando da Dexter até agora? — perguntou ele.

Shipley deu de ombros e fez que sim, porém indicando que mais ou menos, obviamente entediada por essa pergunta chata. Ela olhou ao redor pelo carro, procurando algo que tivesse o nome dele, sentindo-se idiota por ainda não conseguir se lembrar.

— Você também ficou encrencado?

Adam deu de ombros.

— Meus pais ficaram meio surpresos quando viram que toda aquela cerveja e o vinho tinham sumido, mas não ligaram muito. E acho que a professora não sabia que sou aluno.

Estava ficando cada vez mais evidente que Adam, como aluno não residente, não teria a experiência completa da faculdade. Sua mãe ainda preparava seus ovos e lavava suas roupas. O pai ainda o ajudava com o carro e assobiava enquanto ele tentava ler. Ele ainda tinha de levar o lixo para fora. Ainda precisava aturar Tragedy desfilando na varanda e cantando temas musicais aos berros enquanto molhava os gerânios. Ele nunca tivera de esperar na fila para tomar banho de manhã, e jamais passaria a noite na biblioteca para não acordar o colega de quarto. Se quisesse conhecer os colegas e se tornar membro da comunidade da Dexter, teria de se inserir: ingressar em times esportivos, fazer testes para o teatro, tornar-se politicamente ativo. Mas ele não era sociável por natureza. Até a ideia de ir ao churrasco de boas-vindas da Dexter o fazia transpirar de nervosismo.

Ele olhou o relógio. Estava prestes a perder a segunda aula de introdução a estudos americanos. O professor, dr. Steve, era um daqueles ótimos mestres antigos que podiam falar sobre tudo, como faróis, batalhas da Guerra Civil, mineração de carvão, e tornar o assunto fascinante. Mas valia a pena perder a aula para ficar sentado ao lado de Shipley e respirar o mesmo ar estagnado do carro que ela respirava. Talvez até a convidasse para almoçar em sua casa.

Do outro lado das bombas, Patrick estava sentado ao volante da Mercedes preta da família, vendo sua ex-professora de inglês abastecer com gasolina a minivan. Ela fora sua orientadora quando ele era aluno da Dexter. Quando ele faltou à primeira reunião de orientação e ao primeiro mês de aulas, ela aparecera na frente de seu quarto do alojamento com uma lata de biscoitos Toll House e um exemplar de *O apanhador do campo de centeio*. Patrick aceitou os biscoitos, mas disse a ela que já lera o livro, o que era mentira. Tantos psicólogos e orientadores já haviam lhe dado o mesmo livro que ele podia adivinhar do que se tratava: alienação, solidão, desinteresse pelos estudos, infração das regras. As pessoas achavam que ler aquele livro podia mudar sua vida de alguma maneira. Talvez ele se sentisse menos só. Talvez lhe desse alguma perspectiva. Talvez ele percebesse que sua experiência não era tão singular. Mas ele preferia não ficção.

Era ótimo finalmente ter um carro. Ele passara os últimos dias rodando pelas velhas estradas de terra e dormindo no banco traseiro. Dirigira até a praia e nadara no mar. Estivera no Parque Estadual Baxter, onde vira um urso pardo, e no lago Moosehead, onde vira uma família inteira de lontras. Agora não restava muita gasolina no tanque, mas ele não podia se arriscar a abastecer e sair sem pagar, porque havia um carro de patrulha do Departamento de Polícia de Home estacionado na frente da loja de conveniência. Ele já tinha estado na cadeia duas vezes: uma em Miami, por dormir em um banco e resistir à prisão, e uma vez em Camden, no Maine, por invadir um apartamento vazio durante uma tempestade de granizo. A polícia de Miami o prendera por quatro meses. Foi quando descobrira a *Dianética*, de L. Ron Hubbard. Lera o livro duas vezes. A de Maine o libertara depois de cinco dias.

Ele deu a partida no motor, decidindo deixar o carro no estacionamento da Dexter, exatamente onde o encontrara no sábado anterior. Antes de entrar na avenida Homeward, reduziu ao lado de um Volks branco que estava parado perto do meio-fio com as janelas abertas. As pessoas no banco da frente pareciam estar se beijando. Só o que ele podia ver era o topo das cabeças. Uma delas era muito loura, como a da irmã, e a outra, muito ruiva. Ele reconheceu o carro. Pertencia ao babaca que tinha ficado todo nervosinho na frente do Starbucks outro dia. Patrick pisou no acelerador e apertou fundo a buzina enquanto arrancava pela rua.

Relutante em abrir mão do carro e da liberdade tranquila que vinha com ele, Patrick fez o caminho mais longo de volta ao campus, dirigindo pela cidade, passando pelo Walmart e a Shop'n Save. A Home High School ficava pouco à frente, do outro lado da rampa de acesso à Interestadual 95. Uma menina estava parada na beira da estrada com o polegar erguido. Ele reduziu e abriu a janela do carona. Era a menina do Starbucks.

— Estou sem gasolina — disse Patrick —, mas posso te levar até a Dexter.

— A Dexter que se foda. — Era o primeiro dia do segundo ano de Tragedy no Ensino Médio e ela tinha saído da aula durante a chamada, já morta de tédio. Ela pousou os cotovelos na janela. — Eu estava pensando no Texas... Quem sabe o México? — Ela semicerrou os olhos para ele. Patrick ainda estava com a parca rasgada e o moletom sujo da Dexter. Eram as únicas roupas que tinha. — Ei, você é aquele cara! Onde arrumou esse carro chique?

— Eu achei — disse ele. — Quer a carona ou não?

— Não. — Tragedy se afastou da janela. — Vou pegar uma carona para o Texas. — Ela pretendia chegar o mais perto possível da fronteira; depois, atravessaria a pé para o México. Arrumaria um emprego preparando tacos ou adestrando jumentos.

Patrick arrancou e subiu com o carro em direção ao campus. A luz do combustível tinha estado acesa o dia todo. Ele parou no estacionamento em frente ao Coke, fazendo o máximo para imitar a baliza terrível da irmã, e deixou a chave no pneu.

Shipley semicerrou os olhos no banco da frente do carro de Adam enquanto a professora Rosen desaparecia no interior da loja de conveniência para pagar pela gasolina e se abastecer de Pringles e Oreos, ou o que mais a sustentasse.

— Nem acredito que só estou aqui há uma semana e meu carro foi roubado. — Shipley estava irritada. — Meu pai vai me matar.

— Seus pais são muito rigorosos? — perguntou Adam, só porque os dele não eram.

— Na verdade, não — disse ela, pensando melhor. Ela é que era rigorosa; consigo mesma. Como podia estragar tudo quando o irmão tinha ferrado o bastante para os dois? Ela estava prestes a contar tudo a Adam sobre Patrick e os silêncios tensos entre os pais na hora do jantar quando a cabeça da professora Rosen apareceu na janela aberta.

— Shipley Gilbert, as palavras "restrição de movimentos" significam alguma coisa para você? — perguntou ela. Não havia como Shipley saber disso, mas o castigo da restrição de movimentos fora implementado durante o período de seu irmão na Dexter.

Shipley sentou-se direito e olhou para Adam. A cara dele estava muito vermelha.

— D-desculpe — gaguejou ela — Não é culpa dele. Meu carro foi roubado. Achei que a semana tinha acabado, e precisava de um repelente de insetos para hoje à noite.

A professora Rosen franziu a testa e voltou sua atenção a Adam.

— Placa do Maine — observou ela. — Você mora aqui perto?

Shipley decidiu não lembrar à professora que ela já estivera dentro da casa de Adam.

Adam se perguntou se agora ele também estaria encrencado.

— A apenas alguns quilômetros daqui. River Road, sentido China.

Os olhos da professora Rosen se iluminaram.

— Está brincando! Também somos da River, na ponta de Homeward. — Ela semicerrou os olhos para ele por um minuto constrangedor. O cabelo dela era bonito, percebeu Shipley pela primeira vez: castanho claro com luzes louro-arruivadas naturais que refletiam o sol. — Preciso perguntar... — continuou a professora. — Por acaso você não tem nenhuma experiência no teatro, tem?

Atuar na frente de uma plateia não era algo em que Adam tivesse ao menos considerado. Na realidade, a ideia o apavorava.

— Não, não mesmo. Desculpe.

— Bem, estou montando uma peça de um ato. Todo ano faço isso. Este ano é *The Zoo Story*, de Edward Albee. Conhece?

Adam balançou a cabeça negativamente.

— Só tem dois personagens, Peter e Jerry, e você é perfeito para o papel do Peter.

— Entendi. — Adam assentiu educadamente, embora não tivesse a intenção de pegar papel nenhum na peça da professora.

— Aliás, qual é o seu nome?

— Adam. Adam Getz.

— Muito bem, Adam. Pense nisso. — A professora Rosen bateu os nós dos dedos no teto do carro, bem em cima da cabeça de Shipley. — Agora, seja bonzinho e leve-a de volta ao campus, onde ela deveria estar.

6

A Dexter era um lugar sério. Eliza esperou durante a semana toda que algo irônico acontecesse, como uma tempestade mortal de Hacky Sacks ou uma micose no pé que exigisse amputação, induzida por usar sandálias de couro, mas não teve sorte. E a população estudantil tinha a firme decisão de se *enturmar* em algumas coisas: equipe de Lenhadores, futebol americano, eleições, cerveja, que simplesmente não a animavam em nada. Se quisesse curtir os quatro anos seguintes, teria de se divertir sozinha. O que era bom. Ela estava acostumada com isso. E certamente havia muitas oportunidades.

— É bom saber que vocês não têm vergonha de ainda serem vestidos pela mamãe — cumprimentou Nick e Tom na frente do alojamento deles. Os meninos moravam no Root, do outro lado do pátio do Coke. Nesta noite, Tom estava de bermuda azul-marinho com estampa de cachorrinhos verdes, uma camisa Lacoste amarela, um cinto de algodão verde trançado e Docksiders sem meias. Eliza achou que era preciso coragem para não ser influenciado por todo o clima hippie que o rodeava. Nick, por outro lado, estava com uma camiseta roxa estrategicamente retalhada com uma imagem de um ursinho Gummy amarelo, uma calça velha de veludo cotelê marrom e o gorro com abas nas orelhas que era a sua marca registrada.

— Como é a vida de casados? — perguntou ela.

Os meninos deram de ombros, pouco à vontade. Obviamente nenhum dos dois estava satisfeito por dividirem o quarto.

— Alguma sorte com a agência de empregos? — perguntou Nick, mudando de assunto.

— Sim — disse Eliza. — E você?

— Eu também — respondeu Nick com cuidado. Ele esperava que Tom implicasse com ele por precisar de um emprego no campus. Quanto menos falasse nisso, melhor.

A permanência de Eliza e Nick na Dexter dependia de ajuda financeira da faculdade e seu pacote dependia de que tivessem um emprego no campus. Os empregos que pagavam melhor eram no Serviço de Refeições e na Sub-Reitoria de Manutenção, mas, em geral, os alunos mais antigos os ocupavam enquanto os calouros estavam na orientação. Outros empregos incluíam ajudar professores com xerox e arquivamento, trabalhar na seção de correspondência, ajudar alunos com a papelada no Centro de Redação, guardar os livros da biblioteca, operar o equipamento audiovisual em exibições de filmes, palestras ou apresentações, ou servir de modelo nas aulas de belas-artes: retratos.

Em uma grande universidade, é possível se safar com um emprego de modelo sem o medo de ser constantemente reconhecido, mas não na Dexter. Era pequena, e, depois de alguns meses, não havia caras novas. Uma modelo para qualquer um dos cursos de artes podia contar com o fato de que na formatura metade do campus a teria visto nua. Isso não desanimou Eliza. Era melhor que despelar e fatiar frango cru, um trabalho de restaurante que ela havia tido no passado.

Nick pegou um emprego no departamento de audiovisual. Gostou da ideia de ver filmes de uma pequena cabine no fundo de uma sala de exibição, e ele já sabia usar um projetor. Em casa, costumava encher o aparelho com slides de sua mãe fumando maconha na praia enquanto estava grávida dele, ou de seu pai fazendo castelos de areia. Isso tinha sido antes de o pai ir à Califórnia a negócios e conhecer uma instrutora de ioga de Santa Cruz, lar das mulheres mais cativantes do mundo. Desde então, eles não recebiam muito mais do que um cartão-postal.

— Cadê a Shipley? — perguntou Nick.

Eliza fez uma careta.

— Quem se importa? — Ela entrara na rotina de ódio a Shipley. Até odiava suas calcinhas, que pareciam ser lavadas a seco, e seus jeans, que ela pendurava em cabides. Os jeans! — Acho que ela já foi para o churrasco. Disse que ia encontrar a gente lá.

O sol estava baixo e quente. The Grannies, a banda da Dexter, cover do Grateful Dead, afinava as guitarras em um pequeno palco improvisado atrás da Lagoa, o impressionante lago artificial na beira do campus. Era uma banda só de homens, mas cada um dos Grannies usava um tipo de saia esvoaçante de estampa indiana comprada de camelôs no estacionamento dos concertos dos Dead. Grupos de estudantes se reuniam na grama comendo hambúrgueres e cachorros-quentes preparados nas grelhas a carvão fumarentas providenciadas pelo Serviço de Refeições da Dexter. Alguns alunos folheavam os livros postos em pilhas nas mesas montadas junto das margens da Lagoa, uma mesa para cada grupo de interesse especial da Dexter: o Grupo de Mulheres; o Grupo de Bissexuais, Gays e Lésbicas; a equipe de Lenhadores; o Clube de Xadrez; a Reciclagem da Dexter; os Republicanos da Dexter; os Democratas da Dexter; o Corpo de Treinamento de Oficiais da Reserva da Dexter; o Clube de Dança; o Clube de Teatro; o Clube de Frisbee Radical; os Vegetarianos da Dexter; o Círculo de Tricô. Alguns alunos mais velhos bebiam cerveja Busch em copos de plástico perto de um barril isolado por cordas e manuseado por um guarda que segurava uma placa com os dizeres: "Por favor, mostre a identidade." A professora Darren Rosen estava de pé à beira da multidão, tomando cerveja com um grupo de alunos de poesia insone do último ano que usavam cardigãs de lã, apesar do calor.

Nick viu Shipley quase de imediato. Ela se registrava para votar na mesa dos Democratas da Dexter, auxiliada por aquele ruivo da fazenda.

— Democrata, independente ou nenhum? — Shipley ficou pensando em voz alta. — Meus pais são republicanos. — Ela não sabia do irmão. Provavelmente nem votava.

— Nenhum — aconselhou Adam, desejando poder tocar os cabelos de Shipley. Os pais dele o haviam levado a Augusta para se registrar em 10 de abril, no dia em que ele fez 18 anos. Os dois se registraram como democratas, mas disseram a ele para não se registrar em um partido se não tivesse certeza de querer votar nas primárias; e como ele saberia se nunca se preocupara em ler o jornal ou ouvir a NPR? Os dois eram loucos por Jerry Brown e o ajudaram a vencer a convenção no Maine, assando brownies para levantar fundos e animando-o nos comícios, mas não pareciam se importar que Bill Clinton tivesse vencido a indicação democrata. "Clinton faz um discurso fabuloso", diria a mãe. "Além disso, ele fugiu do alistamento. E...", continuou ela, levantando a voz, "...tem mãos *lindas!*"

Tom se surpreendeu por não gostar de ver Shipley e Adam tão perto um do outro, em especial próximo a uma mesa com a cara sorridente de Bill Clinton. Os pais dele eram democratas, o que ele achava uma hipocrisia tremenda. O pai tinha ficado muito rico nos anos Reagan e Bush havia vencido a Guerra do Golfo, e com folga. Ele não merecia alguma consideração?

— É bom te ver de novo, cara. — Tom deu um tapa forte nas costas de Adam. — Preparado para votar?

Shipley não sabia por quanto tempo podia continuar a discutir as eleições. Seu conhecimento de política começava e terminava com a ideia de que a Guerra do Golfo era terrível, George Bush era velho e chato, Ross Perot era velho e louco, e Bill Clinton era relativamente novo e bonito, tocava saxofone e não parecia se importar que a mulher e a filha tivessem um cabelo horroroso. Ela só seguira Adam até a mesa dos Democratas da Dexter para se distrair do bilhete que encontrara rabiscado no quadro branco da porta de seu quarto. *A chave está no pneu*, dizia o bilhete. Ela correu até a rua para ver, e sim, o carro estava ali, bem onde o deixara.

— Desculpe. — O homem sentado à mesa dos Democratas ofereceu a ela uma folha de papel, cheia de informações.

— Não pode usar a caixa postal da universidade como endereço de registro. Terá de se registrar com seu estado natal e requerer uma cédula de voto em trânsito que poderá preencher a qualquer momento antes das eleições.

— Obrigada. — Shipley pegou a folha e a enfiou na bolsa.

— Vocês não vão acreditar no que me aconteceu hoje! — disse ela efusivamente a Tom e aos outros. — Primeiro, meu carro desapareceu; depois, eu me ferrei com a professora Rosen por ir à loja de conveniência lá embaixo.

— Eu dei uma carona a ela — Adam se intrometeu com ar de importância.

Nick tentou pensar em algo interessante para contar.

— Consegui um emprego no AV.

Tom puxou a bermuda para cima.

— E o que significa isso? Ainda Virgem?

Nick o fuzilou com os olhos.

— Não. Audiovisual. Eu cuido dos projetores de slides e dos videocassetes e exibo filmes no auditório. Até tenho que fazer a iluminação nas peças.

— Qual é o problema em ser virgem? — disse Shipley, corando.

Os três meninos a olharam com uma excitação maldisfarçada. Shipley ainda era virgem?

— Aí, sabe aquela luz azul no alto da torre da capela? — disse Tom. — Bem, eu soube que tem um mito da Dexter de que, se alguém se formar virgem, a luz se apaga. — Ele cutucou Nick no braço. — Cara, a gente tem que te tirar da seca.

Shipley sorriu.

— Acho que eu também preciso...

— Tenho certeza de que não seria um problema — disse Tom, sorrindo.

Adam fingiu estar distraído com a música. Nick fechou a cara, olhando os sapatos.

Os olhos de Eliza estavam vidrados. Ouvir Shipley dar mole para todo cara que visse era ainda mais torturante que vê-la pendurar os jeans. Eliza perdera sua virgindade na madura idade de 14 anos com Fabrizio, seu vizinho. Ele tinha 16 anos, era magrelo e não falava inglês, tendo acabado de chegar de Gênova. Depois engravidara Candace, uma das funcionárias da empresa de pesto do pai dele. Eles se casaram, tiveram gêmeas e agora eram obesos.

No que dizia respeito às eleições, não importava o que os Democratas da Dexter quisessem que Eliza acreditasse sobre Bill Clinton; Ross Perot já tinha seu voto. Ele era um rabugento renegado da porra que revolucionaria toda a merda do sistema. Nem todo mundo era acomodado. Na realidade, esta manhã ela havia tido uma discussão interessante com alguém que definitivamente não era. Estava sozinha no quarto, estudando seções transversais de um cérebro de chimpanzé sorridente no livro de psicologia, quando a porta do quarto começou a retumbar e sacudir. Ela achou que talvez fosse um tremor de terra — lera em algum lugar que até no Maine tinha terremotos —, porém nada mais tremia. Eliza concluiu que deviam ser Sea Bass e Damascus botando as tripas cheias de cerveja para fora na porta ao lado enquanto secavam outro barril. Ela se levantou e abriu a porta.

Um cara estava na frente dela, com o pilot em punho. Apesar do calor escaldante de final de verão, vestia uma parca preta e suja com um rasgo no peito, moletom marrom e sujo da Dexter e botas de trabalho sujas. O cabelo louro e comprido estava embaraçado e a barba, pontilhada de pedaços de grama e outras porcarias.

— O que está fazendo? — perguntou ela.

— Deixando um recado para Shipley — disse ele com grosseria.

— Sei — disse ela, e bateu a porta.

— A banda está começando — observou Eliza na hora com um bocejo. — Vamos pegar alguma coisa para comer.

Adam seguiu o grupo até a fila. Quando ele e Shipley haviam combinado de se encontrar no churrasco, teve esperança de que os outros fossem ficar longe. Mas não era isso o que ele queria? Amigos? Uma vida? A irmã praticamente o expulsara porta afora. "Saia daqui, cacete", dissera ela. "E só volte depois de ter tido alguma ação."

Os Grannies tocavam "*Sugar Magnolia*". Nuvens de fumaça de carvão vagavam pelo ar quente. Um grupo de meninas com sinos amarrados nos tornozelos dançava em roda, balançando os cabelos de um lado a outro, os olhos desfocados e os pulsos moles. A professora Rosen estava deitada na grama enquanto alguém lia a palma de sua mão. Ela parecia ser a preferida entre os alunos mais velhos. Um grupo de calouras que pareciam ter uns 13 anos tirou os chinelos e ficou com os pés pendurados dentro do lago, os braços passados sobre os ombros das vizinhas, balançando-se com a música. Depois da Lagoa e do caos fumarento que a cercava, os prédios de tijolinhos da Dexter podiam ser vistos, aprumados e resolutos.

Shipley tentou absorver tudo, mas havia informações demais para processar. Com uma população total de apenas 900 alunos, a Dexter era uma pequena universidade de uma cidade pequena, mas ainda parecia esmagadora perto da escola.

Ela aproximou os lábios da orelha da colega de quarto.

— Sea Bass e Damascus vão arrumar uma cerveja pra gente.

— Bom pra eles. — Eliza não ficou impressionada. Ressentia-se quando os meninos serviam às meninas. Estava tentando transformar Shipley numa feminista.

— Eles só estão sendo educados — discutiu Shipley. — Aprenderam a fazer isso com as mães.

— Sim, mas você não entende? — Eliza observou. — Quanto mais eles nos servem, mais fracas ficamos. É como se eles nos *controlassem*!

Shipley não tinha uma resposta para isso. Sabia que podia abrir uma porta sozinha, mas era legal quando um homem fazia isso por ela.

Eles serviram os pratos. Dois cheesebúrgueres completos, um pão de milho e uma pilha imensa de batatas chips para Tom. Nick encheu um pãozinho com batatas chips, tomates, queijo, alface, picles, mostarda e ketchup: um prazer vegetariano. Eliza escolheu um cachorro-quente grande, que Shipley tinha certeza de que ela só comia porque tinha o formato de um pênis. Shipley escolheu hambúrguer de queijo gorgonzola com tomate. Adam pegou um cachorro-quente com ketchup só para ver se podia sentir o gosto de testículos de rato que a mãe insistia que o compunha.

"She's got everything delightful.
She's got everything I need.
Takes the wheel when I'm seeing double,
Pays my thicket when I speed...!"

O cabelo louro-escuro do vocalista caía sobre os ombros em trancinhas embaraçadas. A voz era áspera; os olhos azuis, arregalados e excitados. Tom ficou à direita de Shipley, devorando sua comida. Shipley estava feliz por ter se demorado ao pentear o cabelo e colocar o vestido de verão branco e bonito da Martinica. Adorava o cheiro de sabonete que Tom tinha na maior parte do tempo, e como ele era grande. Ela se sentia segura com ele. Desde sua chegada ao churrasco, ela não havia prestado atenção nenhuma em Adam, que estava à sua esquerda, mastigando em silêncio o cachorro-quente.

Nick estava sem maconha. Comeu seu pão cheio de condimento com uma sobriedade desamparada, fingindo não se importar com o fato de que a atenção de Shipley fosse monopolizada. Se Shipley tivesse de escolher entre um dos outros dois, Nick preferia Adam, mas percebia, pelo modo como a garota olhava para Tom por entre os cílios louros e longos, que ela estava a fim dele. Nick simplesmente não entendia como Shipley podia gostar de um cara que comia uma pizza de calabresa inteira entre o jantar e a hora de dormir e arrotava o hino nacional.

— Essa música é um saco — observou Eliza a ninguém em particular. A mostarda escorria pelo seu queixo, mas ela deixava ali de propósito.

— Eu gosto — disse-lhe Shipley, em desafio.

— É de se esperar mesmo — rebateu Eliza.

— Alguém quer uma cervejinha?

Sea Bass e Damascus dançaram até eles e lhes passaram copos plásticos cheios de cerveja Busch. Uma bandana amarela estava amarrada nos cachos pretos e rebeldes de Damascus. Sua barriga flácida se projetava sobre o cós do jeans. Sea Bass tinha feito alguma coisa com as costeletas. O formato era agora mais severo, como trenós de competição zunindo pelo rosto em direção às narinas.

— Casa comigo? — perguntou Sea Bass enquanto entregava uma cerveja a Shipley.

— Desculpe, mas ela já está comprometida. — Tom pegou um copo e bebeu quase tudo numa virada só. Ele tinha levado uma semana inteira para perceber o que todo mundo havia visto desde o início: Shipley era a menina mais bonita do campus. E eles nem tinham passado muito tempo se conhecendo. Eram praticamente da mesma cidade. Até iam ao mesmo dentista: o dr. Green, em Armonk.

Prefiro morrer a deixar que um desses palhaços pegue a garota primeiro, pensou Tom. Seria uma questão de dias até que ela estivesse queimando incenso de patchuli no umbigo e dançando de topless no gramado. Ele podia pensar em coisas melhores para fazer com ela de topless. Tom largou o prato no chão e passou o braço em volta da cintura de Shipley, reivindicando-a antes de qualquer outro.

— Tom? — perguntou Shipley. — O que está fazendo?

Tom a puxou mais para perto. Gostava do cheiro de Shipley, de sua cintura elegante sob o vestido fino. Ele tirou o prato das mãos dela e o deixou na grama. O fato de Damascus, Sea Bass, Nick, Adam, Eliza e metade do campus estarem olhando para ele com inveja aumentava seus colhões.

— Te beijando — anunciou ele antes de beijá-la.

Shipley tinha sido beijada algumas vezes durante brincadeiras de festas no oitavo e no nono ano, mas, à medida que ficou mais velha e mais preocupada com a dignidade — diante da falta desta no irmão —, havia parado de ir a festas. Ela retribuiu o beijo de Tom com ardor, até se atrevendo a apertar as costas dele com as unhas. Tom tinha um cheiro tão másculo. Beijá-lo a fazia se sentir a estrela de um filme, só que era melhor que um filme, porque era real. Sua primeira semana de faculdade e ela já tinha um namorado.

— Mas que fofo os dois juntos... — comentou Eliza, enojada. — Hoje, enquanto estava na fila da agência de empregos, soube que um número insano de alunos da Dexter acaba se casando. Tipo 60 por cento. Acho que não há muito mais para fazer aqui além de se apaixonar. — Ela pegou os pratos sujos no chão e foi jogá-los na lixeira.

Adam bebeu sua cerveja sem sentir o gosto. Ele não deveria ter vindo. Certamente não teria nenhuma "ação", como a irmã tão corretamente colocara. Mas ele não queria nenhuma. Só queria conversar com Shipley e talvez segurar a mão dela.

— *And it's just a box of rain, I don't know who put it there. Believe it if you need, or leave it if you dare...* — cantava Nick, bem alto para não perceber que Shipley e Tom ainda se beijavam.

— Eu não me casaria com você agora — disse-lhe Eliza quando voltou.

Os Grannies terminaram a música e baixaram os instrumentos. Nick pensou ter visto um deles receber dinheiro de outro aluno. Arrumar um baseado era crucial, se ele fosse precisar ver Shipley e Tom se beijando na cama ao lado pelo resto do ano. Ainda mais crucial era a ideia de montar um iurte em algum lugar no bosque. Ele precisaria de um lugar para onde ir; um refúgio, um retiro zen. Podia até ganhar uns créditos por construí-lo.

— Bem-vindos à Dexter. — Darius Booth, o primeiro reitor da Dexter College nascido em Home, assumiu o microfone com suas mãos frágeis e sorriu para a multidão. Tinha 82 anos e começara como zelador da faculdade, aos poucos galgando os degraus até chegar à primeira página do

New York Times, no dia de sua posse. Era o tipo de história de cidade pequena que o *Times* gostava de contar no verão, quando não havia muitas notícias dignas do jornal e a maior parte dos redatores estava nos Hamptons ou em Cape Cod. O sr. Booth era amado pelo corpo docente e pelos funcionários por sua dedicação à Dexter e por sua liderança firme e coerente. — Este é o segundo, o terceiro ou o quarto churrasco para alguns de vocês, mas, para nossos alunos do primeiro ano, esta noite é muito especial. Por que não os lideramos numa rodada de "Bravo, Dexter, Bravo"? Eles terão de aprender em algum momento. Vou lhes dar uma dica, meninos e meninas — ele disse em seu sotaque mais falso do Maine —: a melodia parece um pouco *The Little Town of Bethlehem*.

Os Grannies pegaram os instrumentos e tocaram a introdução ao hino brega da universidade. Se agradassem o velho reitor gagá, ele nunca os expulsaria por usar e traficar drogas, ou roubar éter do laboratório de química.

— *No alto desta colina, pelo frio do inverno, a Dexter é tão divina... A neve gira no firmamento, as árvores a abraçam em sua glória fulgurante. Homens e mulheres de coragem escrevem a própria história. Bra-vo, Dexter. Bra-vo.*

Todos ficaram tão ocupados tentando aprender a música ou sacanear a letra que ninguém percebeu a menina alta e linda de cabelos pretos atravessando a grama em direção ao outro lado do lago. Era Tragedy, parecendo ter se perdido em algum lugar entre o Rio e Bangor, com uma parte de cima de biquíni amarelo, uma minissaia branca e larga, e descalça. Ela tinha vindo espionar Adam com a loura de Connecticut e ficara decepcionada ao ver Tom se ocupando dela. Adam levantou a mão para ela, indicando para esperar.

Deixou o grupo de calouros que cantavam, dançavam e se beijavam e contornou a água, feliz por ao menos ter conversado um pouco com Shipley. Talvez ela pensasse nele em novembro, quando chegassem as eleições.

7

a coisa progrediu. Shipley perdeu a virgindade com Tom naquela noite. Era sexta-feira e as paredes e os corredores do Root vibravam pela música e pelo relaxamento geral. O quarto de Tom ficava no porão, perto da cozinha do alojamento, e o ar tinha cheiro de curry. Duas janelas no nível do chão davam para o bosque atrás do alojamento. Nick tinha decorado as paredes brancas de seu lado do quarto com tapeçarias psicodélicas feitas do mesmo tecido das saias dos Grannies, e o peitoril da janela mais perto de sua cama era tomado por velas e incensários. As paredes do lado de Tom eram nuas. Embaixo de sua cama havia uma pilha de meias sujas enroladas em bolas. A cama estava forrada com os lençóis de flanela xadrez que a mãe tinha enviado diretamente da L.L. Bean. A cama de Nick não tinha lençóis; só um saco de dormir de nylon vermelho por cima do colchão listrado e um travesseiro em uma fronha branca e simples.

— Nunca fiz isso antes — murmurou Shipley enquanto Tom tirava seu vestido branco pela cabeça.

— Está tudo bem — disse Tom. — Eu já.

Algumas meninas poderiam ter achado grosseria. Poderiam ter começado a imaginar Tom com outras meninas piranhas e possivelmente com doenças. Poderiam imaginar que Tom era um galinha egomaníaco, vagando de uma menina a outra, sempre ansioso e nunca satisfeito. Algumas meninas poderiam ter tido um medo horripilante de que ele as usaria e as jogaria fora. Mas Shipley não era como as outras meninas.

Ela deslizou para debaixo das cobertas enquanto Tom acendia uma das velas de Nick e colocava sua gravação preferida da Steve Miller Band. Depois ele tirou a roupa, jogou-a no chão do lado de Nick e pegou uma camisinha na necessaire.

Shipley levantou as cobertas para recebê-lo.

— Eu sabia que você era o homem certo para a tarefa. — Ela riu de nervoso enquanto Tom a pegava pelos braços e começava o trabalho rápido de deflorá-la. Como em todos os ritos de passagem, parecia ter acabado quase assim que começou. Foi deselegante, emocionante e rotineiramente maravilhoso.

Depois disso, eles dormiram nos braços um do outro. Ainda estavam dormindo quando Nick entrou de mansinho a uma da manhã, os olhos doloridos de ler sobre iurtes na biblioteca, grato pelo calor aconchegante de seu saco de dormir.

Corta para outubro. O ar era frio e revigorante, e as folhas estavam em brasa. A Dexter nunca parecera mais refinada, uma vitória garantida para qualquer prêmio de campus universitário mais bonito do país. Até agora, ninguém tinha caído de uma janela depois de tomar ácido demais nem batido com o carro numa árvore. Nenhum professor abusara de uma aluna. O reitor da universidade não tivera um derrame nem fora preso por estar bêbado e fazer baderna num bar do centro da cidade. Nem uma folha fora do lugar. A Mercedes preta e errante com placa de Connecticut de vez em quando desaparecia do estacionamento, mas sempre voltava, embora com o tanque de gasolina vazio.

Na maioria das noites, Shipley dormia no quarto de Tom e Nick. Ela até deixou algumas roupas no armário de Tom para não ter que fazer a Caminhada da Vergonha pela manhã de volta a seu alojamento. Não havia nada de vergonhoso em Tom e ela. Agora eles eram praticamente casados.

Nick estava terminando seu iurte. Tinha pesquisado a construção com cuidado; centenas de manuais de construção de iurtes foram publicados na web, e foi divertido ler todos. Um construtor exaltava as virtudes de morar num iurte de uma maneira tão sedutora que Nick tinha certeza de que ele estava sob efeito de alguma coisa:

"Nas noites claras, você pode se deitar dentro do iurte e ver as estrelas pela coroa aberta. No mau tempo, há muito espaço para você e seus amigos se sentarem confortavelmente em volta de um fogareiro quente, ouvindo a tempestade. De fora, o iurte irradia um brilho acolhedor..."

Não precisava ser grande. Só com o tamanho suficiente para se deitar e receber uma ou duas visitas. E, quanto menor fosse, mais fácil seria erguê-lo. Nick não era carpinteiro. A estrutura mais complexa que havia montado na vida fora um avião de madeira balsa.

Por fim, ele descobriu uma loja no Colorado que vendia kits de iurte com a madeira cortada sob medida, os buracos para parafusos já feitos e uma cobertura com porta de lona encerada que se abria e fechava com Velcro. A empresa alegava que só requeria seis horas para ser montado. Nick encomendou o de quatro metros: o mais alto e mais barato que ofereciam. Usou o número do cartão de crédito da mãe, prometendo pagar a ela com os ganhos de seu emprego no AV. Três dias depois, a caixa gigantesca chegava pela Federal Express.

Ele pegou uma escada e ferramentas emprestadas com o pessoal da manutenção, achou o local perfeito na margem do bosque atrás do Root e seguiu as instruções simples do kit. Seis dias depois, ainda era um trabalho em andamento instável e suas mãos estavam cheias de bolhas de tanto martelar, mas ele parecia decidido a terminar. Depois de concluído, podia dormir ali em vez de ficar acordado até tarde, lendo na biblioteca ou vendo TV na sala comunitária até que Shipley e Tom terminassem de se agarrar e fossem dormir.

Essa tinha sido uma noite e tanto. Do lado de fora da porta, Nick podia ouvir *Fly Like an Eagle*, da Steve Miller Band, tocando sem parar, um bom sinal de que Tom e Shipley ainda estavam nus. Nick queria seguir pelo corredor até a ampla cozinha do Root, onde Grover, Liam e Wills, os segundanistas que compunham os Grannies, preparavam curry. Ao contrário dos moradores dos outros alojamentos da Dexter, os do Root podiam dispensar o plano de refeições e preparar a própria comida. Isso era particularmente atraente para alunos com dietas especiais, como os Grannies, que eram veganos.

— Beleza, cara? — Wills cumprimentou Nick.

Nick conhecera os Grannies pessoalmente algumas semanas antes, quando eles perderam o café da manhã no refeitório e foram para a cozinha do Root, procurando seus cereais. A maior parte da comida na cozinha pertencia aos Grannies, e eles eram generosos com ela. Também eram generosos com a maconha. Já haviam dado a ele um Ziploc cheio por vinte dólares, bem menos do que custava na cidade. Nick tinha acabado de fumar um baseado atrás do prédio, em seu iurte inacabado. Estava faminto.

— Cervejinha? — Wills abriu a geladeira, pegou uma lata de Busch e a entregou a Nick. Nesta noite, Wills estava com uma saia vermelha trespassada com estampa de gatos pretos em batique e uma camisa de lã xadrez vermelha e preta; o cabelo louro-platinado estava metade em trancinhas desordenadas, metade em dreads que batiam nos ombros enquanto ele mexia uma enorme panela cheia de curry fumegante no fogão elétrico.

Nick abriu a cerveja e apontou para o curry.

— Ei, posso comer um pouco disso?

Wills fez uma careta. Os olhos vermelhos se reviraram teatralmente.

— Ai, cara, acabamos de colocar uma beringela gigante. A coisa está crua. Além do mais, a gente precisa de mais ingredientes vegetais gostosos. Quer dar um mergulho com a gente?

— Dar um mergulho? — Nick não sabia se tinha ouvido direito. As noites já estavam frias e a praia ficava a pelo menos uma hora dali.

Grover puxou para cima o macacão de condutor de trem listrado de azul e branco OshKosh B'Gosh e meteu um naco de tabaco para mascar na bochecha barbuda. Nick tinha ouvido falar que Grover era de Bethesda, Maryland, um subúrbio afluente de Washington, mas ele se vestia como alguém do Sul na época da Grande Depressão.

— Mergulho em caçamba — explicou Grover. — A gente fuça a caçamba de lixo na frente da Shop'n Save. Você não acreditaria nas coisas que jogam fora ali. Na semana passada achamos um abacaxi perfeito. O melhor que já comi. — Grover passou a mão na cabeça raspada. Na maior parte do tempo, usava uma bandana vermelha amarrada como a de tia Jemima, mas nesta noite estava sem nada. — Venha com a gente. Você vai ver. A melhor comida que já viu, inteiramente de graça. E a loja não liga, porque jogam fora mesmo.

Nick franziu a testa. Gostava da ideia da comida gratuita, porém parecia mais problemático e não valia tanto a pena. Será que havia algum sentido filosófico profundo em fuçar caçambas de lixo para conseguir comida? Afinal, a mensalidade da Dexter era muito alta. Os Grannies provavelmente podiam pagar por mantimentos. Mas parecia algo que Laird Castle teria feito.

— Vamos nessa! — Liam balançava as chaves do carro. As abas de lã laranja e cinza de seu gorro estavam tão puxadas para baixo que os olhos castanhos e turvos ficavam quase inteiramente cobertos. Nick levantou as abas de seu numa tentativa de se distinguir.

Instantes depois, ele estava sentado na traseira do Saab vermelho de Liam, ouvindo Phish cantar *Proud Mary*. A estrada para a cidade estava escura, e o ar, frio. Nick pensou ter visto um floco de neve.

Ele se perguntou se Shipley e Tom tinham terminado de transar. Vê-la na cama de Tom o deprimia. Para começar, ele não gostava de Tom, e o fato de Shipley ter escolhido Tom em vez dele ou até daquele ruivo da região o fazia questionar sua capacidade crítica. Tom comia carne três vezes ao dia, era totalmente desespiritualizado, roncava e peidava alto enquanto dormia, contratou um serviço supercaro de lavanderia em vez de levar as próprias meias e cuecas até a lavanderia do final do corredor e queria se formar em economia com especialização em belas-artes. Tom também se recusava a se dirigir diretamente a Nick a não ser para dizer: "Te vejo depois, cara." Tom era um grosso.

Todos somos um e somos conectados, Nick lembrou a si mesmo. Eu sou você, você e eu somos um. A sua sorte é a minha sorte. O seu infortúnio é o meu infortúnio. Se Tom é um grosso, então eu sou um grosso. Com sorte, as virtudes redentoras de Tom se revelariam com o tempo.

A Shop'n Save tinha uma imensa placa laranja de neon e parecia ser o único lugar aberto na cidade. Mesmo assim, o estacionamento estava quase vazio.

— Shhhh — sussurrou Wills enquanto eles saíam do carro. — Muito, muito silêncio.

— Ei, cara, você faz tricô? — cochichou Liam, puxando o gorro de Nick ao se aproximarem da caçamba.

— Não — respondeu Nick. Ocorreu a ele que os Grannies podiam ser uma banda cover inofensiva do Grateful Dead de dia e psicopatas homicidas e torturadores à noite. Será que o levaram ali para encher sua boca de banana podre para ele não poder gritar enquanto se revezavam para escalpelá-lo e arrancar as unhas de seus pés? Ele puxou as abas do gorro de novo, preparando-se.

A caçamba era imensa e preta, e fedia a repolho podre. Os Grannies eram especialistas. Tinham seu método. Primeiro, Grover ficava de quarto. Depois Liam subia nas costas de Grover e ficava de quatro. Em seguida, Wills subia e fazia o mesmo, a saia vermelha e preta caindo levemente sobre os ombros de Liam.

— Venha — disse Wills a Nick. — Você primeiro. Precisa da experiência de um mergulho virgem.

Nick subiu na escada humana, tomando cuidado para distribuir seu peso igualmente. Quando estava nas costas de Wills, espiou o negrume da caçamba.

— Vai, entra — incitou Liam.

O cheiro doce e enjoativo de frutas podres era tão forte que Nick mal conseguia respirar. Ele fechou os olhos e, usando as costas de Wills como trampolim, saltou para as profundezas da caçamba.

— Canhão! — gritou Gover enquanto Nick caía no lixo.

Suas costas bateram em algo duro e ele rolou para se afastar, a dor descendo pela coluna até o cóccix. Antes que pudesse se orientar, uma luz intensa brilhou em seus olhos. Merda! O segurança da Shop'n Save já estava atrás dele? Nick piscou, distinguindo um par de olhos azul-claros por trás do facho da lanterna. A criatura de cara peluda que brandia a lanterna levantou um livro pesado com a imagem de um vulcão em erupção na capa.

— Oi — disse Nick com cautela. Ele espirrou. — Desculpe por tê-lo incomodado.

Os olhos azuis piscaram e uma voz murmurou algo complexo sobre a sobrevivência de uma unidade de vida.

Era domingo. Patrick estava lendo esse livro dentro da caçamba de lixo havia uma hora, esperando que o pessoal da padaria jogasse fora o pão velho, um ritual comum das noites de domingo da Shop'n Save. Pão francês, pão toscano, vienense e bagels. Às vezes também havia muffins e donuts. Ele enchia a mala da Mercedes e vivia dessas coisas a semana toda. A última coisa que queria era dividir suas provisões com um bando de idiotas chapados da Dexter.

Tremendo, Nick deu um passo inseguro para a frente na pilha de lixo fedorento. Uma grapefruit rolou para baixo da sola de sua sandália, explodindo com o odor doce e acre de fruta cítrica estragada. Ele semicerrou os olhos para a luz, tentando enxergar melhor o sujeito. Talvez fosse só outro mergulhador de caçambas que, sem a camaradagem dos Grannies, tinha ficado perdido por ali.

Nick deu outro passo cauteloso e espirrou de novo.

— Estamos procurando... uns ingredientes vegetais gostosos e crus, sabe? Para o nosso curry — disse ao cara, sentindo-se idiota.

— Ei! — A lanterna se virou para Nick. — Fique longe de mim! — A voz do estranho era gutural e cruel. — Me deixa em paz!

— Tá legal, tudo bem. Desculpe. — Tímido e apavorado, Nick recuou. — Ei, pessoal, podem me ajudar? Eu quero sair! — gritou ele para os Grannies. Ele não se importava com quantos abacaxis perfeitos estava deixando para trás. Pulou e arranhou inutilmente a parede interna da caçamba antes de cair de costas de novo.

— Conseguiu alguma coisa boa? — perguntou Wills, pendurando os braços para dentro da caçamba. Ele viu a lanterna, ainda apontada para a nuca de Nick. — Puta merda! Venha, cara. — Wills agitava as mãos para Nick com urgência. — Que porra é essa? Quem é esse?

Nick pegou as mãos dele e Wills o içou para fora da caçamba. Os outros dois Grannies ainda estavam em sua formação de Ringling Brothers, em duas camadas, mas a intensidade dos saltos de Wills e o peso extra de Nick os fizeram desabar.

— Ai, quebrou! Você quebrou meu pescoço! — gritou Grover, contorcendo-se no asfalto. Os outros três se agacharam no chão frio, respirando com dificuldade, a placa laranja da Shop'n Save sobre as cabeças.

Liam riu.

— Cara, você não está morto, né? Se seu pescoço estivesse quebrado, estaria mortinho.

— Meu Deus... — murmurou Nick, esfregando as mãos machucadas. — Ei, a gente pode ir agora? Tem um cara assustador ali dentro. — Ele se levantou e partiu para o carro, querendo correr, mas com medo de parecer uma menininha medrosa.

— Tem alguém ali? Santa mãe do céu! — exclamou Grover. Colocou-se de pé num salto e disparou para o carro.

— Que droga, por que não disse nada? — Liam partiu atrás dele.

— É — concordou Wills, alcançando Nick. — A gente pode mergulhar outra hora. Talvez tentar uma caçamba diferente, tipo aquela em Camden, atrás da loja de alimentos naturais.

— Ou talvez a gente deva só entrar na loja e comprar as coisas, como todo mundo — rebateu Nick, irritado. — Uma couve-flor custa quanto... um dólar?

— Cara, a questão não é essa — lembrou Wills a Nick. Ele baixou a voz. — Olha, quem você acha que estava com a lanterna mesmo?

Nick abriu a porta do Saab e se enfiou no banco de trás, ao lado de Grover.

— Sei lá. Acho que ninguém.

Nick voltou ao local de seu iurte, deixando que os Grannies terminassem o curry sem ele. Ele os teria convidado a entrar, mas o teto não estava coberto e os Grannies eram barulhentos. Ele só conseguira convencer a Sub-reitoria de Alojamento e Vida Acadêmica e o sub-reitor de Graduação a permitirem que construísse o iurte alegando que era para "fins espirituais". Não era uma casa de festas.

O iurte devia ser construído em um terreno alto, mas ele trapaceou e fez uma plataforma de compensado e blocos de cimento que catou de uma pilha atrás da Sub-reitoria de Alojamento, na esperança de impor alguma distância da terra na primavera seguinte, quando a lama degelasse e viessem as chuvas. Diziam os boatos que o campus da Dexter fora construído sobre uma antiga fazenda de criação de perus e que, na temporada de chuva de março-abril, todo o lugar fedia a cocô de peru. Mas, no momento, seu iurte tinha cheiro de madeira recém-cortada.

Da janela do alojamento, o iurte parecia uma minúscula tenda de circo. Tinha facilmente dois metros e meio de altura, e, depois que ele instalasse a lona encerada, a coroa do teto podia ser enrolada e revelar o céu ou proporcionar ventilação para um fogareiro ou uma fogueira. Nick precisava ter muito cuidado com o fogo no iurte. Havia um manual completo no kit, coberto de exclamações em negrito e a palavra "CUIDADO" em vermelho. Sem a ventilação adequada, tudo se incendiaria em minutos, uma vez que era basicamente feita de galhos.

Eliza estava aninhada no áspero piso de tábuas, lendo o livro sobre meditações zen diárias de Nick. Ela levantou a cabeça. A lanterna de cabeça de Nick brilhava na testa de Eliza.

— Você acredita mesmo nessas merdas todas? — perguntou ela.

Desde que Shipley praticamente se mudara para o quarto de Tom, Eliza tentava curtir o espaço. Estudando à mesa embaixo da janela, jogava bombas de meleca nos lençóis Ralph Lauren intocados de Shipley. Que pena ter lençóis tão legais e nunca dormir neles. Às vezes ela fantasiava que o barbudo da parca rasgada voltaria e ficaria amigo dela, ou a esfaquearia enquanto ela dormisse. Sua própria solidão se tornou opressiva e ele parecia alguém que estava acostumado a ficar sozinho. Talvez ele pudesse lhe dar algumas dicas. Para sua surpresa, a faculdade era ainda mais solitária que o Ensino Médio. Pelo menos, na escola, Eliza tinha os pais para culpar pelo deplorável estado das coisas. Parecia-lhe que na universidade era preciso se apaixonar para não ficar sozinho. Era preciso ter alguém a quem dar as mãos enquanto andava para a aula e alguém com quem comer no refeitório. Era preciso ter alguém com quem se deitar no gramado e se beijar, ou alguém com quem dormir, espremidos como sardinhas numa cama estreita de solteiro. Se você não tivesse alguém, se não estivesse apaixonada, pareceria uma imbecil.

O que Eliza e muitos outros colegas de turma descobriam era que morar num pequeno campus universitário no meio do bosque era como estar preso num globo de neve. A melhor maneira de interromper o tédio da vida estudantil — o ir e vir das aulas e refeições, as leituras e os estudos, a conversa particular ocasional com um professor inspirador ou uma ótima aula dele, a exibição de um filme ou uma peça semidecente, os porres da noite de sábado e as dormidas de domingo — era se apaixonar e ter a maior quantidade possível de sexo. Caso contrário, a vida ficaria muito solitária, especialmente com a chegada do inverno.

— Não é uma questão de acreditar. — Nick se sentou ao lado dela e pegou o livro de meditação zen. — É como aprender um instrumento. Ainda não sou bom nisso, mas, se praticar essas... essas verdades simples, um dia farão parte da minha existência diária e eu vou atingir o zen.

Eliza revirou os olhos.

— Boa sorte.

Nick pegou o saco de maconha e a seda Zig-Zag no bolso, espirrou cinco vezes seguidas e enrolou outro baseado. Ainda estava faminto, mas tinha que fazer alguma coisa para continuar chapado.

— E aí, o que achou? — Ele espirrou de novo, gesticulando para as paredes de madeira torcida do iurte. — Gostou?

Eliza se deitou de costas com a cabeça apoiada nas mãos e olhou o teto semiacabado do iurte. Ela levantou o capuz do casaco de lã verde militar para evitar que as aranhas entrassem em seu cabelo.

— Você precisa de alguma coisa em que se sentar, tipo um futon, ou pelo menos algumas almofadas. E seria legal ter um daqueles fogões portáteis e um isopor para a comida. Não sei quanto a você, mas todo esse ar fresco o tempo inteiro acabaria com o meu metabolismo. Eu teria que colar um saco de sucrilhos nas minhas tripas e mantê-lo bombeando o dia todo, tipo numa colostomia reversa.

Nick lambeu o baseado e fechou as pontas.

— Assim que eu terminar o teto, vou trazer meu saco de dormir para cá. — Ele acendeu a ponta do baseado e o ofereceu a Eliza, mas ela o rejeitou.

— Já te contei da tampa da privada da minha casa? — perguntou Eliza quando percebeu que o iurte não tinha banheiro.

Ela não esperou pela resposta de Nick. Como Shipley e Tom estavam namorando, e Nick começara a construir esse iurte do zero, sua pequena turma de orientação se dispersara. Nick não sabia mais sobre ela do que soubera na primeira semana de aulas.

— Minha mãe tinha fetiche pela Disney. Sempre que tinha uma liquidação na Kmart, na Penney's ou na Sears, ela comprava alguma coisa com um desenho de princesa. Toda a nossa casa parecia um santuário da Disney. A tampa da minha privada é amarela com flores azul-claras, e, quando você levanta a tampa, ela canta aquela música de *Branca de Neve*, sabe qual é? "*Aprenda uma canção*".

"Meus pais têm um escritório sobre a garagem. Eles alugam imóveis na linda Erie, na Pensilvânia, onde ninguém em seu juízo perfeito desejaria morar. Quando eu era pequena, tipo antes de poder ir para a escola, eles me largavam na frente de um filme da Disney e iam para a garagem. Quando o filme terminava, eu batia na janela e um deles entrava e me dava um Rice Krispie ou um pão doce e colocava outro vídeo. Eu não dava a mínima. As crianças sofriam maus-tratos na creche. Mas sempre tive um pouco de medo daquela tampa de privada. Às vezes eu fazia xixi na banheira só para não ter que ouvir aquilo."

Nick continuava a fumar o baseado, sem saber o que dizer. A história de Eliza era triste e ele já estava muito deprimido. Ele tentou se lembrar do que o cara na caçamba de lixo tinha dito sobre células só querendo sobreviver. Depois tentou pensar numa meditação zen edificante para deixar o humor mais leve. Mas sua mente era um vazio só.

Eliza continuava seu monólogo deprimente.

— Quase me suicidei uma vez, quando tinha 11 anos. Ou não... acho que eu tinha 13. Acho que eu só era sozinha e estivera lendo muita Sylvia Plath. Tomei um monte de aspirinas e Scope, e me sentei na cozinha com o gás do forno aberto. Minha mãe veio da garagem para pegar um suéter e me levou ao hospital para que lavassem meu estômago. Mas acho que eu não teria morrido. Só teria ficado azul por, tipo, um mês. Mas enfim, fiquei bem a partir do momento que descobri o sexo... Não que tenha feito ultimamente. — Ela lançou a Nick um olhar significativo. — Mas pelo menos tenho meu pé de coelho da sorte.

Nick se perguntou se deveria abraçá-la. Ela parecia precisar de um abraço.

— As merdas acontecem e você morre — disse ele, e, imediatamente, se arrependeu. Ele espirrou. — Ei, já ouviu falar daquele meteorito gigante? — No dia anterior, um meteorito gigante tinha caído do céu em Peekskill, Nova York, e esmagado um Chevy Malibu.

— Você pode me beijar agora. — Eliza se apoiou em um cotovelo, esperando.

— Hein?

— Ou a gente pode transar — disse ela esperançosa.

Nick deu outro tapa no baseado, prendendo a fumaça até a cara ficar rosada e os pulmões, prestes a explodir. Ele realmente gostava de Eliza. Não queria magoá-la. Só não estava com vontade de beijá-la nem ninguém no momento, a não ser, talvez, que Shipley entrasse, se atirasse no chão, arrancasse as roupas e insistisse que a beijasse.

— Estou me guardando para alguém — disse ele enquanto soltava o ar.

Eliza o olhou através da nuvem de fumaça. Seus olhos estavam lacrimejando e ela não conseguia enxergar porra nenhuma. Ela atirou a lanterna de cabeça para ele e se levantou para sair.

— E não estamos todos?

8

Na faculdade, você é livre para fazer o que bem entender, ou quase isso. Você pode, se quiser, comer Doritos no café da manhã, não pentear o cabelo, usar o mesmo jeans por um mês sem lavá-lo, dormir o dia todo, matar aulas e ficar acordado a noite toda. Pode não passar fio dental. Pode ter um hobby perigoso que apavoraria sua mãe, como asa-delta ou colher cogumelos silvestres. Mas a liberdade absoluta é um conceito assustador. Sem alguma autoridade compassiva, reina o caos. Você precisa saber que alguém está prestando atenção e que você será advertido, se não punido, por cometer suas faltas. É aí que entra o orientador.

Cada professor adota o papel de orientador de uma maneira diferente. Alguns convidam seus orientandos para jantar com a família deles. Alguns os presenteiam com sorvete e minigolfe nas noites de sexta-feira. Outros os levam a um festival de música folk para tomar ácido. A professora Rosen preferia se reunir com seus orientandos à moda antiga: em sua sala.

A reunião de orientação de Shipley seria logo depois da de Eliza. Shipley estava sentada no banco de madeira do lado de fora da sala da professora Rosen, ouvindo os gritinhos de riso que vinham de dentro. O corredor era estreito, sem janelas e simples, enfeitado apenas com folhetos, formulários de inscrição e outro conjunto de coisas com que a equipe de inglês tinha decorado as portas de suas salas. Um retrato de Shakespeare. Um folheto anunciando a exibição do filme *Halloween* no grêmio estudantil. Um formulário de inscrição para entalhar abóbora na casa da professora: *Leve sua abóbora. Forneceremos facas.*

As três meninas da excursão de orientação de Shipley saíram da sala ao lado da professora Rosen, usando idênticos moletons de capuz rosa da Dexter. Elli, Nina e Bree. Ou seriam Briana, Kelly e Lee? Elas dividiam um quarto triplo no Sloane, o único alojamento exclusivamente feminino do campus, e recentemente formaram o Spirit Club da Dexter para substituir o agora defunto Esquadrão de Líderes de Torcida da Dexter, que tinha perdido seu financiamento no final dos anos 1970.

As meninas pararam diante de Shipley, sorrindo frivolamente, de braços dados.

— Coitadinha... — disse uma delas. — O Lucas é o nosso orientador. — Ela baixou a voz. — Ele é demais.

O professor Lucas Weaver era um daqueles jovens e bonitos professores de inglês que brincam com o coração das alunas usando o cabelo longo o suficiente para cobrir os olhos, pedindo-lhes para que o chamem pelo primeiro nome, lendo em voz alta o monólogo sensual de Molly Bloom no final de *Ulisses* e colocando em sua mesa apenas uma foto de si mesmo abraçando a esposa doente terminal.

Tão sensível, encantador e preso a um casamento sem amor com uma inválida! Lucas, como era conhecido, era ainda mais apaixonável do que a média dos professores jovens e bonitos graças a seu lindo sotaque do Tennessee e sua tendência a fazer o moonwalk em aula.

— Ai, meu *Deus*, ele é lindo! — concordou uma das meninas de rosa. — Parece o Bill Clinton, só que mais novo, mais magro e com um cabelo melhor.

— Ele vai ler histórias de fantasma em voz alta na capela na noite de Halloween — intrometeu-se a terceira menina.

— A gente vai se fantasiar.

— Os meninos da nossa turma vão de caça-fantasmas — explicou a primeira menina. — E a gente vai de fantasma sexy.

— Uau. — Shipley só entreouvia, distraída por algo preso com uma tachinha na porta da professora Rosen. Era um formulário de inscrição para *The Zoo Story*, a peça de um ato de Edward Albee. A professora Rosen ia dirigir. *Só Alunos do Primeiro Ano!*, dizia o folheto. *Crédito Extra!* Uma única assinatura estava rabiscada em tinta verde no formulário: Adam Getz.

— Não vai se fantasiar? — perguntava uma das meninas.

— Vai ter uma festa no grêmio com casa mal-assombrada e tudo.

Shipley piscou. Estava ciente do fato de que, por ficar enfurnada no quarto de Tom, perdia a maioria dos eventos sociais da Dexter. Será que Adam ia a essas coisas? Ela não falava com ele desde o churrasco de boas-vindas. Será que ela o vira dançar na Oktoberfest, ou amassar maçãs na Semana da Cidra, onde não havia estado com Tom? Talvez, a essa altura, ele até tivesse namorada: a Rainha da Cidra.

Eliza saiu da sala da professora Rosen.

— A professora vai te receber agora — anunciou ela, parecendo absurdamente formal. — Ei, meninas, estão planejando alguma festinha de pijama? — brincou. — Muito obrigada por não me convidarem.

As três meninas reviraram os olhos.

— A gente se vê depois — disse uma delas a Shipley antes de sair pelo corredor com as duas amigas.

Eliza revirou os olhos também. Odiava tanto essas meninas e seus moletons cor-de-rosa que nem se preocupava em saber seus nomes. Tinha certeza de que elas também a odiavam. Ocorreu-lhe que, se a Sub-reitoria de Alojamento tivesse colocado Shipley naquele quarto triplo no Sloane, ela estaria zanzando com um moletom rosa a essa hora, gritando saudações idiotas de torcida e abrindo as pernas em espacates durante os jogos de rúgbi. Mesmo que Shipley e Eliza não fossem amigas, o mero fato de que eram colegas de quarto abria todo um novo mundo para Shipley: um mundo onde o rosa-claro era maligno e onde reinava a ironia.

Shipley se levantou e esperou que Eliza a deixasse passar.

— Ela está de mau humor — avisou Eliza, o que era mentira. A professora Rosen só tinha um humor: maliciosamente condescendente.

Shipley franziu a testa.

— Mas parecia que vocês estavam se divertindo.

Eliza revirou os olhos de novo. Shipley era tão ingênua.

— Que louca... — disse ela, e se afastou.

Shipley abriu a porta e entrou na sala mínima e abarrotada, ainda sem saber quem Eliza havia chamado de louca: ela ou a professora. A professora Rosen estava sentada à mesa, folheando uma agenda de endereços de borda irregular e toda rabiscada.

— Ah, Shipley — disse ela, levantando a cabeça. Indicou a pequena cadeira de madeira ao lado da mesa. Havia uma panela laranja de fondue atrás da cadeira, os garfos compridos apontando para todo lado. Um triciclo Radio Flyer encostado a um canto da sala e a cabeça de um alce em papelão, presa na parede. Na mesa havia uma foto da professora beijando alguém vestido de faraó egípcio. — Desculpe pela falta de espaço. Sente-se.

Shipley cruzou as pernas e as mãos. Essa era a sua chance de conquistar a professora Rosen. Esperou pacientemente enquanto ela vasculhava uma pilha de pastas até achar a sua. Ela retirou uma folha da pasta e leu, os lábios se movendo em silêncio.

Era o poema que Shipley tinha escrito em aula na semana anterior. No início, a tarefa — escrever um poema curto sobre um membro de sua família — a deixara irritada. Será que tinha de ser tão pessoal? Por que eles não podiam escrever sobre a mudança das estações, os gansos migratórios ou suas botas preferidas?

— Eu não havia feito a ligação com o sobrenome até ler isto — disse a professora Rosen. — Eu me lembro do seu irmão. Ele só apareceu em uma aula.

Shipley assentiu. A última coisa que queria era discutir Patrick. Mas também não devia ter escrito o poema sobre ele.

— Como ele está, aliás? — A professora parecia genuinamente preocupada.

Shipley não sabia o que dizer. Não via Patrick desde 1988.

— Está ótimo — disse com entusiasmo.

A professora Rosen franziu as sobrancelhas.

— É mesmo?

Shipley deu de ombros.

— Não mantemos contato. — Ela se mexeu de maneira pouco à vontade na dura cadeira de madeira. A reunião não estava saindo como planejara.

A professora examinou o poema de novo.

— É muito bom — observou ela. — Mostra sua curiosidade em relação a ele. Gostei da dicotomia de alguém com quem crescemos e que devemos conhecer tão bem poder ser um completo estranho para nós.

Shipley assentiu com ansiedade. Não tinha pensado em nada disso ao escrever o poema, mas o que a professora Rosen dizia a fazia parecer perspicaz e sábia.

A professora pegou uma caneta vermelha na caneca lascada sobre a mesa e escreveu um A maiúsculo imenso embaixo do último verso do poema. Depois devolveu a folha à pasta.

— Talvez você queira pensar em fazer o segundo ano em East Anglia. Eles têm um ótimo programa de poesia.

Shipley olhou inexpressivamente para ela.

— Fica na Inglaterra. Temos um programa de intercâmbio.

— Eu ainda nem pensei direito nisso — disse Shipley. — No que vou fazer daqui para a frente. — Ela colocou o cabelo para trás da orelha.

— Não, claro que não. — A professora Rosen tamborilou os dedos na capa de sua agenda, parecendo distraída. Uma coleção de prismas de cristal pendia da vidraça. O sol saía de trás de uma nuvem, lançando arco-íris psicodélicos por toda a salinha. A reunião tinha acabado?, perguntou-se Shipley. Havia terminado?

Rosen franziu os lábios.

— Não gostei do que aprontou na orientação, mas você parece ter colocado a cabeça no lugar, afinal. Compareça às aulas. Estuda. Escreve muito bem.

Shipley esperou pelo "mas". Devia haver um.

— Já que está aqui, preciso lhe perguntar uma coisa: por acaso já trabalhou como babá? Nossa babá acabou de ir para casa com mononucleose e temos ingressos para ver uma peça em Augusta no sábado à noite. Eu queria jantar depois.

A professora inclinou-se para a frente na cadeira, o cós da calça de veludo cotelê verde-oliva se esticando nos quadris achatados e largos.

— Perguntei a Eliza e ela disse, com essas palavras: "Não é minha praia ser legal com gremlins mutantes." — Ela balançou a cabeça. — Que figura... Pelo menos foi franca. — Ela sorriu para Shipley. Seus dentes eram compridos e tortos.

— Não me diga que não gosta de crianças também. Nosso menino só tem seis meses. Ele é um amor.

Shipley também sorriu, formando-se em sua mente a imagem da adorável casa de tijolinhos da professora Rosen, seu marido nerd e certinho do Departamento de Computação e seu bebê dentuço, de cabelo espigado, uma versão em miniatura da professora Rosen. Muitas meninas na Greenwich Academy tinham trabalhado como babá; ela simplesmente nunca havia sido convidada. O bebê provavelmente dormiria o tempo todo, mesmo. Ela podia comer donuts e ver *Uma linda mulher* na HBO.

— Eu poderia, se você quisesse — ela propôs.

A professora Rosen bateu palmas.

— Que bom. Estamos na lista telefônica. Apareça lá pelas seis. Há uma boa probabilidade de eu não estar, provavelmente estarei ensaiando minha peça de um ato. Isto é, se puder achar alguém para fazer o outro papel. É um papel muito exigente. Muito avançado. Não sei o que há com os meninos este ano, mas não consigo achar ninguém para fazer esse personagem.

Ela virou a cabeça de lado, os olhos castanhos e melancólicos se arregalando.

— Ei, que tal aquele seu namorado grandalhão? Qual é o nome dele mesmo? Timothy? Ele é grande o bastante para matar as pessoas de medo. — Ela se interrompeu. — Quando se empolga, quero dizer.

— Tom?

Evidentemente, a peça tinha algo a ver com o zoológico. Shipley tentou imaginar Tom e Adam brigando no palco, de malha preta, as caras pintadas como pantomima, fingindo ser tigres, gorilas ou jiboias. Ela subiria furtivamente ao palco usando um macacão de couro preto e lamberia as patas sedutoramente enquanto eles brigavam por ela, querendo ser a última fera de pé.

Tom não parecia fazer o tipo teatro, mas a professora Rosen a olhava tão calorosamente que Shipley queria dar a ela tudo o que pudesse. Além disso, as notas de Tom eram péssimas. Ele bem que precisava do crédito extra.

— Claro, por que não? Ele adoraria.

— Diga a ele que quero começar a ensaiar amanhã, se pudermos. — A professora puxou os lóbulos das orelhas e olhou o relógio. — A apresentação será no final do período, que está muito mais perto do que você pensa.

Shipley se levantou para ir embora, mas a professora Rosen ergueu a mão.

— Espere um pouco. Precisamos conversar sobre se você gosta ou não de suas aulas e no que quer se formar. Se sente falta de casa, se está feliz, esse tipo de coisa.

Shipley deu de ombros.

— Até agora estou adorando.

A professora Rosen sorriu.

— Nem acreditaria na raridade dessas palavras para mim. Sucesso!

Shipley não sabia como conseguira, mas agora ela e a professora Rosen eram praticamente grandes amigas. Do lado de fora da sala, ela escreveu o nome de Tom no formulário de inscrição da peça, ignorando a adrenalina que disparou por seu corpo quando a ponta dos dedos por acaso roçou no A verde do nome de Adam.

9

Novembro era um mês curioso. Alguns dias pareciam quentes como o verão. Em outros, chovia. E, alguns dias, o vento arrancava as folhas das árvores e as espalhava impiedosamente pelo campus. A manutenção trabalhava continuamente para conservar o pátio verde e sem folhas. Nos fins de semana, as folhas eram queimadas, enchendo o ar de uma fumaça cinza e amarga. O aquecimento fora ligado nos alojamentos e chocolate quente era servido nos refeitórios. Havia também uma febre de atividade no corpo estudantil. As provas de meio de semestre não estavam muito longe, e, depois disso, vinham as férias. É claro que primeiro havia o Dia de Ação de Graças, mas qualquer um que morasse para além de Nova York ficava no campus para o bufê de peru no refeitório.

Agora era a época em que os alunos ficavam cientes de como estavam se saindo na faculdade. Tom estava quase reprovado em belas-artes. Economia era impossível. Inglês, um saco. Geologia exigia decoreba demais. E havia uma boa chance de ele ser substituído na peça da professora Rosen, o que significava que não conseguiria os créditos extra. Hoje ele decidiu tentar uma coisa nova.

— É assim... — explicava Wills. Amarrou as longas trancinhas descoloridas em um nó no alto da cabeça para evitar que caíssem nos tabletes rosa de ecstasy que ele contava na mesa da cozinha do Root. — Você toma um a cada dois dias. Nos dias de folga, fuma maconha, prepara refeições imensas e come feito um rei. Nos dias de ecstasy, masca chiclete, muito chiclete... E anda por aí. Ou, se não conseguir ecstasy, rouba éter do laboratório de química. Não dura muito e fede, mas, cara... Tem que experimentar pelo menos uma vez. Entre as drogas, andar por aí e a comida saudável, seu corpo permanece em forma e você basicamente fica ótimo.

Cada pequeno comprimido cor-de-rosa tinha o formato de um olho amendoado. Tom via Wills arrumar os comprimidos em pilhas organizadas, quatro para cada um dos Grannies e quatro para ele. Ele concordou em comprar o ecstasy com a condição de que os Grannies tomassem com ele, para o caso de entrar em pânico.

Em Bedford, Tom ficava longe das drogas. Principalmente por causa dos esportes, mas também porque não sabia como se comportaria. Beber não era problema. Os pais bebiam. Todo mundo bebia. O pai até era legal, pegando-o nas festas do time de rúgbi às três da manhã quando ele estava totalmente torto e com vômito na camisa. Ainda assim, ele sempre havia tido curiosidade com as drogas, e, agora que estava na faculdade, por que não? Tom procurava principalmente uma maneira de se desbloquear.

— Vá mais fundo. Enlouqueça. Deixe-se pirar! — gritara a professora Rosen para ele no primeiro ensaio. Depois, ela e aquele cara caladão, Adam, ficaram parados olhando para ele, esperando que ele pirasse, mas só o que ele conseguiu fazer foi falar mais alto, enxugar muito o nariz e pedir desculpas por ser um ator tão ruim e esquecer suas falas.

"Você nunca vai criar algo que seja inteiramente seu se não se libertar de suas inibições", murmuraria o professor de pintura, sr. Zanes. O sr. Zanes era um sujeito de barba grisalha que falava aos sussurros e andava descalço pelo ateliê, sempre chupando pirulitos. "Para minha laringite", dizia. Ao que parecia, seu trabalho havia estourado em Praga no início dos anos 1980, mas a única prova de seu talento era uma pilha de embalagens de pirulito no canto do ateliê.

É claro que era quase impossível para Tom se libertar de suas inibições quando o tema de todas as aulas era Eliza em toda a sua glória pelada. Eliza sentada de cara feia com o queixo apoiado nos punhos. Eliza de perfil. Eliza deitada no divã com a virilha cabeluda e escura à plena vista. Sempre que Tom levantava a cabeça, ela murmurava, só movendo os lábios "chupa minhas tetas", ou "eu te amo", ou "me lambe" enquanto discretamente lhe mostrava o dedo. Em retaliação, Tom transformava a cara dela numa ferida úmida e gigante e omitia seus peitos brancos, mas bonitos. Agora ele tirava D+ em retrato, o que na verdade deveria ter sido um A fácil. E a peça era uma merda de um desastre. As drogas eram a sua única e última esperança.

— Sabia que isso é cem por cento natural? Vem do óleo de raiz de sassafrás — disse Wills. — Antigamente, a gente encontrava óleo de sassafrás no sabão, na cerveja preta e em todo tipo de coisas, até que nos anos 1960 a FDA se meteu e proibiu. Eu ia encomendar uma planta grande de sassafrás pelo correio para poder fazer meu próprio ecstasy, mas depois fiquei meio: será que quero mesmo o FBI estacionado na frente do meu alojamento? Quero mesmo meu telefone grampeado? Quero mesmo os porcos se metendo no meu esfíncter? Acho que não.

Tom assentiu. A lição da historinha era interessante e tudo, mas ele não dava a mínima. Grover estava sentado ao lado dele à mesa, com o barbeador elétrico na mão. Ligou-o e passou na cabeça quase raspada, livrando-se de alguns filamentos de penugem castanha que se acumularam desde que ele raspara a cabeça na véspera. As janelas da cozinha davam para o contorno verdejante do pátio. Lá fora, um bando de meninas de aparência atlética jogava frisbee.

— O que você precisa fazer é colocá-lo na língua, empurrá-lo para trás e engolir — explicou Grover, pegando um comprimido entre o polegar e o indicador e demonstrando a técnica.

Liam apareceu e mostrou a língua, que mexia como a de um lagarto, esperando que Wills colocasse um comprimido na ponta. Ele puxou a língua de volta à boca.

— É seco pra descer, mas logo você vai sentir e não vai se importar.

Tom cutucou um comprimido com a ponta do dedo. Parecia confete ou aspirina infantil.

— Sentir o quê?

Os Grannies riram. Wills inclinou-se e sugou um comprimido diretamente da mesa para a boca, como um aspirador de pó humano.

— Tipo um deus — ele detalhou de um jeito sedutor. — Como se você fosse o tal.

Tom gostava de pensar que se sentia assim o tempo todo, mas talvez a melhoria de atributos que já possuía fosse exatamente o que a professora Rosen e o sr. Zanes pretendiam dizer com ir mais fundo. Ele pôs um comprimido rosa na língua. Era amargo e tinha um gosto ruim, como se ele estivesse comendo um farelo de cocô de esquilo que tivesse tirado do sapato. Ele engoliu. Se essa migalha de lixo pudesse fazê-lo viajar, ele ficaria muito surpreso.

— E agora? — perguntou ele. Não podia só ficar sentado na cozinha do alojamento olhando para os Grannies enquanto eles esperavam que o ecstasy batesse.

Wills empurrou a cadeira para trás e se levantou, a saia trespassada caindo em cascata até os tornozelos.

— Agora vamos dar uma caminhada bem longa. — Ele estendeu a mão e deu um tapinha no ombro de Tom. — E, quando voltarmos, você será outro homem.

Com as mãos inocentemente nos bolsos dos casacos, o grupo pré-extasiado de garotos atravessou o pátio e foi para a pista de corrida de sete quilômetros que serpenteava pela periferia do campus de tijolinhos e hera da Dexter. Sr. Darius Booth, o frágil reitor da universidade, podia ser visto se arrastando pela pista toda manhã às 5h45 com seus três pastores alemães apavorantes. Tom sabia disso porque acordava algumas vezes a essa hora e ia correr. Ele achava que queria ficar em forma, mas só o que conseguia correndo tão cedo era uma cãibra de matar e algumas azias sérias que duravam o dia todo.

Ele viera para Dexter com toda a intenção do mundo de entrar para o time de rúgbi. Afinal, ele praticava o esporte no distrito escolar de Bedford desde os 12 anos. Mas, na verdade, não estava disposto a passar os fins de semana jogando longe dali, vivendo os rituais de trotes de um time masculino. Os fins de semana eram para transar com Shipley, dormir até tarde com Shipley e pedir comida com Shipley, não necessariamente nessa ordem. Além disso, ele ficara sabendo que os caras do time de rúgbi realmente faziam os calouros comerem biscoito com esperma de um integrante antigo do time. Não era lá muito atraente. Então, ele matou o primeiro treino e nem falou no assunto com o pai, que fora capitão do time da Dexter em seu último ano e, no seu tempo, devia ter comido um balde inteiro de esperma.

Tom não tinha percebido como estava um dia de outono perfeito. As folhas eram douradas, carmim e rosa-shocking, e o sol desbotado descia a colina atrás do campus como uma gema de ovo gigante. Enquanto eles andavam, os pelos das costas de sua mão assumiam um lindo tom acobreado. Wills andava bem na frente dele, a saia de batique balançando de um lado a outro, o cabelo comprido e descolorido balançando fluidamente na luz do final de tarde.

— Legal — observou Tom, permitindo que Liam pegasse sua mão. Grover começou a pular. Os dedos dos pés descalços e sujos estavam pintados de esmalte prateado. Ele tocava uma cantiga animada que parecia irlandesa na gaita presa ao pescoço, acompanhado por batidas entusiasmadas no peito e puxões nas alças do macacão. Grover gostava de fazer barulho, o que fazia sentido, uma vez que era percussionista dos Grannies.

Um corredor se aproximava atrás deles. Seu cabelo castanho e comprido estava preso num rabo de cavalo e o rosto era encovado e pálido. Uma camisa de basquete marrom da Dexter batia em seus ombros ossudos enquanto os braços e as pernas firmes o impeliam para a frente. Além da camisa, exibia um daqueles shorts de corrida transparentes da Dexter com cueca de malha embutida que nenhum adulto jamais usaria, e tênis Asics brancos sem meias. O caso era que o cara não era adulto. Na realidade, parecia encolher enquanto corria. Quando ficaram ombro a ombro, o corredor se virou para olhar nos olhos de Tom, sem acusações ou ameaças, mas entrando na alma dele e fundindo sua mente com a dele. Um forte odor químico invadiu o ar. Se Tom não estivesse em uma onda de ecstasy, teria entrado em pânico.

— Esse cara só come maçãs Granny Smith — explicou Liam num sussurro enquanto o corredor se afastava deles. — Sabe como colocam cera nas maçãs para elas brilharem mais? Bem, ele raspa a cera com a lixa de um cortador de unhas porque não quer ingerir calorias a mais.

— Ele é muito puro — acrescentou Wills à frente, a voz inchando de admiração. — Só o que consome é maçã e éter.

— A gente deveria ir para a Lagoa nadar! — gritou Glover animado, soprando sua gaita algumas vezes para dar ênfase. Ele parou de repente e pegou um pacote de chiclete Doublemint no bolso do macacão. — Tem menta pra caramba — disse enquanto dava pedaços a cada um dos meninos.

Eles continuaram a andar. Tom abriu o chiclete e o colocou na boca. Tinha um sabor incrivelmente fresco. Seu queixo se eletrizava com o ato de mascar.

— E aí? Quem vai nadar? — disse Grover de novo, pulando para trás na rua.

— Ainda não estou pronto para me molhar — murmurou Liam, segurando ainda mais forte a mão de Tom. — Ainda não quero me molhar — repetiu ele, sorrindo como um bobo.

— Nem eu — concordou Tom, mascando com força o chiclete. Eles agora andavam mais rápido. Tom podia sentir isso nas pernas. Era incrível, *ele* se sentia incrível. — O que eu queria mesmo era pintar alguma coisa — continuou ele, lambendo os lábios e acelerando a marcha. Ele não tinha de se prender ao que pintava no curso de retrato. Se quisesse, podia pintar as folhas. Podia pintar o céu!

— Eu estou queimando, cara — gritou Wills para Grover, que pulava e dançava à frente deles. — Seria bom nadar um pouco.

Uma placa verde de estrada surgia à frente: VOCÊ ESTÁ ENTRANDO NOS LIMITES DA CIDADE DE HOME. POPULAÇÃO: 9.847.

— Não há lugar como Home — declarou Liam, esfregando as abas do gorro no ombro volumoso de Tom.

Uma minivan Dodge branca passou, reduzindo para evitar os braços e pernas descontrolados de Grover. Tom fez sinal de positivo para a motorista, e a motorista devolveu o gesto para Tom. Era a professora Rosen.

A van parou. No para-choque traseiro tinha um adesivo que dizia: SONA SI LATINE LOQUERIS. A professora Rosen botou a cabeça para fora.

— Oi, Tom. Quer uma carona para o ensaio?

Tom tinha se esquecido inteiramente do ensaio. Soltou a mão de Liam e foi até a van.

— Ei, tá fazendo o quê, cara? — perguntou Wills.

— Venha — disse Tom. — Ela vai nos levar aonde queremos ir.

Os meninos o seguiram até a van. Tom abriu a porta traseira. Uma lufada de ar quente o atingiu no rosto.

— A van ficou estacionada no sol o dia todo — explicou a professora Rosen enquanto ele se sentava no banco atrás dela. Ele nunca tinha percebido como seu cabelo era bonito e brilhante: castanho acobreado, com fios dourados, feito minirraios de sol. Era mais escuro que o de Shipley, mas igualmente complexo. O cabelo de Shipley, lembrou-se Tom, era o que o inspirara a fazer pintura, antes de mais nada. Era Shipley que ele precisava pintar, não o céu ou as folhas, e, definitivamente, não Eliza. Shipley era sua linda deusa dourada: sua mulher, seu amor, sua musa!

Os outros meninos deslizaram para dentro da van atrás dele.

— Saímos para dar uma caminhada — disse Liam à professora Rosen, olhando de um jeito conspiratório para os colegas de banda. Em seguida, contaria a ela tudo sobre o ecstasy que haviam tomado.

— Ei, professora, o que é aquele adesivo no para-choque? — perguntou Wills, todo animado. — É tipo uma citação de Chaucer ou algo assim?

— Significa "Buzine se falar latim". — A professora Rosen olhou pelo retrovisor. — Tom, você está bem?

— Tô, mas *preciso* pintar alguma coisa — disse Tom, esfregando as mãos e mascando firmemente o chiclete. — Tenho que achar tinta.

— E a gente *precisa* nadar — Wills imitou o tom de urgência de Tom.

— Brrr — concordou Liam, esfregando os braços. — Ah, cara, precisa sentir isso! — Ele ofereceu o braço a Tom. — Passa a mão aqui.

Tom encontrou o olhar da professora Rosen no retrovisor. Rosen tinha os olhos castanho-esverdeados mais lindos, e a pele era como leite. Leite! Ele podia beber uma caixa inteira agora mesmo, até um galão. Leite era tão branco, puro e frio... De repente ele sentiu uma sede extrema.

— Por que não canaliza parte dessa energia criativa em nosso ensaio? — sugeriu a professora Rosen. — Depois, talvez, você possa pintar.

— Tá bem, mas agora estou com uma supersede. — Tom botou a língua para fora e começou a ofegar. — Acha que a gente consegue arranjar um leite?

A professora Rosen sorriu. Tom parecia ter feito seu dever de casa. Ele estava pirando bem ali, no carro dela.

— Claro, claro.

Adam chegou adiantado. Estava sentado de pernas cruzadas no chão do pequeno estúdio mal iluminado no segundo andar do grêmio estudantil, lendo o roteiro.

The Zoo Story não tinha nada a ver com zoológico, e não acontecia muita coisa antes do final. Era sobre dois caras solitários que se esbarraram no Central Park. Peter, o papel de Adam, era só um executivo comum, sentado num banco de parque depois do trabalho, vendo o mundo passar. Jerry, o personagem de Tom, era o sujeito esquisito que começa a falar com Peter e basicamente estraga sua vida. Peter era, na verdade, um papel menor porque Jerry tinha a maior parte das falas, inclusive um monólogo imenso sobre um cachorro babão, cruel e preto que ocupava seis páginas. Como Tom conseguiria dizer essa fala, Adam não tinha ideia. ·

A professora Rosen era muito passional com relação à peça. Havia dito que falava da solidão e do isolamento que todos sentimos, e de como recorremos aos outros para encontrar significado numa existência que era basicamente absurda, uma vez que todos vamos morrer um dia. Era meio deprimente. Mas Adam estivera procurando um motivo para passar mais tempo no campus e, quando a professora Rosen o interpelou na livraria e lhe pediu mais uma vez para tentar, ele cedeu.

O fato de ela ter visto Peter escrito em sua cara o espantou. Quando ele se olhava no espelho, não via nada escrito na sua cara, nadinha, a não ser sardas e uma sombra de barba ruiva. Por que ela não o havia escalado para fazer Jerry, o lunático explosivo que aterroriza Peter? Jerry era viril e cheio de vida, enquanto Peter era robótico e desinteressante. Ainda assim, ele gostava do caráter metódico da atuação e era bom ser outra pessoa, para variar, mesmo que o cara que interpretasse fosse tão solitário e apagado como ele próprio.

Era o terceiro ensaio. Tom e a professora Rosen chegaram juntos, Tom bebendo um galão de leite. O líquido escorria pelo queixo enquanto ele bebia, sedento. Será que Shipley acharia isso atraente?, perguntou-se Adam, desanimado.

— Muito bem, meninos — começou a professora Rosen. — Os dois estão animados como eu com as eleições de terça-feira?

Os meninos assentiram de um jeito submisso.

— Que bom, que bom. — A professora pegou o roteiro na bolsa. — Escutem, tenho um compromisso esta noite, então vamos acelerar. Temos menos de oito semanas até a apresentação. Gostaria que lessem a peça toda, do começo ao fim. Assim podem sentir a energia se acumulando. É só entrar no clima e deixar que as palavras fluam. Aposto que já decoraram grande parte delas.

Adam franziu os lábios. A única vez que se lembrava de ter entrado "no clima" fora quando ficara sentado em seu sofá de casa segurando os pés de Shipley e fantasiando como seria segurar o restante dela.

Tom virou mais um tanto de leite e abriu seu roteiro.

— Estive no zoom — ele leu.

— É zoo — corrigiu a professora Rosen. — Creio que foi dito em várias ocasiões que a peça se chama *The Zoo Story*, não?

Tom passou a mão no cabelo e trincou os dentes de um jeito ameaçador.

— Estive no zoo. Eu disse que estive no zoo. Senhor, eu estive no zoo!

Adam levantou a cabeça, tirando os olhos do roteiro. Talvez Tom fosse a pessoa certa para esse papel, afinal. Talvez fosse um ator mais versátil do que pensara.

— Você é um sujeito de sorte — murmurou ele.

Tom ficou confuso.

— Estou na página errada?

— Atenha-se ao roteiro — aconselhou a professora Rosen.

Adam limpou a garganta e leu sua fala.

— Desculpe, estava falando comigo?

Tom trincou os dentes.

— Preciso de mais leite.

A professora Rosen suspirou e lhe passou a caixa de leite.

— Por que não termina o leite e nós recomeçamos?

Tom virou a cabeça para trás e tomou o leite. Estalou os lábios e os enxugou com as costas da mão.

— Estive no zoo — começou ele, parecendo ainda mais gutural e louco do que antes.

A professora Rosen bateu palmas. Seus brincos de jade balançaram.

— Isso! — exclamou ela, animada. — Isso mesmo!

— É... Aham — Adam tossiu educadamente na mão. No final da peça, ele esfaqueava Tom na barriga com uma faca de plástico. Ele não conseguia pensar em nada mais satisfatório.

— Está falando comigo?

10

Por que aceitar o emprego se ela nem precisava do dinheiro? Shipley não sabia responder a essa pergunta. Talvez fosse uma questão de se enturmar, pois a maioria dos alunos da Dexter tinha um emprego, ou talvez ela só precisasse fazer alguma coisa sozinha, independentemente de Tom. Ela nem havia contado a ele para onde ia.

"Trabalhar de babá?" Ela podia ouvi-lo falar, rindo, enquanto tentava esconder suas roupas para ela não poder se vestir. "Que se foda."

Ela tremia no caminho até o carro, desejando ter vestido um casaco. Eram 17h30 e já estava quase escuro. Só devia chegar à casa da professora Rosen às 6h, mas como era a primeira vez que trabalhava de babá, achou que seria uma boa ideia chegar cedo e se familiarizar com o bebê antes que os pais saíssem.

O carro estava na vaga torta de sempre, com a chave no pneu. A mesma pessoa que o roubara naquela primeira semana de aulas continuara roubando, mas sempre o trazia de volta quando o tanque ficava vazio. O pai de Shipley lhe ensinara a abastecer quando o tanque estivesse com um quarto, então ela continuava enchendo-o zelosamente, só para ver o carro desaparecer de novo. É claro que podia guardar a chave no chaveiro da Dexter em vez de colocá-la no pneu, mas ficava apavorada com a possibilidade de perdê-la, arriscando-se, assim, a precisar ligar para casa. Os anos que havia esperado por um carro... Os anos que havia esperado para sair de casa...

Às vezes, o estranho deixava bilhetes: *Este carro precisa de um banho. Fluido de limpador!! Desculpe, fumei seus cigarros. O pneu traseiro esquerdo parece baixo.* Às vezes, deixava um presente: uma folha cor-de-rosa particularmente bonita, um pacote de Juicy Fruit, uma revista *DownEast*, uma barra de Snickers. Shipley gostava de fingir que o estranho era seu ex-marido. Ela o deixara para ficar com Tom. No divórcio, nenhum dos dois queria abrir mão do carro, então decidiram partilhar. Ele dirigia por aí, ouvindo a música dela, terminando seu café velho e frio, sentindo falta dela. E cada bilhete escrito às pressas ou presentinho que deixava era sua maneira de dizer que preferia jamais ter deixado que ela partisse.

Hoje, o bilhete no banco da frente dizia: *Preciso de: um par de meias de lã, um suéter de lã pesada ou de fleece, um par de luvas quentes, um gorro de lã. Tudo tamanho grande.* Shipley enfiou o bilhete no bolso. O carro tinha cheiro de cinnamon roll. Ela girou a chave na ignição. O tanque de gasolina estava tão vazio que a luz de alerta se acendeu.

A casa da professora Rosen ficava perto, a mais ou menos um quilômetro e meio da fazenda em que ela fora parar na primeira noite de faculdade. Era até muito parecida com a casa de Adam, porém, menos esquisita. O mato crescia sob os degraus da escada que levava à varanda e a porta de tela pendia do batente num ângulo elegante. Não havia bichos; só um canteiro cercado de hortaliças que já fora revirado e coberto com palha para o inverno, e um espantalho apavorante de olhos vermelhos feito de botão e cabelo de palha de milho. O espantalho estava vestido com um lençol branco, um saco preto de lixo como capa e um chapéu preto de bruxa.

Shipley subiu a escada da varanda e abriu a porta de tela. A porta de madeira atrás dela estava entreaberta. Ela bateu de leve e a abriu. A mesa da cozinha estava apinhada com restos do jantar do bebê: purê de ervilhas e arroz integral. Acordes tranquilos tocavam em um rádio portátil. O bebê balbuciava em outro cômodo. Um nó de nervosismo se formou na garganta de Shipley e ela pensou em ir embora.

— Olá? — disse ela com a voz áspera.

Uma mulher que não era a professora Rosen entrou na cozinha com um bebê gordo pendurado no ombro. Ele tinha cabelos pretos e grossos, olhos pretos, pele morena e usava um macacão inteiro azul-claro e felpudo com zíper. A mulher era sardenta e tinha olhos azuis e cabelo louro frisado. Estava com um vestido de crochê multicolorido e botas de camurça com franja.

— Shipley, graças a Deus.

— Eu ia chegar cedo, mas tive que botar gasolina no carro — explicou Shipley.

— Não se preocupe com isso. — A mulher baixou um vidro de geleia cheio de vinho branco. — Darren está no campus ensaiando a peça. Meu nome é Blanche, conhecida como professora Blanche. Também ensino inglês na Dexter. — Ela segurou o bebê pelas axilas e o ofereceu a Shipley. — E este é Beetle. Beetle, Shipley. Shipley, Beetle.

— Oi.

Blanche aproximou-se enquanto Shipley baixava desajeitadamente Beetle até a curva de seu cotovelo e o aninhava no peito como fazia com as bonecas quando criança. Os olhos pretos e brilhantes de Beetle a fitaram. A cara morena e gordinha estava franzida e furiosa. Ele gemeu e soluçou, batendo as mãozinhas e os pezinhos.

— Humm, ele prefere ficar de pé, para olhar sobre seu ombro quando você anda, entendeu? — sugeriu Blanche.

Shipley o colocou no ombro. Ele não se parecia nada com uma boneca. Parecia um filhotinho sem pelo e de pijama ou um saco de areia molhada que respirava.

Blanche se postou atrás dela, falando com Beetle.

— Está vendo? Ela é uma garota legal — cantarolou ela.

— O garotão da mamãe. Minha maquininha de peido. O seilaoquezão da mamãe.

Shipley se balançava para cima e para baixo, na esperança de que Beetle não peidasse nela.

Blanche os contornou para ficar de frente para Shipley.

— Só vamos ficar fora por algumas horas. Aqui está o número do restaurante. Fica em Hallowell. Ele já tomou banho e jantou. Só o que precisa fazer é brincar com ele por uma hora, vestir o pijama nele, dar uma mamadeira e colocá-lo para dormir. A mamadeira está na geladeira. Tem formato de seio. Mas ele não deve tomar toda, estava com uma fome danada no jantar. — Blanche apertou o nariz contra o rosto gorducho de Beetle e inspirou, como se não se fartasse do cheiro dele. — Sinta-se em casa com esse bundinha gorduchinha.

Shipley queria perguntar do que exatamente Beetle gostava de brincar e o que ele devia usar para dormir, uma vez que já parecia estar de pijama. Não era isso o que os bebês usavam na maior parte do tempo? Ela também queria perguntar se ele ainda usava fraldas, e como devia colocá-lo para dormir, mas não queria parecer pouco profissional. Beetle arrotou e ela sentiu alguma coisa quente e molhada entrar pelo tecido do moletom.

— Ops! — Blanche entregou a Shipley um pano de prato velho e encardido.

Evidentemente, essa casa não usava toalhas de papel e reciclava tudo, inclusive os vidros de geleia. E também era uma casa em que mulheres moravam juntas e adotavam bebês do México, ou sei lá de onde, e lhes davam nomes que não eram nada mexicanos, como Beetle. De maneira nenhuma Shipley se sentiria em casa. Ela estava a galáxias de Greenwich.

— Só para você saber, foi fórmula para bebê regurgitada em seu ombro, e não leite materno. Não dá para amamentar quando se adota — explicou Blanche, jogando fora o resto do vinho. — Então a gente se vê lá pelas 11h ou meia-noite. — Ela deu um último beijo na testa de Beetle e disparou porta afora com suas botas franjadas. — Sirva-se do que quiser na geladeira, se sentir fome!

Parecia muito problema por apenas quarenta dólares, em especial uma hora depois, quando terminou de brincar. Brincar consistia em Shipley colocar Beetle de pé para ele poder andar e vê-lo tropeçar no tapete como um brinquedo malfeito. Não lhe ocorreu que ele não soubesse andar. É claro que Beetle começou a chorar e ficou chorando desde então. Ela o carregou por um tempo, andando de um cômodo a outro, abrindo armários e gavetas, lendo as lombadas dos livros, olhando o conteúdo da geladeira e bisbilhotando. Ela aprendeu que a professora Rosen e sua parceira, Blanche, gostavam de comer coisas como tahine, tempeh e quinoa. Ela descobriu que elas usavam uma coisa chamada Dr. Bronner's Magic Liquid Soap para lavar tudo — os pratos, as roupas, o cabelo — e que, em vez de Advil e Tylenol, o armário de remédios estava abastecido com vidrinhos de homeopatia com nomes como Nux Vomica, Belladonna, Pólvora e Crypripedium Pubescens. Descobriu que elas dormiam no chão, em um futon coberto com lençóis creme de aparência natural, e que só tinham seis vestidos, as duas. Que elas usavam tampões orgânicos sem alvejante. Não havia cafeína na casa e nenhuma televisão, mas a despensa era abastecida com caixas e mais caixas de vinho. Seus escritores preferidos pareciam ser Virginia Woolf, Shakespeare e Jeanette Winterson. Uma faixa da campanha Clinton-Gore estava exposta na janela da sala de estar. Elas tinham dois gatos grandes que ignoraram Shipley inteiramente. A casa era aconchegante, cheia de plantas, almofadas, véus e móveis comprados em brechós, mas era tão completamente estranha que Shipley não se sentiu à vontade nem para se sentar.

Como podiam viver assim?, perguntou-se enquanto andava pelo piso de madeira empoeirado com o bebê chorando nos braços. Elas haviam sido criadas numa casa parecida? Sempre comiam tempeh? Será que sempre preferiram mulheres a homens? Se não, quando foi que isso aconteceu? Quando é que elas souberam que queriam ser mães juntas e criar um garotinho sem cafeína, televisão, carne ou alvejante? Como sabiam que prefeririam Clinton-Gore e não

Bush-Quayle ou Ross Perot? Foi algo que aprenderam na faculdade?

Ela não conseguia deixar de se perguntar o que aconteceria com ela depois de quatro anos de contato com esse tipo de gente. Shipley poderia experimentar uma leve alteração, ou ser completamente transformada. Será que pararia de depilar as pernas e usar desodorante, e passaria a escrever a palavra "women" com Y? Será que abdicaria do couro e se recusaria a comer carne? Ela moeria o próprio trigo, engordaria e criaria bigode?

Beetle continuava a chorar. Por fim, Shipley o deitou de costas no berço. O rosto dele não estava mais moreno, mas vermelho. A fralda precisava ser trocada — tinha inchado rapidamente —, mas ela não poderia trocá-lo direito enquanto estava tão histérico. Talvez ele se acalmasse logo e dormisse.

Mas o bebê ainda chorava.

Shipley o olhou. Estendeu a mão pelas grades do berço e cutucou seu braço gorducho com o dedo.

— Shhh. Fique quietinho agora — murmurou ela e mostrou a língua, como se isso fosse apenas um jogo que eles fizessem e seu desamparo fosse apenas fingimento. Os olhos brilhantes e redondos de Beetle estavam arregalados e a intensidade de seus uivos aumentava. Ela saiu do quarto, na esperança de que ele dormisse de tanto chorar.

No primeiro andar, Shipley acendeu um cigarro e se serviu de um copo de vinho branco de uma garrafa aberta na geladeira. Bateu a cinza na pia, engolindo o vinho entre os tragos. No segundo andar, o choro de Beetle ficava mais alto e mais desesperado.

Havia uma lista telefônica de Home na bancada da cozinha. Shipley a pegou e, sem parar para pensar, procurou Gatz na letra G.

— Alô? É da casa dos Gatz? Com dois adolescentes... Um garoto chamado Adam, de cabelo ruivo, e uma menina bonita de cabelo preto e comprido e um nome estranho do qual não me lembro... *Philosophy*? — perguntou Shipley, desesperada.

— Isso é alguma pesquisa de opinião? — respondeu a mulher do outro lado da linha.

— Não, eu só... Adam está? — Ela e Adam raras vezes se viram no campus e nunca se falavam. Shipley não sabia bem por que, mas, desde que ela e Tom passaram a namorar, ela evitava Adam completamente.

— Adam está na faculdade, ensaiando a peça.

— E... a irmã dele?

— Tragedy?! — berrou a mulher, a boca longe do fone. — Quem está falando? — perguntou ela no bocal. — Alguém chamado Chip! — ela berrou depois que Shipley lhe deu seu nome.

O telefone bateu em alguma coisa dura e Tragedy atendeu.

— Alô?

— Tragedy? Não sei se você se lembra de mim. É a Shipley.

— Claro que me lembro de você — Tragedy bufou. — Tem alguma ideia de como é morar com Adam agora? Ele mal fala, come ou olha para alguém. Parece um fantasma.

— Desculpe. Sei lá... — disse Shipley, perguntando-se o que tudo isso tinha a ver com ela. — Mas, por favor, só preciso de alguém para... — ela explicou a situação, a voz tremendo à beira da histeria. Lágrimas se derramavam pelo rosto. — Ele não para de chorar e eu não sei o que fazer!

— Tudo bem, meu Deus, calma. — Tragedy suspirou com impaciência. — Olha, respire fundo e prepare um chá de camomila para você, ou qualquer coisa assim. Vou chegar num minutinho.

11

Nas aulas de direção ensinam que a maioria dos acidentes acontece em estradas conhecidas perto de casa. Você relaxa e deixa a guarda baixa; é aí que fica mais vulnerável. Adam pensava nisso sempre que ia da Dexter para casa. Ele nunca dirigia em estradas desconhecidas, o que significava, basicamente, que era um acidente esperando para acontecer.

— Adam! — Ellen Gatz gritava pelo quintal, vinda do celeiro, enquanto Adam parava perto da casa. — Sua irmã está ali falando ao telefone com uma amiga sua chamada Shun Lee!

Adam entrou na casa, descobrindo que Tragedy já havia desligado.

— Shipley está aqui perto trabalhando de babá e o bebê não para de chorar — explicou ela. — Por que merda ligou para cá, eu não sei, mas disse que ia lá ajudar.

— Eu te levo. — Adam partiu para a porta. — Vamos.

A estrada era um borrão. O carro parecia zunir sozinho. Só no que Adam conseguia pensar era em Shipley. Era só nela que pensava havia semanas.

— Oi — disse ela, recebendo-os na porta, o rosto inchado e os olhos coroados de rosa de tanto chorar. — Adam, você veio também?

— Vim — respondeu Adam feito um robô. De dentro da casa veio um guincho penetrante e desesperado, seguido por uma série de gemidos sufocados e sem fôlego. O bebê parecia estar sendo torturado. — Vim ajudar — ele disse corajosamente.

Shipley recuou com cautela, como se tivesse acabado de se lembrar de que nem o bebê nem a casa eram dela.

— Bem, acho que vocês precisam entrar.

A cozinha fedia a cigarro. Uma garrafa de vinho branco pela metade estava aberta na bancada. Tragedy não esperou para fazer o tour pela casa; apenas subiu a escada até o quarto de Beetle, deixando Adam e Shipley se olhando na cozinha.

— Como foi o ensaio? — perguntou Shipley. Agora que ele estava parado diante dela, Shipley soube por que o estivera evitando.

— Foi bom — disse Adam. — Melhor do que antes. Acho que vai mesmo ficar legal.

— Que ótimo! — Ela olhou a escada. — Talvez a gente deva subir e ver como eles estão se saindo.

— Tudo bem — concordou Adam, relutante em abrir mão desse momento a sós com ela, mas ansioso para se distrair.

Ele a seguiu pela escada, admirando o balanço elegante de sua calça por trás. Nenhum vinco nem gordura excessiva. Ela devia ficar ainda melhor nua, pensou ele, esquecendo-se de respirar.

Shipley tentou marchar pela escada da forma mais provocante possível. Ah, se estivesse com seu jeans preferido, aquele que deixava suas pernas mais compridas e mais magras e a cintura superfina. Ela respirou fundo, na esperança de que fizesse diferença atrás.

Eles chegaram ao patamar, arfando. O quarto de Beetle ficava bem em frente.

— Ele está molhado — explicou Tragedy, pegando o bebê habilidosamente no berço. Ela o balançou, seu corpo de amazona gingando com uma graça maternal. — Não é, amiguinho? Bem, vou dar um jeito nisso. Não se preocupe. Está tudo bem. Eu já fui uma titiquinha como você. Lembro que é um saco.

Shipley e Adam ficaram parados e mudos na porta enquanto Tragedy deitava Beetle no tapete e retirava as pernas do macacão felpudo. A fralda estava inchada e amarela.

— Olha só todo esse xixi! — cantarolou Tragedy enquanto tirava a fralda molhada e colocava uma nova. Beetle parara de chorar. Sorriu sem dentes, um sorriso bobo para a nova tia adorada. — Olha só esse pintinho. Parece uma minhoca. Só uma minhoquinha.

— Muito obrigada por vir — disse Shipley. A porta era estreita. Ela e Adam estavam praticamente se encostando.

— É difícil imaginar como os meninos viram homens quando olhamos um merdinha lindo desses, né? — Tragedy vestiu em Beetle um macacão felpudo e limpo. Era tigrado de laranja e marrom, com quatro pontinhos na ponta de cada um dos pés, como garras de um pequeno tigre. — Prontinho, sua coisa gostosa. — Ela beijou a ponta do nariz de Beetle e o pegou, o colocando no alto como um avião humano. — Um dia vou ter pelo menos 12 dessas coisinhas.

Minha própria turma de birutas. Bebês e bichos por todo lado.

Shipley e Adam a olharam inexpressivamente, os dois concentrados em estreitar o centímetro de espaço entre eles.

— Por que não preparam um café ou algo do tipo enquanto tento colocá-lo para dormir? — sugeriu Tragedy. — Ele tem uma mamadeira?

— Ah, eu me esqueci da mamadeira! — Shipley disparou escada abaixo e voltou com a mamadeira em formato de seio que pegou na geladeira. — Foi isto que disseram para usar.

Tragedy pegou a mamadeira e a encostou no peito.

— Rá! O meu é maior! — Ela se sentou na cadeira de balanço ao canto e acomodou Beetle no colo para tomar o leite. Olhou-o mamar por um tempo e, então, se virou para fuzilar com os olhos Shipley e Adam, ainda parados na soleira da porta. — Será que podem, por favor, dar o fora daqui?

Adam recuou e desceu a escada.

— Tem certeza? — perguntou Shipley, desesperada para segui-lo.

— Aham — disse Tragedy sem levantar a cabeça.

No primeiro andar, Adam abria e fechava os armários da cozinha. Shipley foi até a pia e abriu a torneira, fazendo o monte de cinzas de cigarro descer pelo ralo.

— Não tem café — disse-lhe ela. — Já olhei.

Ele abriu a porta da geladeira.

— Está com sede? — perguntou ele.

— Não.

— Nem eu — disse ele, fechando-a de novo.

Estava escuro lá fora. A casa estava silenciosa, salvo pela agitação do vento de novembro. Shipley olhou o rádio, perguntando-se se deveria ligá-lo novamente.

— Viu o espantalho? — perguntou ela.

— Não. Sim. Eu já tinha visto antes — disse Adam. — Muito doido.

Eles se olharam por um momento. O cabelo de Adam era de um vermelho mais escuro do que Shipley se lembrava. Meio castanho. E as sardas tinham desbotado um pouco. Ele também parecia mais magro e mais alto.

— Sua irmã ficou puta quando eu liguei. Disse que você estava... abalado. — Ela se recostou na bancada da cozinha.

— Você está... hum... melhor?

Adam olhou a boca de Shipley se mexer, alegrando-se com a ideia de que estava se mexendo por ele. Em suas incessantes fantasias com Shipley, eles nunca falavam muito, só se beijavam. Ele não estava preparado para conversas.

— Fiquei decepcionado — confessou Adam, apoiando as costas na geladeira. — Porque achei que nós éramos... amigos.

Talvez o vinho e o cigarro tivessem lhe subido à cabeça, mas Shipley ficou comovida com essa cena, parecida com a fantasia da lavanderia que ela tivera em casa quando fazia as malas para a faculdade.

A mãe, que lavava tudo a seco com exceção da roupa íntima, insistiu que Shipley aprendesse a usar uma máquina de lavar e uma secadora.

— Não vai ter nenhuma lavadeira na universidade, e você não pode usar o serviço de lavanderia porque eles encolhem tudo. Seu alojamento terá uma lavanderia — instruiu ela, entregando os manuais das máquinas Maytags. — A melhor hora para lavar suas roupas são de manhã cedo ou tarde da noite. Caso contrário, a lavanderia estará tão movimentada que suas roupas vão encolher esperando na secadora.

A tarefa de lavar as próprias roupas era tão estranha a Shipley quanto parecia romântica. As palavras "pendure delicadamente" e "secadora centrífuga" evocavam pensamentos de um lindo estranho que entraria na lavanderia enquanto ela dobrava as roupas.

"Deixe-me ajudar", ele diria, pegando o sutiã de renda. Ele continuaria a dobrar suas calcinhas e seus sutiãs até que, incapaz de controlar seu desejo, arrancaria as roupas dela, colocando-as uma por uma numa máquina de lavar aberta. Depois, ele tiraria as próprias roupas e a possuiria em cima das máquinas quentes e agitadas. Seria o segredo deles, aqueles encontros de madrugada na lavanderia, com a máquina de lavar girando tão ruidosamente que eles jamais saberiam o nome um do outro.

A geladeira zumbia. Shipley sorriu timidamente para Adam, como se ele estivesse lendo a parte de seu diário onde ela escrevera sobre ele. *Ele* era o lindo estranho da lavanderia. Ela deu um passo para Adam, e depois outro.

— Vou te beijar — sussurrou ela enquanto passava os braços ao redor do pescoço dele. E o beijou, batendo a cabeça dele contra a porta do freezer como a adúltera desinibida de seus devaneios.

Eles se beijaram na cozinha por um bom tempo. Adam tentou continuar calmo e manteve as mãos paradas na cintura de Shipley, mas ela passava as mãos por baixo da camiseta dele, fazendo seu coração saltar para fora do peito. Depois, as mãos dele percorriam todo o corpo da garota.

— É seguro descer? — sussurrou Tragedy do alto da escada.

Adam se afastou da boca de Shipley.

— Não! Continue brincando com o bebê.

Um instante depois, faróis lampejaram pela janela da cozinha. A professora Rosen e a parceira tinham voltado.

— Elas estão aqui! — chamou Tragedy.

— Merda. — Shipley enxugou a boca na manga e colocou o cabelo para trás da orelha. — Está tudo bem. Vou dizer a elas que vocês passaram para estudar — disse ela rapidamente. — Não vão se importar. — Ela colocou a rolha no vinho e o enfiou no fundo da geladeira.

Tragedy desceu com a mamadeira vazia.

— Enfim, ele está dormindo.

Beetle. Shipley tinha se esquecido completamente dele. Adam ficou parado ali com as mãos nos bolsos, sorrindo.

— Oi, oi. Vejo que tem companhia. — Blanche abriu a porta da cozinha, o rosto corado pelo vinho tinto e o vento frio.

— Como foi? — perguntou a professora Rosen ao entrar na cozinha. — Ah, oi, Adam. — Ela tirou os brincos de jade e os atirou na bancada. Seu rosto também estava corado. — Está tudo bem?

— A gente repassou algumas coisas de geologia — falou Shipley, embora Adam não fizesse geologia. — Beetle está dormindo. Ele está bem. Que bebê tranquilo!

— E você seria quem? — Blanche sorriu para Tragedy, que não ligava para amabilidades.

— Irmã de Adam. — Ela passou por eles e foi em direção à varanda. — Vamos, Adam, as ovelhas estão esperando.

Shipley continuou na cozinha, as orelhas sintonizadas no som de Adam e Tragedy saindo de carro. Blanche subiu para ver Beetle. A professora Rosen vasculhou a bolsa para pagar Shipley.

Entregou a ela um maço de notas e farejou o ar.

— Sente cheiro de cigarro?

Shipley torceu o nariz e fez que não com a cabeça. Ela mentia muito mal.

— Darren leu seu poema para mim no carro — disse alegremente Blanche ao descer a escada. — É muito bom. Você devia submetê-lo a *A Muse*. — *A Muse* era a publicação literária bianual da Dexter. — Eu basicamente cuido das coisas por lá, então posso lhe dizer que vamos publicar.

— Obrigada. — Shipley enfiou o dinheiro no bolso do moletom. Saber que a professora Rosen tinha partilhado seu poema com Blanche podia ter sido mais problemático se sua mente não estivesse preocupada com a diversão que fora bater a cabeça de Adam na porta do freezer e como tinha sido incrivelmente ilícito beijá-lo na cozinha da professora. Quem sabia o que dera nela? Pensou em ir direto para a casa dele, para que pudessem recomeçar de onde tinham parado.

A professora Rosen abriu a porta de um armário e pegou dois vidros de geleia limpos.

— Esse seu namorado... Tom. Caramba. Ele foi até melhor do que eu esperava hoje no ensaio.

Shipley se sobressaltou ao ouvir o nome de Tom. O que ela estava fazendo, beijando outro cara na cozinha da professora Rosen quando tinha um namorado perfeito? Em uma de suas fantasias mais recentes, Tom estacionava seu Porsche cinza conversível em uma garagem de dois carros em sua casa de praia nos Hamptons, bem ao lado do carro vermelho de Shipley, antes de fazer amor com ela na praia enquanto as ondas quebravam às suas costas. Adam estava mais para aparador de grama do que para um Porsche. E Tom já era dela. Ele devia estar esperando por ela agora em seu quarto, sem cueca e de meias, aninhado embaixo dos lençóis de flanela com o livro de economia.

Blanche abriu a geladeira e viu a garrafa de vinho pela metade.

— Posso lhe servir um pouco? — perguntou ela a Shipley.

— Não, obrigada. — Shipley pegou a bolsa na bancada da cozinha. Era melhor ir embora antes que elas percebessem a queimadura de tapete na testa de Beetle ou as pontas de cigarro fedorentas na lixeira. — Preciso ir.

— Não se esqueça de votar na terça-feira! — gritou a professora Rosen às costas de Shipley.

Tom não estava debaixo das cobertas. Tinha acabado de começar uma nova pintura. Ele trouxera telas novas do prédio de artes e estava ocupado misturando tons de damasco e cinza-claro, tentando alcançar a combinação perfeita da pele dela. Sua pulsação disparou. Ele trincou os dentes e tirou a camisa. Podia pintar a si mesmo. Podia pintar diretamente *em* si mesmo! Escolheu um novo pincel e espremeu uma poça de tinta na paleta. Pintaria a si mesmo para parecer uma daquelas estátuas gregas, com peitorais como a porra do Hércules.

— O que está fazendo? — Shipley abriu a porta e olhou enquanto ele traçava o contorno de seus mamilos divinos.

Tom baixou o pincel.

— Você! Você está aqui! Ah, você é tão bizarramente linda...

— Não sou, não — protestou ela.

— Venha cá — disse Tom. — Tire a roupa para eu poder te pintar.

Shipley se aproximou e folheou as pinturas na mesa de Tom, uma variedade de partes do corpo sangrento e desproporcional de Eliza em vários estados de nudez. Ela brincou com o zíper do seu moletom da Greenwich Academy.

— Por que não faz só a minha cabeça, com a janela ao fundo? Pode ficar meio legal.

Tom se aproximou e baixou o zíper de Shipley. Ele afastou o cabelo de suas clavículas.

— Quero pintar você nua — disse ele, beijando seu pescoço.

Shipley ficou tensa. Algo em Tom estava diferente. Todo o corpo dele parecia coberto por uma camada de suor pegajoso e frio, e a voz era gutural e rouca.

— Você está bem?

— Tomei um ecstasy com os Grannies. E mandei bem pra caralho no ensaio da peça. Foi foda. — Tom tirou o moletom de Shipley e abriu-lhe o jeans. — Quero pintar você agora — disse com urgência. — Nua.

Shipley não era exibicionista, nunca usava jeans apertados. Nas praias da Martinica, todas as meninas tiravam a parte de cima do biquini. Deitavam-se de costas na areia, banhando-se no sol num esquecimento tranquilo. Mas, quando Shipley tentou, sentiu que estava cozinhando. Os mamilos se encolheram como passas. Ela amarrou o sutiã de novo e se jogou na água, escondendo sua vergonha entre as ondas.

— Não posso ficar pelo menos com esta camiseta? — perguntou ela, sentando-se na cadeira dele. A camiseta era branca e fina. E a calcinha também. Ela estava nua o suficiente.

— Não. — Tom recuou alguns passos, segurando uma paleta plástica e branca. Os músculos de seu peito nu se contraíam sob a pintura de guerra. Ele lambeu a ponta do pincel. — Vai.

— Venha você — brincou ela.

Ele se aproximou e tirou sua camiseta.

— Até parece que nunca te vi pelada.

— Tá bem. — Ela tirou a blusa e a jogou na cama. Depois, tirou a calcinha e cruzou as pernas, colocando as mãos, uma por cima da outra, no joelho.

— Rígida demais — protestou Tom. — Sente-se como faria normalmente, se ninguém estivesse olhando.

Ela descruzou as pernas e deixou que os joelhos se abrissem meio centímetro. O ar fresco violou o espaço entre as coxas. Ela voltou a unir os joelhos e cruzou os braços.

— Não consigo fazer isso. Estou cansada. Um bebê me vomitou toda. Preciso escovar os dentes. — Ela olhou o quarto, odiando desiludi-lo. Queria ser uma boa namorada e já o decepcionara mais do que ele sabia. — E se eu cobrisse a cara com um leque, tipo uma gueixa japonesa? Ou se eu lesse um livro? — Pelo menos isso a distrairia e ela não ficaria tão sem graça.

Tom largou a paleta e ficou de quatro, engatinhando pelo quarto e olhando embaixo das camas. Shipley cruzou as pernas de novo e mexeu nas cutículas. Alguém assobiou no corredor. Ela sentia arrepios em suas coxas.

— Tudo bem, que tal isso? — Tom estendeu uma sacola de papel vermelho da Macy's que achou do lado de Nick do quarto. Então pegou uma tesoura e cortou dois buracos para os olhos e um pequeno e redondo para a boca. Lembrou Shipley do espantalho da professora Rosen, só que mais sinistro.

— Não sei... — Ela colocou o saco na cabeça. Seus olhos eram muito próximos e os buracos, separados demais. O da boca era muito pequeno. — Não olhe — acrescentou ela, abrindo os joelhos. Suas coxas sempre pareciam gordas, por mais magra que ela fosse, e, de algum modo, o saco de compras as tornou ainda mais constrangedoras. Tom olhava suas pernas, não o rosto bonito. E ele as via como realmente eram, umas baquetas compactas. Até seus peitos menores do que a média pareciam decepcionantes, ela percebeu. Mas quem sabe o propósito fosse este? Ela não era mais ela mesma; só uma forma feminina. Afinal, isso deveria ser arte. Mas precisava ser uma sacola da Macy's? Uma da Tiffany teria sido muito melhor.

— Encoste aí. — Ele se aproximou e colocou os ombros de Shipley contra o encosto duro da cadeira.

— Eu me sinto uma idiota — murmurou ela, perguntando-se como tinha se metido nisso.

— Shhh. Você é tão linda... Além disso, ninguém vai saber que é você — Tom lhe garantiu. — Só vou tirar umas fotos com a Polaroid, depois acabamos. — Ele tinha comprado uma câmera Polaroid vintage em uma venda de garagem de Home. Tinha muito orgulho dela.

Shipley fechou os olhos, na esperança de que isso ajudasse. A câmera disparou, uma explosão de branco por trás de suas pálpebras.

— Só mais uma. — O chão estalava quando ele andava.

Shipley concluiu que devia ter ido para a casa de Adam. Poderia estar beijando Adam agora mesmo em vez disso, fosse lá o que fosse isso. Ela estendeu a mão e puxou o saco. Ele rasgou ao ser retirado.

— Não quero mais fazer isso.

Tom nem olhava para ela. Mexia na câmera. Shipley era tão linda que era estranho como seu corpo parecia simples sem a cabeça, mas talvez ele pudesse fazer uma série da soma de suas partes, colocando a cabeça no final. Seria como uma equação de economia, com o todo — incluindo a cabeça — sendo a única *commodity* viável. A beleza não é um par de peitos bonitos, uma bunda perfeita ou pés lindos. A beleza é o pacote todo. Ele podia flutuar as partes sobre uma concha, cavalgando as ondas, como Afrodite. Seu curso de retrato faria uma coletiva no mês seguinte. Até então, não tinha nada que estivesse disposto a mostrar ao público. Era exatamente *isso* o que ele queria.

— Está tudo bem, sua parte já acabou. Cara, vai ser demais — disse ele, inspirado de repente.

Shipley vestiu o jeans às pressas, ansiosa para ir até seu quarto, tomar um banho fervendo e se deitar sob seus lindos lençóis limpos.

— Hummm — disse Tom, pegando seu moletom e dando uma boa cheirada nele.

Ela o tomou de suas mãos.

— Tenho que lavar minha roupa — disse ela, e saiu pela porta.

Um vento forte castigou o rosto de Shipley enquanto ela corria pelo pátio escuro. Os postes que ladeavam as calçadas lançavam uma luz amarela e sinistra ao mesmo tempo tranquilizadora e horrenda. Para além dos tijolinhos robustos do Coke, ela pensou ter visto a Mercedes preta sair do estacionamento e descer lentamente a avenida Homeward para a interestadual. Se o Maine estava assim em novembro, o que lhe traria dezembro?

12

Terça-feira era dia de eleições. Os alunos mais conscienciosos correram para seus estados natais para votar ou já haviam mandado seus votos em trânsito. Os menos conscienciosos fingiam ter votado, perguntando a todos se *eles* votaram. E os mais velhos (que, nos últimos três anos, por acaso fixaram residência no Maine, morando em casas de fazenda arruinadas nas imediações do campus com nomes como Strawberry Fields ou Gilligan's Island) votaram na escola, sua primeira experiência genuína como moradores.

O dia estava muito tenso. Professores encurtaram as aulas ou as cancelaram. Alunos rondavam pelos gramados, como se esperassem alguma diretriz divina. A biblioteca ficou vazia. Quando a notícia de que William Jefferson Clinton tinha vencido ressoou pelas TVs e pelas rádios em todo o campus, instalou-se uma sensação de euforia, e até aqueles que nunca bebiam nos dias úteis pararam em volta dos barris de cerveja e brindaram à aurora de uma nova era. Os que votaram nos democratas, mas tinham pais republicanos, ficaram particularmente convencidos. Era sua vez de governar. Sea Bass e Damascus até colocaram alto-falantes nas janelas do alojamento e tocaram *We Are the Champions*, do Queen, a todo volume e sem parar.

Quando chegou o Dia de Ação de Graças, todos tinham motivos para agradecer. Sr. Booth levou um peru vivo até o refeitório para provocar Ethelyn Gaines, a antiga chefe do Serviço de Refeições, por quem ele tinha uma queda. "Ah, não, isso não!", gritou Ethelyn, enxotando o peru para fora da cozinha, através do refeitório e pela porta dos fundos com o cutelo erguido. Os vegetarianos ficaram agradecidos pelo fato de o peru ter fugido.

Os Grannies ficaram gratos pela antena de satélite de Grover. Eles se reuniram na casa dele em Maryland para ver a retransmissão de *Playboy After Dark*, onde os Grateful Dead tocaram três de suas músicas preferidas e conversaram com Hugh Hefner numa festa da Playboy Mansion em 1969. Hefner era a cara do James Bond: todo charmoso e descolado de smoking. Jerry Garcia mais parecia Juan Valdez saindo de Haight-Ashbury, com o cabelo comprido e o poncho de lã; e Jerry era tão novo! Foi demais.

A professora Rosen ficou grata pela sopa de lentilhas saborosa da Progresso. Sua receita de peru vegetariano, que exigia lavar três quilos de farinha de trigo integral em baldes de água até que formasse uma massa fibrosa, enrolar a massa em talagarça na forma de uma ave e ferver por três horas, não havia dado certo e ela perdera a vontade de cozinhar.

Eliza ficou agradecida pela Darien Sports Shop.

Shipley tinha decidido ir de carro até sua casa para passar o Dia de Ação de Graças lá. Precisava de tempo para pensar, um tempo longe de Adam e de Tom, mas não tinha coragem de pegar a estrada sozinha, então na última hora convidou Eliza.

— Só para ter certeza de que não vou dormir e sair da estrada.

Mas não havia a menor possibilidade disso. As perguntas constantes de Eliza eram como um alarme de carro: "Você raspa as axilas todo dia? Tem alguma alergia? Quantas vezes você passa fio dental? Já pensou em cirurgia plástica? Se pudesse mudar uma coisa em seu corpo, o que seria? Algum dia já viu os Rockettes? Por que agora está dormindo no nosso quarto? Você e Tom terminaram?"

Eliza concordou em ir por puras razões antropológicas. Precisava ver em primeira mão o planeta de onde viera sua colega de quarto penduradora de jeans em cabides e possuidora de calcinhas passadas a ferro.

Elas saíram da Dexter às 8 horas na manhã de Ação de Graças e chegaram à casa de Shipley às 3 da tarde. Greenwich parecia linda e limpa. A casa dos Gilbert era grande, branca e colonial, com venezianas verdes e porta vermelha, construída em um terreno elevado com um portal de entrada para carros na frente. A cerca viva era bem-aparada e um vaso de crisântemos amarelos ficava de cada lado da escada principal.

Shipley desligou a ignição, abaixou o para-sol de seu lado e se olhou no espelho. Retirou os brincos compridos de prata e os atirou na bolsa. Depois, prendeu o cabelo num rabo de cavalo e borrifou Binaca na língua. Finalmente, enfiou a blusa de gola rulê para dentro da calça jeans.

— O que está fazendo? — perguntou Eliza.

Shipley abriu a porta do carro e saiu.

— Sabe como são as mães...

A sra. Gilbert as recebeu com uma taça de Chardonnay na mão. Ela era magra e loura e suas roupas eram feitas de seda e cashmere, em tons variados de champanhe e bege. Parecia subsistir só de vinho branco, com talvez uma ou duas pastilhas de hortelã. Ela abriu os braços e apertou as duas meninas contra seu peito esquelético.

— Coloquei Eliza no quarto amarelo — disse ela enquanto as conduzia para dentro de casa.

Os sofás eram estofados com listras Regency verdes, douradas e creme, decorados com almofadas pretas enfeitadas com minúsculos abacaxis dourados. O piso de madeira era escuro e encerado. Os buquês de flores, perfeitamente arranjados em jarros de cristal. Parecia um cenário de filme de terror. O país das maravilhas palaciano e suburbano, até que a campainha toca. Mesmo o quarto de Shipley, com a cama de dossel branca e papel de parede cor-de-rosa, tinha um ar sinistro de bom-demais-para-ser-verdade.

— Vocês tem um decorador ou decorou isso tudo sozinha? — perguntou Eliza com educação à sra. Gilbert.

A sra. Gilbert bebeu o vinho.

— Trabalhei de perto com o decorador. Eu até estava pensando que podia fazer um curso de decoração, agora que as crianças se foram.

— Incrível... — disse Eliza. Os móveis de sua casa tinham sido comprados em conjuntos na Sears. O armário da TV, de cerejeira brilhante, combinava com a mesa de centro de cerejeira brilhante, que combinava com a mesa de jantar de cerejeira brilhante que eles nunca usavam. As cortinas e o carpete, o sofá e as poltronas, tudo combinava. Nada na casa de Shipley combinava, não de uma maneira óbvia, e, sem dúvida, nada vinha da Sears.

Elas seguiram a sra. Gilbert escada abaixo até a cozinha.

— Olhe só essa geladeira! — exclamou Eliza. — Dá para guardar um pônei aí dentro.

Shipley procurou pelo tique nervoso no olho esquerdo da mãe, revelando seu desprazer com a jaqueta militar desfiada de Eliza e seus tênis All Star vermelhos e sujos, mas ela realmente parecia feliz por Shipley ter trazido uma amiga. Até havia preparado a comida antes. A prateleira das carnes estava cheia de Tupperwares e sacos de hortaliças.

— Tenho que colocar o jantar para esquentar nos hotplates e preparar uma salada — disse a sra. Gilbert. — Por que não leva Eliza para passear pelo bairro e fazem umas compras por algumas horas? Comeremos quando voltarem.

Eliza nem acreditou em como a sra. Gilbert se livrara delas no maior descaramento. Até a mãe dela se sentaria à mesa da cozinha, fumando seus Capris e fingindo estar interessada, enquanto Eliza matraqueasse sobre a cobra que vira no acampamento ou o treinador de natação idiota da escola que tinha sido demitido por ser pervertido. "Como está a faculdade?", a mãe perguntaria. Mas a mãe de Shipley não se importava.

Shipley podia dirigir até a Darien Sports Shop de olhos vendados. Era sua loja favorita. Três andares do paraíso das compras. Lacoste. Lilly Pulitzer. Ralph Lauren. Patagonia. CB. Roupas esportivas, esquis, maiôs, calçados, patins de gelo, raquetes de tênis, tacos de golfe. Tudo.

Eliza seguia Shipley enquanto procurava um gorro de lã, luvas com isolamento, um suéter de lã pesado e gola rulê e meias de lã grossas para o estranho que andava roubando seu carro.

— Isso é para Tom? — perguntou Eliza.

— Aham — Shipley mentiu. Ela andou até a seção de roupas femininas de dormir e pegou calças térmicas brancas e um luxuoso roupão cinza de cashmere para si mesma.

Uma vendedora veio descarregar a pilha de roupas dos braços de Shipley.

— Vou guardar na caixa registradora, senhorita. — Ela olhou para Eliza pelos óculos bifocais. — Há alguma coisa que eu possa guardar para você?

Eliza franziu o cenho.

— Não, obrigada. Tô legal.

Shipley só agora percebeu que Eliza não estava pegando nada. Viu um par de protetores de orelhas de pele de coelho magenta em um manequim.

— Ei, viu isso? É a sua cara!

Eliza tirou os protetores da cabeça do manequim e os colocou sobre as orelhas. Pareciam fones de ouvido, só que mais macios. Ela se olhou no espelho. Eram incríveis. Ela os tirou e olhou a etiqueta de preço: US$ 222,95.

— Acho que não — disse ela, devolvendo-os ao manequim.

— Sem essa. — Shipley pegou os protetores e os enfiou debaixo do braço. — Não se preocupe. Minha família tem conta aqui — confessou ela. — Em geral, pego o que quero e só assino. Escolha o que quiser. É sério. Meus pais não vão se importar.

Eliza hesitou. Ela estava preparada para odiar Shipley para sempre, mas, à medida que o dia passava, sentia-se abrandar. Achou que Shipley seria mais mimada. É claro que a casa dela parecia uma vitrine, mas não havia ninguém ali para mimá-la, nem mesmo um Labrador bem-nutrido. Shipley a convidara para passar o Dia de Ação de Graças em sua casa porque não queria ir para casa sozinha. E tinha razão sobre os protetores de orelhas. Talvez Shipley a conhecesse melhor do que ela pensava.

— Não pode me comprar — insistiu ela, com desânimo.

— Não estou à venda.

— Ah, cale a boca. — Shipley passou o braço pelo de Eliza e a levou à seção de jeans. — Olhe. Uma prateleira inteira de jeans pretos. Anda. Você sabe que quer.

Elas experimentaram 12 calças jeans numa cabine minúscula. Eliza se decidiu por dois pares particularmente bonitos que ela mesma teria de cortar e surrar. Depois, se rendeu e escolheu um fogão portátil para Nick, um sutiã esportivo térmico para o inverno gelado do Maine e um casaco preto e comprido que basicamente parecia um saco de dormir com o qual se podia andar. Ocorreu-lhe que ela podia fechar o zíper do casaco novo bem ao lado do saco de dormir de Nick, assim eles teriam uma cama de casal na qual fazer sexo quente e suarento dentro do iurte. Ou não.

O total somou mais de dois mil dólares. Shipley assinou a nota antes que Eliza visse.

— Pronto. Foi divertido, não foi? — perguntou ela enquanto as duas carregavam as sacolas para o carro.

Era um Dia de Ação de Graças incomumente quente, mas Eliza saiu da loja com os protetores de orelha e o novo casaco.

— Foi demais.

Shipley tinha um armário cheio de roupas em casa, então não se preocupou em fazer uma mala para a viagem. Eliza tinha jogado sua bolsa de viagem no banco traseiro. E assim, pela primeira vez desde que saíram da faculdade, Shipley abriu o porta-malas da Mercedes para acomodar as grandes sacolas de compras da Darien Sports Shop.

— Puta que pariu — disse Eliza.

A mala estava cheia de comida: bagels, muffins, donuts, pãezinhos, frutas meio passadas, queijo mofado, sacos de nachos esmagados e um garrafão de água amassado.

— Mas que merda é essa? — perguntou Eliza. — Você tem algum distúrbio alimentar?

Shipley fechou a mala. O estranho devia estar morando em seu carro, usando a mala como despensa. Ela abriu uma das portas traseiras e atirou as sacolas no banco.

— A comida não é minha. Pertence a outra pessoa.

— Como assim, "outra pessoa"? — insistiu Eliza. — Quem?

— Não sei — disse Shipley. — Só alguém que usa meu carro quando não estou usando.

Durante toda a semana, Shipley havia deixado o carro no estacionamento da Dexter com o tanque vazio para ter certeza de que estaria ali na manhã de Ação de Graças, quando precisaria dele. Sentiu-se meio culpada por fazer isso, e ainda mais por retirar o carro da universidade sem dar uma explicação, mas com sorte as roupas quentes compensariam isso.

Eliza a encarou.

— Você deixa alguém que não conhece dirigir seu carro?

— É. — Agora que dizia em voz alta, fazia ainda menos sentido para Shipley. Ela abriu a porta do motorista e entrou. — Venha — disse ela. — Pegue o mapa no porta-luvas. Estou procurando a Oliver Road, em Bedford.

Tom não tinha ido passar o Dia de Ação de Graças em casa. Desde que Shipley posara para ele com a sacola da

Macy's na cabeça, esteve entocado no quarto, pintando. Shipley o deixara assim. Poderia ter aproveitado a oportunidade para correr para os braços de Adam, mas Tom era seu primeiro namorado de verdade e ela o amava, amava mesmo! Ela amava tudo nele, exceto suas horríveis pinturas de Eliza nua, a maneira como ele ficava excitado e suado com ecstasy, e sua linguagem às vezes indelicada. Adam era lindo, de um jeito sardento e desajeitado, comedido e educado, mas era basicamente um caipira, e um caipira tímido. Ele nem procurara por ela depois que se beijaram na cozinha da professora Rosen. Ela não o vira, nem uma vez, e seu sumiço a desnorteava. Teria sido só uma ficada? Será que ele pensava que podia usá-la para satisfazer algum tipo de impulso sexual egoísta e depois ir embora? Ou talvez realmente a quisesse. Mas como esperava conquistá-la quando não estava disposto a lutar por ela? Tom tinha dado em cima dela desde o início. Nunca havia nenhuma confusão com ele. Ela lamentava a traição. Eles eram perfeitos um para outro. Mas, só para ter certeza, Shipley precisava ver de onde ele vinha.

Eliza era muito boa com o mapa. Elas pegaram a Merrit Parkway sul a partir da Darien, saindo na Round Hill Road em Greenwich. A Round Hill levava a Bedford Banksville e à Greenwich Road, seguida pela Oliver, uma estrada rural com apenas algumas propriedades grandes. O número 149 ficava no final, uma casa colonial imponente e cinza com uma varanda grande na frente, porta rosa e um vasto gramado pontuado por montes de folhas varridas. Árvores antigas e elegantes cercavam a propriedade. Um longo canteiro de flores contornava a casa, onde se acocoravam os despojos de novembro de azaleias, hortênsias, coléus, lilases, lírios-do-vale, íris e peônias. Depois da casa havia uma quadra de tênis cercada e, atrás dela, uma piscina coberta por uma lona impermeável verde. Um jipe Cherokee preto alguns anos mais antigo que o de Tom estava estacionado na frente da garagem para dois carros.

Shipley levou o carro calmamente até o beco sem saída onde a estrada terminava e passou pela casa novamente. Indiana Jones, o cão dos Ferguson, um bernese artrítico, levantou de sua casinha na porta da frente, olhou-as com curiosidade e se deitou de novo. Um casal de meia-idade e o filho adulto estavam sentados em cadeiras Adirondack de madeira branca na varanda, comendo torta.

— É a casa de Tom? — Eliza apertou a cara contra o vidro.

— Acha que aqueles são os pais dele?

— Acho — disse Shipley, mal respirando. A casa era maior e mais autêntica do que a dela. Ela imaginou toda a família jogando tênis em duplas, e o pai de Tom provavelmente ensinara os meninos a nadar. A mãe de Tom devia ser apaixonada por flores, e todos varriam as folhas. A mãe de Shipley empregava uma equipe de jardineiros imigrantes do México. A família dela nunca fizera nada junta, a não ser sair de férias anualmente para uma praia do Caribe, durante as quais ficavam sentados em locais separados na areia, dependendo de sua tolerância ao sol, lendo livros.

Eliza baixou a janela e estendeu o braço para acenar.

— O que está fazendo? — sibilou Shipley. Para seu pavor, toda a família se levantou e desceu a escada da varanda com os pratos de torta equilibrados nas mãos. Ao se aproximarem, Shipley reconheceu as feições de Tom em todos eles. Ele tinha os olhos azuis da mãe, seu cabelo castanho denso, seu queixo determinado, mas tinha o corpo do pai. O pai até andava no mesmo estilo frouxo, como se nunca tivesse se acostumado com os pés. O irmão mais velho de Tom, Matt, era louro e atarracado, mas com os mesmos olhos azuis e o mesmo queixo.

— O que vamos dizer? — cochichou Shipley.

Eliza nunca foi de ficar sem palavras.

— Oi — disse ela. — Somos amigas de Tom. Ele nos pediu para passarmos aqui e pedirmos desculpas por não vir para casa na Ação de Graças.

— Que gentileza dele mandar um recado por vocês — disse a sra. Ferguson de um jeito ambíguo. — Gostariam de uma torta de noz-pecã? É receita de minha bisavó. — Ela pôs as mãos em concha na boca e baixou a voz. — Altamente alcoólica.

Eliza riu e olhou para Shipley, cujo rosto e pescoço estavam rosa-shocking.

— Desculpe, mas não podemos. Na verdade, estamos meio atrasadas para nosso jantar de Ação de Graças. — Ela apontou com o polegar para Shipley. — Estamos na casa dela, em Greenwich. Ela é a namorada de Tom, aliás. Shipley.

— Oi — grasnou Shipley.

Matt riu.

— Então você é a Shipley. Ouvi muito falar de você. Todos nós. Ao que parece, é o amor da vida dele. Um dia vai se casar com você.

— Bem, veremos... — Shipley riu e se agarrou ao volante para se equilibrar.

O sr. Ferguson encostou-se no carro e enfiou a cabeça pela janela aberta de Eliza. Tinha cheiro de lençóis recémlavados com um toque de nozes e uísque.

— Tem certeza de que não quer um pedaço de torta?

O pé de Shipley pairava sobre o pedal. Ela obviamente estava morrendo de vergonha.

— Muito obrigada, mas, na verdade, somos alérgicas a nozes — inventou Eliza.

Vincos fundos e preocupados apareceram na testa do sr. Ferguson.

— Tom está bem, não é? Ele nem telefonou hoje.

Eliza podia ter dito a ele o que verdadeiramente pensava sobre Tom, mas ela não era babaca. Não de verdade.

— Tom está ótimo — disse ela. — Está muito envolvido no curso de belas-artes. E atuando numa peça.

O sr. Ferguson assentiu.

— Ele falou. Alguma ideia de quando vai ser a apresentação? Estamos pensando em fazer a viagem só para assistir.

— No fim de semana que vem. Sábado à noite. Deveriam ir! E a coletiva de retratos é na mesma semana. Eu sei porque sou meio a estrela do show... — Eliza piscou para ele. — Verá o que quero dizer quando vir. Mas não vamos contar nada. Sabe como é, caso queira fazer uma surpresa para ele.

O sr. Ferguson sorriu.

— Boa ideia. — Ele se afastou do carro e pôs as mãos nos bolsos da calça cáqui. — Obrigado por passarem.

— Diga a Tom que ele perdeu um peru foda — disse Matt.

— Feliz Dia de Ação de Graças! — A sra. Ferguson acenou enquanto Shipley pisava no acelerador e se afastava.

Shipley não disse nada a caminho de casa. Os pais de Tom eram gentis e a casa dele era idílica. Era só nisso que pensava. Tom era o namorado perfeito. Quando voltasse para a Dexter, teria de se esforçar muito para consertar o que praticamente estragara. Ela deixaria claro a Adam que beijá-lo tinha sido um erro e que, embora ficasse feliz com a amizade dele, isso nunca mais deveria acontecer. Ela tentaria ser mais compreensiva com a arte de Tom. Os artistas às vezes se drogam e se comportam de um jeito estranho. O trabalho exigia isso. Além de tudo, Tom só estava experimentando. Em breve ele entenderia que arte e ecstasy não eram a praia dele. No fundo, ainda era o Tom dela. Ainda mais agora, que ela conheceu os pais dele. Podia se imaginar escolhendo as flores para seu casamento com a sra. Ferguson em sua cozinha ensolarada. Podia ouvir o irmão de Tom fazendo um brinde bêbado de padrinho: *Tom só estava na faculdade havia uma semana quando me ligou e disse: 'Acabo de conhecer a mulher com quem vou me casar...' É claro que não acreditei nele, especialmente depois de conhecer a garota. Ela era linda demais para ele."*

O jantar já estava servido. A sra. Gilbert estava sentada numa ponta, tomando vinho.

— Na verdade, eu não cozinhei — admitiu ela. — Comprei na Good Enough to Eat. Tudo lá é tão fresco...

Eliza se sentou com o novo casaco fechado até o queixo e se serviu de um pedaço de peito de peru ao molho de laranja e recheio de pinhão.

Só havia três pratos.

— Espere aí — disse Shipley ao se acomodar em sua cadeira. — Cadê o papai? — Ela não vira o pai desde que chegara, mas isso não era incomum. O sr. Gilbert nunca aparecia antes da hora do jantar.

A sra. Gilbert tomou um gole de vinho. Depois outro. Parecia querer sumir dentro da taça.

— Seu pai não mora mais aqui.

Eliza lamentou estar presente para testemunhar isso, mas também ficou meio emocionada. Ela esperou que a merda batesse no ventilador. Esperou que o cabelo de Shipley se eriçasse e que ela pulasse no suporte da cortina, uma proeza de ginasta de calcinha passada a ferro e jeans sem ruga nenhuma.

Shipley tirou a pele de seu peru já fatiado e deu uma mordida. O pai não era do tipo que fugiria com a secretária. Ele trabalhava muito, lia muito, corria em maratonas e esquiava. Ele adorava filmes antigos.

— O que houve? — perguntou. Deduziu que não estava tão surpresa.

— Eu queria lhe contar, mas você nunca ligava para casa — explicou a sra. Gilbert. — Depois que você foi para a faculdade, seu pai e eu simplesmente concordamos que não tínhamos mais nada a dizer um ao outro. Estávamos com essa sensação havia um tempo, ou pelo menos eu estava. Seu pai sugeriu terapia de casal, mas eu não consegui imaginar para quê. Ele alugou um apartamento na cidade, perto do escritório, e comprou uma espécie de cabana de surfe no Havaí. Imagino que a propriedade por lá tenha sido uma barganha depois do furacão.

— Havaí? — repetiu Shipley. Ela ainda processava a informação de que os pais não estavam mais juntos. O pai de Tom nunca deixaria a mulher. Eles ainda se amavam, depois de todos esses anos.

A sra. Gilbert se serviu de mais vinho.

— Sim, Havaí. Ele disse que vai levar você de avião para lá no Natal. Disse que até tem um lugar onde vocês podem esquiar. Um vulcão, imagine...

Shipley cortou outra fatia de peru.

— Patrick ia gostar disso.

— Sim, bem... — respondeu a mãe, dando de ombros.

Eliza só ficou parada ali, se entupindo de comida. Sentia-se mal por Shipley. Sentia-se mal pela mãe de Shipley. Mas ainda era melhor do que TV.

Shipley estendeu o braço sobre a mesa e se serviu de uma taça de vinho. Levantou-se e pegou um maço de cigarros na bolsa, ao corredor, acendendo um antes de se sentar.

— Não sabia que você fumava — disse a mãe. — Eu nem mesmo sabia que gostava de vinho. — Ela olhou a fumaça espiralar no ar. — Talvez eu deva começar a fumar.

Shipley enfiou o maço no bolso de trás, irritada por a mãe não estar muito horrorizada.

— Faz mal para você — disse ela, dando outro trago.

Eliza esperou que uma delas elevasse a voz, fizesse acusações, exigisse uma explicação, mas isso não aconteceu. O silêncio era enfurecedor. Ela não pôde deixar de se perguntar o que a mãe de Shipley fazia o dia todo, sozinha naquela casa imensa. Passava suas calcinhas a ferro? Ou talvez fosse viciada em Nintendo ou pornografia, secretamente. Talvez gostasse de cocaína. Talvez estivesse aprendendo russo, mandarim ou linguagem de sinais. Talvez tivesse uma enorme coleção de vibradores e promovesse orgias ou festas de swing, ou sei lá que tipo de festas davam as esposas de Greenwich.

— Sabe o que a minha família costuma fazer no Dia de Ação de Graças? — perguntou Eliza. — A minha mãe sempre faz dois sabores diferentes de gelatina com aqueles minimarshmallows, e o meu pai faz sanduíche de peru com pão Wonder e ketchup porque nenhum deles realmente gosta de perus inteiros, com coxas, pele e tudo. E às vezes eu faço sorvete de cerveja preta. É sempre assim, fazemos o que estamos a fim de comer. Teve um ano em que comemos nachos.

— Sua voz falhou. A mãe disse que eles nem fariam um jantar de Ação de Graças este ano sem ela por lá. Eles iriam a um cassino para ver um show e jogar nos caça-níqueis.

— Quer um pouco de vinho? — A sra. Gilbert ofereceu a garrafa. Ela parecia meio bêbada.

— Não, obrigada. Mas se importaria se eu esquentasse as batatas de novo, com um pouco de manteiga? — perguntou Eliza. — Estão meio frias.

Shipley bocejou durante toda a refeição, com a mente longe, em Tom. Será que sentia falta dela? Estaria pintando-a agora? Ela se sentia feliz por ter tirado as roupas no fim, embora meio que se arrependesse pela sacola da Macy's.

— Achei que poderíamos ver *A felicidade não se compra* — disse a mãe de Shipley. — Esta noite. Shipley e o pai costumavam ver todo ano — explicou ela a Eliza. — Eu nunca vi.

— Desculpe, mãe. — Shipley bocejou de novo e empurrou a cadeira para trás. — Não consigo ficar de olho aberto.

Eliza a seguiu pela escada. No corredor, viu algo que a fez parar subitamente.

— Espere um segundo. Venha cá.

Shipley suspirou e voltou.

— O que foi?

— Quem é? — Eliza apontou para uma foto emoldurada na parede.

Era a família: os quatro na praia, em St. Croix, durante as férias de primavera do sétimo ano de Shipley. Patrick estava com um moletom preto e pesado, embora fizesse uns 35ºC. Seu rosto parecia vermelho e emoldurado por uma barba rala e loura. O cabelo louro e comprido era desgrenhado e soprado pelo vento.

— Ah, é só o Patrick, meu irmão mais velho. — Shipley bocejou. — Ele é meio esquisito.

Eliza aproximou o rosto da foto.

— Quando foi a última vez que você o viu?

Shipley deu de ombros.

— Sei lá. Ele foi para a Dexter, mas depois saiu. Nenhum de nós o viu desde então. Acho que a última vez foi quando o deixamos lá para a orientação... Uns quatro anos atrás.

Eliza assentiu.

— Bem, você está enganada sobre ele ter saído da Dexter. Ele ainda está lá.

13

Nick perdeu seu estado zen da maneira mais difícil. Foi tirado dele. Ele pegou um avião de Portland, no Maine, para o aeroporto LaGuardia, em Nova York, na noite de véspera do Dia de Ação de Graças. O movimento provocado pelo feriado atrasou seu voo quase três horas. Depois, ele não conseguiu um táxi. Quando chegou em casa, o apartamento estava às escuras e a mãe e a irmã, em sono profundo.

No caminho para casa, Nick ficara pensando em como sua cama estaria boa quando ele finalmente desabasse sobre ela. Na semana e meia anterior, ele havia dormido no chão de tábuas do iurte. Tom, o babaca, basicamente o deixara trancado para fora, insistindo que não podia "trabalhar" quando havia mais alguém no quarto. Enfim em casa, Nick andou pelo escuro até seu quarto e acendeu a luz. A cama havia sumido, tendo sido substituída por um futon. Um grande arquivo preto estava ao lado de sua mesa, e nela havia um computador Macintosh que definitivamente não era dele. O futon tinha sido arrumado com lençóis novos e um cobertor velho. Por cima do cobertor, um bilhete da mãe. *Bem-vindo, querido. Tenha doces sonhos. Vou explicar tudo de manhã. Beijos, Mamãe.*

Na manhã de Ação de Graças, ele acordou com o cheiro forte de bacon frito e o som de ópera. Um homem cantava árias irritantes e altas e dava gargalhadas. Nick se levantou e vestiu a calça de veludo e o moletom da Dexter. Abriu a porta.

— Mãe? -- chamou, esfregando os olhos. — Mãe?

— Estamos na cozinha, querido! — gritou a mãe. — Venha conhecer o Morty!

Primeiro, Nick foi ao banheiro. Desconfiava de que Morty não era um gatinho, um filhote de cachorro ou um peixinho dourado; o que foi confirmado pelo par de tênis lamacentos na banheira.

— Oi. — Nick parou na porta da cozinha, coçando a cabeça. A mãe estava linda com um caftã azul-índigo, os cachos louros caindo em ondas até a cintura. A irmã Dee Dee estava no colo dela, comendo bacon; bacon de verdade. Um homem vestindo uma roupa de corrida suada estava ao fogão, fritando bacon. Limpou as mãos na camiseta e avançou em direção a Nick.

— Olá, garoto. — Ele estendeu a mão para Nick. — Bem-vindo. Feliz Dia de Ação de Graças. Sente-se. Já vai sair mais bacon.

Nick olhou a mão de Morty e ofereceu a própria, com o pulso mole.

— Eu não como carne.

— Eu como — disse Dee Dee, enfiando bacon na boca. — E adoro.

Morty ainda segurava a mão de Nick. Nick a puxou.

— Então você está, tipo, morando aqui? — perguntou ele com grosseria.

— Morty e eu nos conhecemos desde a faculdade. — A mãe tirou Dee Dee do colo e foi rapidamente até ele, de braços abertos, o V fundo do caftã se abrindo. Nick evitou o olhar da mãe. Ela o abraçou e o puxou para si. Nick sempre deixou que ela o beijasse, afagasse seu cabelo, apertasse o rosto contra o peito. Ele gostava disso. Mas desta vez ele arqueou as costas, tentando não ficar perto demais.

— Cadê o meu abraço? — disse a mãe, apertando-o ainda mais.

— Oi, mãe.

Ela passou as mãos no peito dele e sentiu seus braços.

— Uau, querido! Você está todo *musculoso*.

— Mãe... — Nick protestou.

— Eu sabia que ainda estava crescendo! E não se preocupe — murmurou ela em seu ouvido: — vou fazer seu tofu de Ação de Graças.

Dee Dee veio correndo com um pedaço de bacon pendurado na boca e abraçou suas coxas. Teria sido fofo se Morty não estivesse olhando com um sorriso paternal e presunçoso.

Ele afagou o cabelo louro e cacheado de Dee Dee.

— Essa garota me mata — disse ele a Nick. — Tenho outra filha na Califórnia. Ela cultiva alcachofras. Não é tão lindinha quanto esta daqui.

— Eu gosto de alcachofra — disse Nick, tentando continuar otimista. *Outra filha?*

— Não existe futuro para as alcachofras, especialmente aquelas orgânicas, cheias de minhocas — insistiu Morty.

Ele era careca, percebeu Nick. Deixara crescer uma franja crespa ao redor da cabeça para dar a ilusão de que tinha cabelo. Parecia usar uma daquelas máscaras de palhaço feitas de borracha: um nariz grande, bochechas vermelhas e um anel de cabelo em volta de uma área de borracha careca.

— Morty é contador — explicou a mãe de Nick. — Autônomo. Está usando seu quarto como escritório.

Essa era apenas parte da história. A mãe deixara de fora os elementos cruciais, como por exemplo, de onde Morty tinha surgido, onde estava dormindo e quanto tempo pretendia ficar. Dee Dee ainda gostava de ir para a cama da mãe no meio da noite. Será que agora se esgueirava entre a mãe e Morty?

Uma TV branca e pequena que nunca tinha estado ali mostrava os preparativos para a parada do Dia de Ação de Graças. Balões imensos flutuavam no ar sobre as árvores do Central Park. Clifford, o Cão Gigante. Babar, o Elefante. A Pantera Cor-de-Rosa. O Pateta. A família de Nick sempre cagava para a parada. Era comercial demais, cheia demais, suburbana demais: não representava a autêntica Nova York.

Dee Dee girou e pegou uma fatia de torrada no prato. Tinha 5 anos, mas, pelo tamanho, podia passar por 3.

— Vamos logo, vamos logo, vamos logo! — cantarolou ela.

— Bem, então corra — disse Morty. — Vista seu casaco. — Então se virou para Nick. — Vamos ver a parada. Quer ir?

Na versão em filme disso, Nick e Morty perderiam Dee Dee na parada e depois a achariam. Ou Morty engasgaria com um pretzel gigante e Nick lhe faria a Manobra de Heimlich, o que deixaria Morty em dívida com ele pelo resto da vida. Nick pediria a Morty para deixar sua mãe em paz e, numa tentativa de conquistá-lo, Morty daria a Nick ingressos para o show esgotado de Paul Simon, ou lugares na primeira fila para o jogo dos Knicks. Por fim, Nick o abraçaria como o pai que ele nunca havia tido. Mas isto não era um filme.

— Mãe, você vai? — perguntou Nick.

— Vou ficar aqui para fazer a comida — disse a mãe. — Mas você deveria ir. Bem que gostaria de paz e tranquilidade.

Nick mordeu o lábio.

— Acho que vou só comprar um bagel e dar uma caminhada. Quando voltar, eu te dou uma ajuda.

Ele virou a esquina para a H&H, na Broadway, e comprou um bagel com semente de papoula ainda quente e um copo de café puro. Evitando o tumulto da parada que acontecia perto do Central Park, Nick foi para o Riverside Park e depois até o Boat Basin, perguntando-se pela milionésima vez como seria dormir numa casa-barco ancorada em Manhattan. Provavelmente não o mesmo que dormir em um iurte num bosque do Maine. Ele contaria tudo à mãe sobre o iurte. Até tinha trazido fotos.

Este é o meu garoto, ele a imaginava dizendo. *Você é o mais descolado.*

Ele nem sabia mais por que tinha construído o iurte. Não gostava de acampar. Suas costas doíam, fazia frio e havia barulho: morcegos, guaxinins e tiros de caçadores antes do amanhecer. Não havia luz suficiente para estudar, não havia aquecimento, banheiro ou água corrente. Era desagradável.

Pensando bem, talvez ele nem devesse ter ido para a Dexter. Podia ter entrado para a Universidade de Nova York ou para a Columbia; até mesmo para a City College. Assim moraria em casa, dormiria em sua cama e teria evitado que a mãe dividisse a dela com Morty.

Ele pensou em ligar para os amigos de Berkshire. Dewey e Bassett moravam em Nova York e eram supermaconheiros. Dewey fora para a Universidade da Califórnia, em San Diego, e Bassett, para a de New Hampshire. Vê-los poderia significar duas coisas: ou ele ficaria totalmente decepcionado ao notar como as coisas mudaram, ou eles o animariam. Mas seu humor estava melancólico demais até para essa possibilidade.

— Não fale nada sobre as eleições — avisou a mãe quando ele voltou. Morty e Dee Dee ainda estavam na parada. Ela lhe passou um escorredor cheio de batatas e um descascador. — Morty é republicano.

— Meu Deus. — Nick se sentou e cortou uma das batatas. Espirrou violentamente. — Ele tem alguma coisa de bom?

A mãe o olhou do prato de tofu que marinava.

— Vou fingir que não ouvi isso.

Os ombros de Nick arriaram. Ele pegou outra batata e espirrou de novo.

— Seria bom se fosse gentil. Morty pode bem ser o pai de Dee Dee.

Nick baixou a batata.

— Meu Deus do céu — disse ele de novo. Ele sempre soubera que ele e Dee Dee tinham pais diferentes. Dee Dee também sabia disso. "Sou um espírito livre", dizia a mãe, rindo. Agora lhe ocorria por que ela tinha ficado tão animada com a ida dele para a faculdade e fora da cidade. Ela havia dito que era porque os regimes de residência tinham esportes melhores, mas Nick nunca fora muito atlético. A verdade era que ela queria que ele saísse de casa para poder levar homens sem ficar constrangida. Os avós dele pagavam, então ele foi.

— O quê? — disse a mãe. — Não acha bom que eu tenha encontrado alguém?

Nick descascava a batata muito lentamente. As cascas caíam na mesa como pele morta. Por baixo, a batata era molhada, escorregadia e repulsiva.

— Não sei — murmurou ele, e continuou descascando.

Quando Morty e Dee Dee voltaram da parada, Morty apareceu por trás da mãe de Nick na pia e a abraçou pela cintura.

— Você ia adorar o novo balão do Pateta — disse. — Tem ótimo carma. — Ele levantou o cabelo dela e lhe deu um beijo na nuca. Como se soubesse alguma coisa sobre carma...

No jantar, Nick soube que Morty tinha desejado a mãe desde que colocara os olhos nela na Universidade de Maryland, a *alma mater* dos dois.

— Corinne costumava usar flores no cabelo todo dia. Me deixava louco — disse ele a Nick. — Mas sempre tinha um namorado. Nunca cheguei perto. Além disso, tínhamos estilos diferentes. É claro que eu fumava um bagulho, mas sua mãe... Meu Deus.

Nick se perguntou se devia pegar o narguilé vermelho e gigante que a mãe escondia no armário do quarto dela. Ele bem que precisava de um bom tapa agora mesmo.

— A gente se esbarrou uns seis anos atrás, em um táxi — disse a mãe de Nick. — Eu estava entrando, e ele, saindo. Não me lembrava dele, mas Morty se lembrou de mim. — Ela sorriu para Morty, que respondeu colocando a mão no coração. — Foi legal.

— Sua mãe me convidou para vir tomar um vinho aqui. Você estava dormindo na casa de um amigo — disse ele a Nick. — É claro que cinco minutos depois ela estava me oferecendo... — Ele olhou para Dee Dee. Parecia ocupada fazendo um buraco no purê de batatas para colocar o molho. Morty uniu o polegar e o indicador e os colocou sobre os lábios.

— Morty! — exclamou a mãe de Nick.

Nick empurrava o tofu pelo prato. Havia uma regra tácita entre ele e a mãe de que não falassem de maconha; só fumassem, separadamente. Ele tinha certeza absoluta de que ela sabia que ele roubava de seu estoque, mas ela não falava nada, e ele jamais comentava quando o apartamento fedia a maconha. Agora o segredo estava revelado, embora não fosse um segredo.

— E aí uma coisa levou à outra e... bem... — Morty limpou a garganta. — Sua mãe estava grávida da sua irmã. Eu não tinha a menor condição de ser pai naquela época. Já havia tentado e estragado tudo. E sua mãe é uma ótima mãe. Eu sabia que ela se sairia bem.

— Depois que você foi para a faculdade e Dee Dee começou no jardim de infância, eu me senti meio sozinha — continuou a mãe de Nick. — Então liguei para Morty, ele veio e preparou um jantar para nós. — Ela estendeu o braço sobre a mesa e pegou a mão de Morty. — E me apaixonei por ele. Não podia deixar que ele fosse embora. E Dee Dee o adora, não é, Dee Dee?

Dee Dee pegou uma coxa de peru enorme, estilo homem da cavernas, e deu uma dentada.

— Ele é muito legal — disse ela. Morty a cutucou nas costelas e ela riu. — Tá bem, tá bem. Ele é o melhor!

Morty riu.

— E agora é claro que eu, sabe como é... — Ele pôs o polegar e o indicador nos lábios de novo. — Todo dia. — Ele passou a mão na barriga relativamente reta. — Desde que continue a correr e a ficar longe dos donuts. — Ele piscou para Nick.

— Com licença. — Nick se levantou e foi direto para o quarto da mãe. O armário dela tinha sido arrumado para dar lugar para as roupas de Morty. Ele pegou o narguilé vermelho imenso e um enorme Ziploc cheio de maconha na gaveta de meias da mãe e levou tudo para seu quarto, onde os enfiou na bolsa de viagem. Na escola, ele só comprava quantidades desprezíveis, o suficiente para dois ou três baseados. Mas o que ela faria se ele levasse todo o estoque? Ele então deu uma volta pelo quarto em busca de qualquer livro ou pertence pessoal que lamentasse deixar para trás, espirrando sem parar enquanto revistava as prateleiras empoeiradas. Sua coleção de revistas *Mad* foi para a bolsa. *Os três pilares do zen* ficou na prateleira. Seu pôster autografado e emoldurado de Simon and Garfunkel era grande demais. Teria de mandar entregar depois. Porque, depois deste fim de semana, não voltaria.

— Obrigado pela comida — disse à mãe quando voltou à mesa. Ele espirrou de novo, certificando-se de mirar bem no prato de Morty. Depois sorriu com os lábios, mas não com os olhos, e levantou o copo de água, que estava pela metade. — Feliz Dia de Ação de Graças.

14

eriados comemorativos são um estado de espírito. Você passa o dia todo preparando a refeição, aguentando sua família e tentando ser agradável. Então, quando se senta para comer, aquela coisa que o estava importunando — aquela que você achava que era fome — está na ponta da língua e você só precisa soltá-la. O resultado inevitável: lágrimas ou, no mínimo, gritaria.

Adam pegou outra colherada do recheio do peru que o pai havia temperado e assado com amor.

— Estou pensando em pedir transferência — anunciou ele. — Para outra faculdade, sabe? Talvez em um estado diferente.

Shipley continuava a evitá-lo mesmo depois do beijo, e cada hora que ele passava no campus era uma tortura. Tragedy tinha razão. Ele nunca devia ter ido para a Dexter. Devia ter ido para bem longe, no qual jamais conheceria Shipley e onde fosse estar ocupado demais visitando pontos turísticos, aprendendo a língua para se sentir tão infeliz como agora.

— Soube que a Argentina é ótima nesta época do ano. — Tragedy puxou a travessa para si, pegou a faca e fatiou quatro grandes pedaços suculentos de peito. Olhou para os pais. — Nem tentem convencê-lo a não ir.

— Cuidado, querida — avisou Eli Gatz, o bigode comprido ensopando-se de molho. — Não vá se cortar.

Ellen Gatz misturou o recheio às batatas e adicionou algumas ervilhas. O cabelo grisalho e frisado estava preso para trás com a fivela de plástico roxo que ela só usava em ocasiões especiais.

— Para onde você iria?

Adam mexeu na coxa do peru com os dentes do garfo. Não andava com muita fome ultimamente.

— Não sei bem... Universidade de Massachusetts? É bem barata e não fica muito longe. Ou talvez eu tente uma bolsa em algum lugar ótimo, sei lá... Stanford?

— Rá! — exclamou a mãe.

— Suas notas são boas, mas nem tanto — disse o pai.

Adam os fuzilou com os olhos. Isso partindo de um sujeito que nem havia terminado a faculdade.

— Bem, vale a pena tentar.

— *Ev'ry morning, ev'ry morning, ain't we got fun? Not much money, oh but money, ain't we got fun?* — Tragedy cantou, aos berros, enquanto se levantava e procurava um saco plástico na gaveta da cozinha.

— Tragedy, mas que diabos está fazendo? Volte aqui e coma seu jantar! — gritou Ellen.

Tragedy voltou à mesa com três recipientes de iogurte vazios e um saco de papel amassado.

— Quem come e guarda come duas vezes — disse ela. — Vou levar comida para os famintos. Tudo bem para vocês?

— Nossa pequena samaritana — cantarolou Ellen, embora não parecesse muito satisfeita com isso. Ellen havia muito desistira de tentar perder os 25 quilos que havia ganhado com a gravidez de Adam. Gostava de comer.

— Bem, deixe peru suficiente para os sanduíches de amanhã — disse Eli. — E talvez leve aqueles brownies que você fez ontem. Eles me deram diarreia.

— Obrigado, pai — disse Adam, com a boca cheia de purê de batata com molho.

Ellen pegou a travessa de peru antes que a filha a assaltasse mais.

— Pare de roubar nosso jantar e pegue o feijão. Temos feijão da horta congelado para a vida toda.

Tragedy pôs as mãos nos quadris.

— Mãe. Ellen. Feijão congelado? O que um faminto sem cozinha faria com feijão congelado? Seria muito melhor um Big Mac.

— Bem, este é o nosso jantar e ainda estamos comendo. — Ellen se virou para Adam. Como acontecia com tantos pais que abandonavam a própria educação, ela não queria que o filho abandonasse a dele. — Parece que você não deu muita chance à Dexter, querido. Eles estão lhe oferecendo bolsa integral e é uma universidade muito melhor que a de Massachusetts. Qual é o problema? Você me disse que gostava de todos os seus professores.

— Eu sei — disse Adam. — É só que... sei lá. É difícil de explicar.

— O que foi? O pessoal não é legal com você? Sempre foi meio tímido... — Ellen franziu o cenho. Depois seu rosto se iluminou. — Já sei! Por que não dá uma festa? Pode ser depois da peça, no fim de semana que vem. Convide toda a faculdade. Não ligamos. Vamos sair nesse dia. Podemos passar a noite na casa do tio Laurie.

Tragedy pegou um saco de feijão congelado no freezer. Virou-o nas mãos e o cheirou. Depois o atirou no fundo do freezer e bateu a porta.

— Uma festa? Foda!

— Ninguém viria — disse Adam em voz baixa.

— Ah, por favor — argumentou Tragedy. — Só o que precisa fazer é deixar muito claro que terá cerveja e, pode acreditar, as pessoas virão.

Adam derrubou uma ervilha na mesa. Deu um peteleco nela para a mãe. Ela deu um peteleco para o pai, que mandou a ervilha de volta para Adam com outro peteleco.

— Pode fazer, filho, prometemos não atrapalhar — disse Eli. — E vamos comprar a cerveja. Ah, que seja, vamos comprar cinco barris...!

Adam devolveu a ervilha ao prato. Se desse uma festa, talvez ela viesse. E, se ela viesse, poderia lhe dar outra chance. Poderia até beijá-lo de novo.

— Vamos precisar espalhar folhetos — aconselhou Tragedy. — Mas precisamos ter certeza de que não sejam de bicha. Sabe como é, assim as pessoas realmente vão aparecer.

— Vamos dar uma festa! — Ellen bateu na mesa com as palmas gorduchas e gastas pelo trabalho. Olhou para Adam. — Você está dentro?

— Tudo bem — disse Adam. — Tô dentro.

Tragedy pegou seus recipientes e os colocou na mochila que tinha enchido de roupas quentes roubadas do pai. Depois acrescentou algumas garrafas de cerveja caseira.

Ellen deu uma cotovelada no braço de Eli.

— Ela está fugindo de novo.

Eli puxou o bigode.

— Meu amor, você não está, né? Não está fugindo.

Tragedy fechou a mochila e a pendurou nas costas. Pela primeira vez na vida, a ideia não lhe tinha ocorrido.

— E perder a festa? De jeito nenhum.

Patrick estava parado na frente do iurte de Nick, admirando-o. Era bonito. Tábuas curvas, paredes de lona branca e um teto alto com um buraco para se poder ver as estrelas. Ele ficara observando o dia todo. Não havia ninguém lá dentro. Quase todo mundo na Dexter tinha deixado o campus, inclusive a irmã. Mas ela havia levado o carro e agora ele não tinha como circular, onde dormir ou o que comer. Na noite anterior, ele dormira no bosque. Quando acordou, seus braços e pernas estavam tão rígidos que ele mal conseguiu ficar de pé. Essa grande barraca ainda estaria fria à noite, mas ele poderia usar o saco de dormir que o cara que a construiu deixara ali, e talvez acender uma fogueira.

Normalmente ele iria para o Sul nessa época do ano. A Flórida era sempre boa, desde que ele ficasse longe de Miami. Dormir em Miami era como escrever uma sentença a si mesmo para a cadeia sem um cartão de soltura. Mas ele não podia ir embora agora. Não quando as coisas começavam a ficar interessantes.

Ele entrou de fininho na barraca, colocou o exemplar de *Dianética* no chão e disparou para o saco de dormir vermelho, enroscando as pernas ao redor da viga que sustentava o teto. Parecia quase escuro e a aba do teto estava aberta. Ele podia distinguir a ponta da Ursa Maior começando a brilhar. O céu estava violeta-escuro, aprimorado pela luz azularroxeada que brilhava no topo da capela da Dexter. Ele se lembrou vagamente de um mito da Dexter sobre aquela luz. Deveria brilhar o tempo todo, 24 horas por dia, fizesse chuva ou sol, fosse inverno ou verão. A luz só se apagaria quando uma menina conseguisse se formar com a virgindade intacta. Antigamente, sua irmã santinha poderia ter sido uma concorrente, mas não era mais. Agora que não era tão boa, ele até começava a gostar dela.

— Oi, está com fome? — Era aquela menina. Ela estava na porta da barraca. — É melhor que esteja, porque eu trouxe uma montanha de comida.

Ela havia trazido peru, purê de batatas, recheio, brownies e garrafas de cerveja. Patrick não comia nada desde a manhã da véspera. Não sabia por onde começar.

— O que houve com seu Rolls-Royce, ou sei lá que carro estava dirigindo? — perguntou a menina.

Ele pegou um brownie e o enfiou na boca.

— Cara, não dá para olhar você comendo. — Tragedy observou o iurte. — É bem bonito aqui, mas você devia fechar o teto. Está ficando frio.

Patrick não disse nada. Por que ela estava sendo tão gentil com ele quando não tinha feito nada para merecer essa gentileza? Ele desembrulhou o peru e o devorou. Tragedy pegou a vara comprida que Nick tinha guardado para fechar a aba do teto e brigou com ela até que a lona pesada cobrisse o buraco.

— Pronto. Bem confortável. — Ela pousou as mãos nos quadris, esperando que Patrick falasse. Ele era o cara com o pior papo que ela já tinha conhecido. — Pus uns cobertores e umas roupas no pacote. Meu pai é um pouco mais baixo que você, mas um suéter é um suéter.

Patrick abriu uma garrafa de cerveja e bebeu com avidez.

— Hummmm — murmurou ele.

Tragedy se sentou e pegou o *Dianética*, folheando o livro sem ler. Suas mãos precisavam ficar ocupadas e ela esquecera o cubo mágico.

— Não quer saber como eu sabia que você estava aqui ou por que eu estou tipo te alimentando e vestindo, ou mesmo por que estou andando por aí à noite quando deveria ficar em casa comendo peru e dançando *Os embalos de sábado à noite*?

Patrick olhou para as mãos de Tragedy, que folheavam o livro.

— Esse livro é meu — disse ele.

Tragedy o fuzilou com o olhar.

— E daí? — Ela colocou o livro no chão. — Pronto, está satisfeito?

Patrick abriu outra cerveja.

— Sabia que este ano foi bissexto? — perguntou ela.

Patrick se limitou a beber a cerveja.

— Coisas esquisitas acontecem em anos bissextos.

Ele deu de ombros. Todo dia era a mesma coisa para ele.

Ela se levantou.

— Então tá. Bem, acho que vou nessa. Foi divertido. — Ela puxou a aba da porta. — Aliás, hoje é sábado. Dia de Ação de Graças. Então relaxe. Curta. Você tem, tipo, mais duas ou três noites antes que todo mundo volte.

Não muito longe do iurte, Tom estava trancado no quarto, pintando. Os Grannies haviam lhe vendido bastante ecstasy para durar o fim de semana. Ele ainda tinha seis comprimidos.

Para um projeto desse porte, o espaço no chão era fundamental. Ele tinha virado as duas camas de lado, pois não conseguia dormir quando havia tanto trabalho a ser feito, mas, ainda assim, mal tinha espaço para se mexer. O frigobar ao canto estava abarrotado de leite. Era só disso que precisava: ecstasy e leite. Comida, sono e interação social haviam se tornado irrelevantes, em especial porque a pintura precisava estar concluída até o fim de semana seguinte.

Ele decidira fazer o retrato de Shipley em telas pequenas de 20 x 25cm compradas na livraria da universidade. Comprara todo o material, quarenta telas, e as colocara no chão sobre tiras de fita dupla face, formando uma tela retangular gigantesca. Seu objetivo era pintar o retrato exatamente como tinha fotografado, da cabeça aos pés, inclusive a sacola da Macy's. Depois ele embaralharia as telas e retiraria algumas, para que o produto final parecesse um daqueles quebra-cabeças em que movemos quadrados depois de embaralhados. Até agora ele havia concluído quatro telas: os dois quadrados vermelhos que formavam a metade inferior da sacola da Macy's e os peitos de Shipley. Trabalhava em seu cabelo, que caía abaixo da sacola, como tiras de espaguete nas cores ameixa, preto, creme e tangerina.

— Dá pra sentir! Dá pra sentir! — gritou ele, incentivando a si mesmo. Nu, ele ficou de quatro sobre as telas e pintou a panturrilha com o pincel. — Nice and easy — disse, lembrando-se de que Nice'n Easy era uma marca de xampu ou tintura para cabelos. Ele vira os anúncios na TV.

O telefone tocou no corredor. Ficara tocando o dia todo. Tom tinha certeza de que eram seus pais, mas não podia falar com eles quando havia tanto trabalho a fazer. E não confiava em si mesmo para falar com Shipley. Estava excitável demais. Ah, cara, como queria beijá-la! Ele já havia se pegado com a foto Polaroid dela. Até tentara beijar o próprio pênis, descobrindo que não era suficientemente flexível. Só esta semana de solidão, tempo suficiente para terminar a pintura, e ele colocaria a cama em seu lugar, deixaria Shipley entrar e mostraria quanto sentia saudades.

Ele recuou um passo para admirar seus esforços, o queixo encostando na ponta do pincel. Tudo o que pintara antes era ruim porque basicamente só o que ele fazia era mandar uma mensagem de "vá se foder" a Eliza, dizendo-lhe para vestir umas roupas e parar de importuná-lo. Com esta obra, ele não tentava fazer uma declaração nem dizer nada a ninguém. Só mostrava o que via. Não tratava de si mesmo; Tom era só o veículo. Numa jornada. Num caminho de descoberta. É claro que ele não sabia o que estava descobrindo, mas saberia quando encontrasse.

Era exatamente como a propaganda da Volkswagen na qual usavam aquela palavra alemã maluca, *Fahrvengnügen*. Não significava nada, mas você sabia que queria que seu carro tivesse aquilo. *Fahrvengnügen* se transformou na experiência de dirigir. Quando as pessoas vissem sua pintura, nunca mais poderiam ver as coisas do mesmo jeito. Tudo seria imbuído de cor e beleza. O amarelo não seria mais só o mero amarelo. O azul não simbolizaria mais o céu ou a água. Havia azul nos seios de Shipley e amarelo em suas coxas. A sacola vermelha da Macy's não era mais a sacola vermelha da Macy's. *Era* a cor vermelha. Ele mudaria a vida das pessoas, ou pelo menos as melhoraria, uma tela de cada vez.

Ele ficou de quatro e borrou um fiapo de tinta roxo-acinzentada na tela com o polegar. Pode ficar legal, pensou ele, colocar alguns tentáculos misturados ao cabelo dela.

15

Chegou dezembro, e foi como se o feriado de Ação de Graças nunca tivesse existido. Os dias eram curtos. As noites, longas. Os alunos ficavam nervosos com as provas de meio de semestre. Será que espremer os miolos com psicologia destruía suas sinapses? Seria possível ler *Moby Dick* em uma só noite? As provas seriam discursivas ou só de múltipla escolha? As notas seriam representadas num gráfico? A biblioteca de repente era o ponto de encontro mais popular do campus, e a caixa de sugestões do refeitório do Coke transbordava de pedidos de *Façam o café mais forte!*

Nick ainda não conseguira entrar em seu quarto. Toda manhã, depois de Nick tomar banho, Tom fazia a gentileza de jogar umas roupas a mais pela porta.

— É só por uma semana — prometeu ele. — E você vai ficar feliz por ter feito o sacrifício. Você vai me *agradecer*.

Nick achou que voltaria a dormir no iurte, mas estava frio e escuro demais, e ele já estava meio de saco cheio dele. A verdade verdadeira era que ele tinha construído o iurte para impressionar a mãe, e nem havia tido a chance de contar a ela. Não queria realmente morar ao ar livre. Eliza lhe dera um fogão portátil de camping, o que tinha sido muita consideração da parte dela, mas ele nem o havia tirado da caixa.

Ele tinha de encarar a realidade: nunca seria como Laird Castle, por mais que se esforçasse. Laird era durão, o tipo de cara com quem a mãe de Nick teria dormido na faculdade. Ela ficaria deliciada em passar a noite sob a aba aberta do teto, olhando as estrelas, comentando as maravilhas do carma. Mas dormir ao ar livre nem era seguro: olha o que aconteceu com Laird. A sala de estar tinha TV e os sofás eram quase tão confortáveis quanto o futon que a mãe colocara no lugar de sua cama. Dava para suportar, desde que fosse só por uma semana.

Tom só parava de pintar e saía do quarto para ensaiar a peça. Ele e Adam tinham toda a peça decorada e arrasaram em seus três últimos ensaios.

— Nem imaginam quanto estou contente — disse a professora Rosen, radiante depois do ensaio da noite de quarta-feira no auditório. — Tom, no início tive minhas dúvidas com relação a você, e não sei como conseguiu, mas isso foi incrível. O que achou, Nicholas?

Nick estava no alto de uma escada, ajeitando as luzes. Nem tinha prestado atenção no ensaio, porque não fazia nenhuma ideia do que estava fazendo. *The Zoo Story* era uma peça de um ato com apenas dois atores que nunca se afastavam do banco do parque que ficava no meio do palco. Ele só precisava de dois refletores. O problema era deduzir quais deles. Não ajudava em nada o fato de ele estar tão doidão. A maconha que tinha roubado da mãe era muito forte.

Ele espirrou uma vez, e de novo. Havia poeira nas vigas do teto.

— Ótimo — disse ele. — Sem dúvida, foi ótimo.

— Vou dar uma festa no sábado, depois da peça — disse Adam a Tom. — Você deveria ir. — Ele enfiou as mãos nos bolsos da calça de lã. — Vai ter cerveja.

Tom não bebia desde que descobrira o ecstasy. Ele também não foi a festa nenhuma. Nem fazia muitas refeições.

— Legal — disse ele, batendo os dentes furiosamente. A calça cáqui suja de tinta e sem cinto pendia a alguns centímetros abaixo da cueca e a camiseta banca grudava na barriga meio esfomeada. O cabelo castanho-escuro tinha crescido e apontava para todo lado. Ele não parecia em nada com o mauricinho de Westchester que os pais deixaram ali em agosto.

— Acabamos por hoje? — perguntou ele à professora Rosen. — Tenho muita coisa para fazer. — Ele havia terminado os dois terços superiores do retrato de Shipley, mas ainda faltava todo um terço inferior a pintar.

— Na mesma hora e no mesmo lugar, amanhã à noite e sexta-feira. Não se esqueça — lembrou-lhe a professora Rosen. — E eu gostei desse visual desgrenhado, mas procure achar alguma coisa para vestir que não tenha tinta — ela disse enquanto Tom disparava para a saída. — Jerry não pinta.

Adam continuou no palco.

— Será que tenho que usar um terno? — perguntou ele.

— Peter sai do trabalho para o parque. Ele trabalha num escritório. Ele não usaria um terno?

— Use o que tiver — disse a professora Rosen. — Ele está sentado no parque. Provavelmente tirou a gravata e o paletó. Só uma camisa branca bonita, calça e mocassins. E talvez um paletó de terno e uma gravata para colocar a seu lado, no banco.

O único terno que Adam já tivera na vida havia sido o de Frankenstein que vestira no Halloween por três anos seguidos. E nunca tinha precisado de gravata.

— Posso pegar alguma coisa empresada no departamento de figurino?

A professora Rosen riu. O departamento de teatro da Dexter era mínimo. Do jeito que Adam falava, parecia o Metropolitan Opera.

— Pode pedir a seu pai — sugeriu ela.

Adam assentiu. O pai também não usava gravata, mas a loja preferida da mãe se chamava Family Clothes of Yesteryear, uma loja de roupas usadas em um trailer adaptado ao lado da igreja batista, na cidade vizinha. Ela podia arrumar alguma coisa lá.

Uma das portas dos fundos do teatro se abriu. Eram Shipley e Eliza, vestidas inteiramente de preto a não ser pelos protetores de orelha cor-de-rosa de Eliza: casacos compridos e pretos, botas pretas, luvas pretas e gorros de lã pretos. Pareciam espiãs.

— Ah! — exclamou Shipley quando viu Adam no palco. Ela ficou vermelha. — Desculpe. Estamos procurando outra pessoa.

Desde que haviam voltado ao campus, ela e Eliza estavam inseparáveis. Vestiam-se juntas com cores complementares. Comiam juntas no refeitório. Até faziam xixi juntas, conversando e dando risadinhas pelas paredes dos reservados.

Foi ideia de Eliza brincar de achar Patrick. É claro que era Patrick que pegava o carro de Shipley emprestado por dias seguidos, deixando aqueles bilhetes grosseiros e comida no porta-malas. Era uma surpresa que ele nunca tivesse deixado livro nenhum. Ele nunca ia a lugar algum sem um livro: *Cosmos*, de Carl Sagan; *1984*, de George Orwell; *On the Road*, de Jack Kerouac. Ele até tinha andado com um exemplar de *Minha luta* por uma semana longa e assustadora em Barbados. E nunca tirava o casaco. Que idiota. Quando criança, sempre roubava a cena de Shipley. Agora estava roubando seu carro.

Shipley achava isso completamente irritante. Patrick sempre ganhara toda a atenção do mundo com seus ataques hiperativos e sua necessidade por especialistas. Ele tinha DDA. Apneia do sono. Infecções crônicas no ouvido. Refluxo. Só o ato de dar os remédios consumia todo o tempo do café da manhã e a hora de dormir. E, depois, havia os instrutores de esqui e os treinadores de corrida particulares e especiais porque ele era muito bom nos esportes. Cinco internatos, e ele tinha conseguido ser expulso de cada um deles. Enquanto isso, era Shipley, a irmã mais nova, que tentava não criar problemas nem chamar a atenção.

Patrick não a conhecia mais. Ele nunca se dera ao trabalho de conhecê-la. Para ele, Shipley ainda era a garotinha que ele sempre havia ignorado, com quem sempre implicara, de quem se distinguia. Mais do que qualquer coisa, Shipley temia que a presença dele de algum modo fizesse com que ela, só por hábito, retrocedesse à bobona recatada que costumava ser. E sua nova vida, a vida que tinha criado para si mesma na Dexter, seria arrancada dela.

Elas decidiram atraí-lo colocando no banco da frente do carro as roupas que Shipley havia comprado para ele. Não demorou muito. Elas voltaram de Greenwich na noite de sábado. Quinze minutos depois, o carro tinha sumido.

Desta vez, estava de volta à noite.

— Vamos procurar em todo canto até o acharmos — declarou Eliza no jantar daquela noite.

Mas Shipley não tinha tanta certeza de se queria encontrar o irmão. O que faria com ele quando o achasse? Ainda assim, decidiu cooperar porque Eliza estava muito entusiasmada, e era melhor que estudar.

— Oi, Shipley — disse a professora Rosen do palco. — Acaba de perder uma interpretação fabulosa. Mas é claro que você estará aqui no sábado, quando for pra valer.

— Com certeza — concordou Shipley, corando sob o olhar fixo de Adam.

— Tom voltou para o alojamento — disse Nick do alto da escada. Ele espirrou. Caiu no palco uma chuva de germes iluminados pelos holofotes. — Ei, ele está, tipo, iluminado o bastante? Dá para vê-lo?

A aba do gorro de Nick estava torta. Ele parecia muito profissional na escada. Eliza empinou o peito, embora estivesse usando um casaco preto que ia até os pés.

— Eu consigo vê-lo muito bem. — Ela se virou para Shipley. — Ei, esqueci de te contar, Tom matou a aula de retrato hoje. Perdeu uma boa aula. Foi demais, cara! Tive que usar uma cobra que pegaram emprestada no laboratório de biologia. Eu me senti uma porra de uma deusa.

Shipley estava ocupada demais olhando para Adam através das filas de cadeiras para ouvir o que Eliza dizia. Seu cabelo ruivo brilhava sob a luz branca do refletor e suas sardas dançavam pelo rosto enquanto ele sorria para ela.

— Oi — disse ele.

Ela abriu a boca e a fechou de novo.

— Desculpe — disse ela e se virou, usando todo o corpo para abrir a pesada porta escura.

— Que merda foi aquilo? — perguntou Eliza, seguindo Shipley para dentro do Starbucks. — Por que você saiu assim?

— Não sei. — Shipley apoiou as mãos sobre os joelhos e fechou os olhos. Estava sem fôlego, embora não tivesse corrido. Pegou um maço de cigarros no bolso do casaco e acendeu um.

— Patrick não estava lá mesmo. Onde mais vamos procurar?

— Ei, não pode fumar aqui! — disse o balconista.

Shipley atirou o cigarro em brasa na lixeira.

— Quero um espresso duplo — disse ela ao cara. — Quer alguma coisa? — perguntou a Eliza.

— Dois. — Eliza cutucou Shipley com o cotovelo. — Aquele garoto, o Adam. Você tá pegando ele, não é?

— Não! — protestou Shipley. Ela sentiu o forte cheiro de grãos de café. — Bem, não exatamente.

Eliza deu um riso maldoso.

— Eu sabia! Sua putinha! — Ela levantou a mão para Shipley bater. — Adoro que você esteja esquecendo Tom. Bate aqui, piranhuda.

Shipley abriu um sorriso amarelo. A antipatia de Eliza por Tom tinha se tornado uma piada constante entre as duas.

— Não estou esquecendo ninguém — insistiu ela. — Só beijei Adam uma vez. Nada mais. Tom é o meu namorado. Você vai ver... Assim que ele terminar aquele projeto de arte maluco e secreto, vamos todos voltar a andar juntos.

— Mas que porra! — Eliza apontou para as vidraças altas do grêmio estudantil. A Mercedes preta de Shipley saiu do estacionamento, atravessou a avenida Homeward e desceu a colina para a interestadual.

— Tudo bem — disse Shipley, aliviada. Ela tinha muito mais com que se preocupar do que com Patrick. — Ele não pode ir muito longe. Quase não tem gasolina no tanque.

— Você sabe que, se não quer que ele pegue o seu carro, pode guardar a chave no bolso em vez de largar no pneu, né? — sugeriu Eliza. — Aí, sim, talvez possamos pegá-lo.

— Você provavelmente tem razão — respondeu Shipley. Talvez dessa vez Patrick não voltasse. Ele pensaria num jeito de conseguir mais gasolina e continuar dirigindo.

Elas pagaram pelos espressos e os beberam ali mesmo. Shipley tremia muito. A onda de cafeína estava lhe dando arrepios. Ela partiu para a saída.

— Preciso de um cigarro. Venha.

Elas desceram a calçada em direção ao Coke. O coral da Dexter estava reunido na escada da capela, cantando músicas natalinas. *"On little town of Bethlehem, how still we see thee lie..."* Um fluxo constante de alunos passava pelo pátio gelado, vindo dos três refeitórios do campus em direção à grande biblioteca em estilo neogrego, para começar o antigo ritual de torrar os miolos para as provas. Tragedy estava na frente do Coke, colando uma filipeta laranja-neon num poste. Vestida com o traje de soldar cinza do pai e um gorro de esqui com listras vermelhas e brancas e um pompom, ela parecia ter saído de um livro do dr. Seuss.

— Protetores de orelha legais — disse ela. — Oi, Shipley, você viu o Adam?

— Está no auditório. Eles acabaram agora. — Shipley achou melhor não explicar que mal falara com Adam. Tragedy não aprovaria.

— Que bom. — Tragedy alisou a filipeta. — Assim ele pode me levar para casa. — Ela ergueu uma sobrancelha para Shipley. — A não ser que vocês queiram me dar uma carona...

Eliza bufou. Shipley a encarou.

— Desculpe, meu carro está... indisponível.

Tragedy colocou a mão por dentro do rolo de fita adesiva como se fosse uma pulseira.

— Tudo bem. Bem, a gente se vê no sábado — disse ela.

— E não se esqueçam de levar uma manta. Deve ficar quente como no verão.

As pernas compridas de Tragedy a impeliram em direção ao grêmio estudantil. Shipley ficou olhando ela se afastar. Eliza foi examinar a filipeta.

— É uma festa — disse ela. — Sábado à noite. A filipeta é um tanto antiquada. E meio fofa. Diz que vai ter refrescos, jogo da ferradura e de derrubar ovelhas. — Ela riu. — Diz para levar um acompanhante. — Ela se virou para Shipley. — Quem você vai levar?

16

Até a mais bucólica das universidades sofre de crises de nervos, quando a tensão se instala e abala os alicerces de seus lindos prédios de tijolinhos. Essa ocorrência bianual também é conhecida como semana de revisão. Os alunos esgotam-se em sessões intensas de estudos ou acampam na biblioteca numa vã tentativa de adquirir o conhecimento de todo um semestre em apenas sete dias. Se mataram aula, fizeram corpo mole ou se esqueceram de ler determinados textos, essa era a oportunidade de colocar tudo em dia.

Grupos de alunos podiam ser vistos no Starbucks, tomando-se loucamente a matéria e animando-se com cafeína.

— Descreva os eventos do Dia D.

— Qual é a área da região limitada pelas curvas $y = x^2$ e $y = 1$?

— Descreva brevemente um dos sonhos ou fantasias do Pequeno Hans, do famoso estudo de Freud.

— Defina *Logos*, *ethos* e *páthos*.

— Que tipo de depósito mineral é segregado pela densidade?

Becky, Kelly e Brianna, o trio inseparável do alojamento feminino, prometeram uma à outra abrir mão de carboidrato até as férias. Essas meninas de pouca sorte haviam caído na temida maldição dos Sete Quilos dos Calouros. Os moletons cor-de-rosa grudavam nas formas recém-enchidas, as bainhas esticadas e puídas de tanto serem puxadas para baixo, por cima do traseiro de seus jeans obscenamente apertados.

— Eu podia matar por um bolinho agora mesmo — gemia Becky, olhando a vitrine do Starbucks.

— Seja forte — dizia Kelly com lealdade.

— Só mais uma semana — lembrava Brianna às duas. — Pensem em como o sabor desses bolinhos ficará melhor depois que as provas acabarem.

— Pensem em como vamos ficar magras — acrescentava Kelly.

— Talvez, então, o Lucas note a minha presença — dizia Becky, infeliz.

— Silêncio! — gritava alguém. — Não estão vendo que estamos estudando aqui?

Além dos docinhos, as matérias pareciam ser a única coisa na mente de todos. Bem, de quase todos.

A exposição coletiva de Retrato I foi inaugurada às 16 horas de sábado, apenas uma hora antes de as cortinas subirem para a *The Zoo Story*. A maior parte das telas expostas no ateliê cavernoso era de nus de Eliza em todas as poses eróticas possíveis. Ela tinha expandido sua função de modelo para garçonete de vinho para a ocasião. As botas pretas e pesadas ressoavam no piso de madeira enquanto ela marchava pelo ateliê, servindo vinho branco em copos de plástico.

Candace e Andrew Ferguson estavam na frente do retrato gigante que o filho fizera da namorada. Tinham vindo dirigindo de Bedford naquela manhã e chegado ao campus minutos antes.

— É uma lula no cabelo dela? — cochichou a sra. Ferguson para o marido. — E por que os dentes dela são azuis? Ou será que são os dedos?

O sr. Ferguson franziu as sobrancelhas grisalhas e densas.

— Onde está Tom? — perguntou.

— A peça dele começa daqui a uma hora. Sei que vamos vê-lo depois disso — disse a sra. Ferguson num tom tranquilizador. — A namorada dele está aqui. Seja bonzinho — alertou. — Ela deve estar constrangida por ter seu corpo nu todo... *reorganizado* desse jeito. Em especial na nossa frente.

A mãe de Tom pressupôs que Shipley já vira a pintura. Mas não.

— Olá. — Shipley cumprimentou os pais de Tom com beijos no rosto antes de se virar para o retrato. — Oh! — Ela arfou e cobriu o rosto com as mãos em concha.

Não precisava se preocupar com suas coxas ou por estar nua. A não ser pelo cartão branco e elegante preso abaixo da tela — "Shipley, dezembro de 1992", ela parecia praticamente irreconhecível. Nada estava onde devia ou tinha a cor natural. O umbigo era um olho verde alojado entre os seios. Um seio estava virado para a frente, parecendo uma abóbora amarela e passada, o outro tombado para o lado como uma ameixa murcha. As pernas eram garras pretas brotando da barriga; o cabelo, uma massa de tentáculos roxos. E, no meio de tudo, uma sacola inexplicável e vermelha da Macy's: a única coisa que havia ficado inalterada.

— Vocês vieram! — Eliza se aproximou e deu um beijo no rosto dos pais de Tom. Serviu um copo de vinho para cada um.

— O que achou? — perguntou Shipley à colega de quarto, indicando com a cabeça a pintura de Tom.

— Bem, podia ser pior... — disse Eliza. — Pelo menos não dá para ver sua passarinha. Ou talvez dê, mas ninguém vai saber o que é.

— Está muito diferente — comentou a sra. Ferguson.

— Uma importante contribuição. — O professor de arte de Tom, sr. Zanes, deslizou até eles, chupando um pirulito. Fios sebentos de cabelos brancos se colavam às orelhas caídas. — Mostra o que pode acontecer quando você se liberta.

— É assim tão bom? — O sr. Ferguson franziu o cenho para a pintura.

O sr. Zanes assentiu, a bochecha volumosa pelo pirulito.

— Eu diria que sim.

— Devemos ficar orgulhosos? — perguntou a mãe de Tom.

— Eu estou orgulhosa — disse Shipley. Só porque não gostava da tela, não significava que não era boa.

A sra. Ferguson tocou no seu cotovelo.

— Vamos jantar no Lobster Shack depois da peça. Esperamos que venha conosco.

O Lobster Shack era um restaurante do Maine para onde os alunos da Dexter levavam os pais para se empanturrarem de lagostas inteiras, amêijoas assadas e batatas fritas, e de onde voltavam fedendo a peixe e gordura. A mãe de Shipley nem sonharia em entrar lá. Engordante demais, fedorento demais, *déclassé* demais.

— Eu adoraria — disse Shipley.

Enquanto isso, Tom se preparava para a peça da única maneira que sabia. Os Grannies estavam sem ecstasy. A segunda opção era roubar éter do laboratório de química.

— O éter é diferente — avisou Liam. — Ele não dura. E você tem que realmente entrar na onda para sentir os efeitos. É um superpico fora do corpo de curto prazo.

— Parece bom — disse Tom. Só o que ele sabia é que não suportaria ficar diante de uma plateia, fingindo ser esfaqueado e jorrando sangue falso, sem a ajuda de alguma química.

— É esse estilo Robin Hood que eu gosto em você — disse Grover, entusiasmado ao atravessar o campus. — Roubar dos ricos e dar... a nós.

— Não se preocupe, Geoff sabe o que está fazendo — cochichou Wills enquanto os quatro entravam na ponta dos pés no Crowley, o laboratório de ciências da Dexter. O prédio estava destrancado, sugerindo que havia outras formas de vida em suas instalações.

Geoff Walker, especialista em roubar éter, esperava por eles. Tom até então só tinha visto o cara pálido, doidão e de rabo de cavalo, correndo pela pista de sete quilômetros que contornava o campus ou raspando a cera das maçãs Granny Smith no refeitório. Era quase inacreditável que ele ainda fizesse outra coisa.

Tom apertou o botão do elevador. Geoff balançou a cabeça anoréxica, sério.

— Não é esse o seu destino — disse ele, levando-os pela escada de incêndio.

O éter era guardado em um depósito trancado no laboratório maior, que ficava no quarto andar. Geoff tinha a chave.

— Fiz cópias com meu cortador de unhas — explicou ele.

— Podemos ir mais rápido? — disse Tom. — Tenho de estar no palco daqui a meia hora.

Dentro do depósito, dois grandes frascos de vidro marrom esperavam na prateleira. O rótulo dizia "Éter Dietílico" e, abaixo, havia uma imagem de chamas vermelhas com a palavra "inflamável" em preto.

— Não fumem — alertou Geoff. Ele retirou um frasco da prateleira, abriu a tampa e deu uma fungada. — Ah — disse, sorrindo pela primeira vez. Então o tampou e o entregou a Tom. O outro frasco ele enrolou num jaleco branco e colocou com cuidado na mochila.

— Se quiser sentir enquanto estiver no palco, tem que usar imediatamente antes de entrar — aconselhou Wills enquanto voltava para as escadas, na frente do grupo. — É só derramar um pouco num pano e aspirar.

Tom guardou o frasco no bolso.

— Entendi — disse. Ele tinha estado tenso o dia todo. Talvez isso ajudasse.

— Tome, pode usar isto — disse Grover quando eles chegaram do lado de fora. Ele tirou a bandana vermelha da cabeça raspada e a entregou a Tom. — Boa sorte, cara.

Wills cumprimentou Tom num high five.

— Merda pra você.

Liam puxou Tom num abraço de urso.

— Manda ver.

— *Bonne chance* — disse Geoff.

Tom foi sozinho para o grêmio. O sol poente parecia petróleo com sabor de Tang, pingando das copas das árvores. Já era dezembro, mas o tempo estava estranhamente quente. O pátio parecia apinhado de alunos cansados e supercafeinados, esparramados em suas parcas, fazendo uma pausa nos estudos para curtir o pôr do sol. Os últimos disparos do dia ressoavam no bosque para além do campus enquanto os caçadores de todo o Maine desfrutavam do clima e levavam sua quota sazonal de cervos, codornas, faisões, tetrazes, raposas, coiotes, esquilos, guaxinins, marmotas e coelhos. Ao meio-dia, o termômetro tinha subido a 21ºC. Por volta da meia-noite, a temperatura cairia muito e começaria uma nevasca pesada.

Para seu figurino, Tom tinha arrumado uma camiseta branca básica, calça social preta sem cinto e os tênis Stan Smith surrados sem meias. Jerry parecia o tipo de cara que escolheria um moletom do Exército da Salvação porque acreditava que duraria bastante e só custaria 50 cents. Tom achou que parecia Marlon Brando num daqueles filmes antigos: Brando com um grande frasco de éter dietílico no bolso. Ele acelerou o passo. Precisava correr se quisesse ficar inteiramente intoxicado antes que as cortinas subissem.

No estacionamento de visitantes do grêmio estudantil, Adam estava recostado à janela aberta do carona da picape dos pais e roubava uma batata frita do saco gorduroso do McDonald's que Tragedy carregara o dia todo.

— Nem acredito que você disse que haveria jogo da ferradura — murmurou ele.

Tragedy revirou os olhos.

— A festa vai bombar. Você vai ver.

Eli Gatz desligou a ignição e ajeitou o bigode grisalho e comprido. Os olhos azuis estavam arregalados e pareciam ansiosos. Adam sabia que o pai estava nervoso por ele. Atuar numa peça não era algo que Eli tivesse feito durante sua estada na Dexter. Na realidade, ele nem tinha feito muita coisa, a não ser comer Ellen e tabletes e mais tabletes de LSD.

— Filho, por que não entra e se prepara? — sugeriu Eli. — Vamos ficar aqui enquanto sua irmã termina o lanche.

Ellen estava sentada no meio da cabine apinhada da picape, as pernas troncudas cercando a caixa de marcha.

— O lanche revoltante dela — disse, tapando o nariz.

— É isso o que vocês conseguem por terem me criado só com orgânicos — rebateu Tragedy, fechando a cara.

Ellen se inclinou sobre o colo de Tragedy e admirou seu lindo filho. Adam estava com um terno J. Press cinza-carvão da década de 1960 um tanto gasto, cortesia da Family Clothes of Yesteryear. Ela havia comprado um casaco de pele de guaxinim verdadeiro para si na mesma ocasião, só porque estava barato.

— Você parece muito bem, querido. Vamos para a casa de seu tio Laurie logo depois da peça, e, então, boa sorte, e tenha uma festa maravilhosa. Mas procure se limitar ao celeiro — alertou. — Ou acabe com a casa e engravide uma menina... mas não venha reclamar comigo depois.

— Não se preocupe, mãe — disse Adam.

Um grupo de alunos passou e entrou no grêmio.

— Coragem, fofura. — Tragedy fez o sinal da cruz no ar com uma batata frita.

— Tá, a gente se vê. — Adam fechou o botão central do paletó e saiu da picape com o corpo rígido de nervosismo. Ele e Tom realmente tinham decorado a peça e a professora

Rosen era toda sorrisos nos ensaios, mas seria bem diferente estar na frente de uma plateia, ao vivo; na frente *dela*.

Estranhamente, seus ensaios noturnos nessa semana tinham sido quase terapêuticos. Toda noite ele libertava seu ciúme e ressentimento em vez de ficar sozinho e angustiado em seu quarto. E, toda noite, Tom parecia cada vez mais louco, murmurando para si mesmo e mascando chiclete vorazmente, com tinta por toda a sua roupa cara e larga. O comportamento de Tom dera a Adam um tiquinho de esperança. Shipley não preferiria ficar com alguém limpo e são?

A professora Rosen esperava por ele nos bastidores com dois exemplares de *The Zoo Story* embaixo do braço. Vestia um suéter preto de gola rulê e uma calça de veludo cotelê preta e com pregas. O cabelo curto, castanho e brilhante estava dividido de lado e penteado para trás das orelhas. Estava muito teatral.

— Peter! Você chegou. — A professora tinha adquirido o hábito de se dirigir a eles pelos nomes dos personagens.

— Adam. É Adam.

— Sim, ora... Jerry também chegou. Então, assim que estiver pronto, vou apresentar vocês.

Tom estava sentado no banco de madeira onde Adam iria ficar sentado durante toda a peça, segurando uma bandana vermelha contra a boca e o nariz. De olhos fechados, respirava fundo.

— Você está bem? — perguntou Adam.

Tom assentiu, ainda de olhos fechados. Respirou novamente. Adam pensou ter sentido cheiro de solvente de tinta.

— Vou apresentar vocês — disse a professora Rosen. Ela ergueu os exemplares da peça. — Se, por qualquer motivo, vocês se sentirem mais à vontade lendo o texto, tudo bem.

Adam e Tom fizeram que não com a cabeça.

— Bem, lembrem-se de que tenho estes, se tiverem problemas. — A professora soprou-lhes um beijo. — Boa sorte, meninos.

Tom se levantou de repente e saiu do palco. Adam se sentou no banco com os ombros caídos. As luzes foram apagadas. Um único facho brilhava sobre a cortina de veludo vermelho. Dentro da cabine de vidro iluminada, no fundo do auditório moderno de 300 lugares, Nick espirrava violentamente.

Em um dos assentos ergonomicamente desenhados da primeira fila, uma professora Blanche radiante estava sentada com um Beetle adormecido amarrado junto a seu peito com uma faixa de cânhamo comprada na Feira de Artesanato de Unity. Soaram alguns aplausos esparsos quando a professora Rosen entrou no palco laqueado de preto para cumprimentar a casa lotada.

— Boa-noite, senhoras e senhores. Obrigada por virem. É um prazer apresentar dois atores muito talentosos do primeiro ano, Tom Ferguson e Adam Gatz, interpretando *The Zoo Story*, de Edward Albee. Li a peça pela primeira vez na faculdade, há uns cento e dez anos, e, desde então, ela não saiu da minha cabeça.

Nos bastidores, com o corpo se retorcendo e a saliva escorrendo pelos cantos da boca, Tom olhou a plateia. Seus pais se encontravam sentados na primeira fila. Shipley estava ao lado de sua mãe, segurando a mão dela. Eliza, ao lado de Shipley. As três cochichavam sem parar, rindo como adolescentes nervosas.

A professora Rosen balançava para a frente e para trás sobre os calcanhares. O cabelo parecia um capacete de cobre sob o refletor.

— Meu filho de 7 meses tem uma queda por bolhas — disse ela. — Eu as sopro para ele até minha boca doer e não conseguir mais. Ele as observa flutuar pelo ar e estourar. Às vezes, duas bolhas se encontram e flutuam juntas por um tempo, até que as duas estouram. Esta peça é parecida: duas bolhas totalmente separadas que colidem e flutuam juntas, até estourarem. — Ela bateu palmas. — Pop!

A luz do holofote diminuiu. Tom cambaleou e se chocou contra a cortina fechada com tal violência que houve um murmúrio da multidão. Ele fechou os olhos, apagando por talvez três segundos, talvez três horas, talvez uma semana inteira. A cortina se abriu. A peça tinha começado.

Adam tirou o paletó, dobrou-o cuidadosamente ao meio e o depositou no banco. Afrouxou a gravata e esperou alguns segundos, depois a tirou e a colocou em cima do paletó. Por um minuto ficou sentado ali, olhando a plateia como se fosse um jogo de basquete. Shipley estava na primeira fila. Ele se recostou no banco e olhou para o teto. Respirou fundo e fechou os olhos. Depois, pegou a revista que, por acaso, era a edição de dezembro de *A Muse*, a publicação literária da Dexter, recém-saída do prelo. Shipley tinha escrito um dos poemas. Estava no sumário: "Os Anos Entre Nós", um poema de Shipley Gilbert, página 11.

Trôpego, Tom veio dos bastidores, os ombros agitados, os dedos acenando, os joelhos bambeando, e um rio de baba de verdade brilhando em seu queixo com a barba por fazer.

— Estive no zoo — disse ele com a voz arrastada.

Adam estava ocupado olhando a página 11. Nem levantou a cabeça.

— Eu disse que estive no zoo. SENHOR, EU ESTIVE NO ZOO!

A voz de Tom era úmida e gutural. Suas palavras eram deturpadas e quase ininteligíveis. Algumas pessoas na plateia se remexeram, nervosas.

Adam desviou os olhos do poema de Shipley. Tinha certeza absoluta de que só entendia o que Tom dizia porque conhecia bem a peça.

— Humm... O quê? Desculpe, estava falando comigo?

Tom fazia o máximo para manter os olhos abertos. Nem acreditava que os pais estavam ali. E Shipley, com o rosto visível e todas as partes do corpo nos lugares certos. Ela parecia amável e desconhecida, o que teria aumentado sua atração se ele não estivesse tão fora de si. O éter não era nada parecido com o ecstasy. Não era uma droga do amor. Não aumentava os sentidos. A única coisa que aumentara nele fora o ritmo ensandecido de seu coração. Ele estava *vivo*, mas por muito pouco.

Ele enxugou a baba do queixo e balançou a cabeça de um lado a outro para não apagar de novo. Honestamente, a peça lhe dava uma ereção sempre que ele a interpretava. Era como se tivesse sido escrita para ele. Ele podia senti-la, podia senti-la *totalmente*, e, embora sua boca não estivesse funcionando maravilhosamente bem, a plateia estava de quatro, ele sabia disso.

Os garotos passaram pela primeira metade da peça com facilidade. Adam fixou os olhos em Tom, obrigando-se a não olhar para Shipley. Durante as partes engraçadas, podia ouvir o riso de seus pais e de Tragedy vindo de trás.

Tom limpou a garganta e cuspiu bem ali, no palco, antes de começar seu monólogo.

— ENTÃO TÁ. A HISTÓRIA DE JERRY E O CACHORRO. O que vou te contar tem a ver com o fato de que às vezes é necessário se desviar um tanto do caminho para voltar corretamente...

E começou a contar a história de como ele, Jerry, tinha um problema com o cachorro de sua senhoria. Jerry morava em um pensionato vagabundo em Manhattan, e esse cachorro, que era preto, completamente preto, a não ser pela constante ereção vermelha, rosnava para Jerry sempre que ele entrava e saía. Primeiro, Jerry comprou hambúrgueres para o cão numa tentativa de conquistá-lo. Como não deu certo, envenenou os hambúrgueres. O cão adoeceu, mas não morreu, e a relação deles mudou para melhor. Por fim, eles se entenderam e passaram a se respeitar.

A certa altura do monólogo, Tom tinha de falar as palavras "malevolência com uma ereção". Era incrível dizer isso, como se houvesse fogos de artifício explodindo de seus dentes. Ele não acreditava que teria créditos extra por fazer isso. Créditos extra por falar sobre ereções em voz alta diante de uma plateia: isso era foda.

Do alto da cabine, Nick tinha uma visão perfeita da primeira fila. Viu Eliza roer as cutículas dos dois polegares até sangrarem. Ela puxou fios da calça preta até que se formasse um grande buraco, depois cutucou uma casca de ferida embaixo do buraco. Ela mascou as pontas do cabelo preto. Cerrou os punhos até que os nós dos dedos ficassem brancos. Às vezes, sorria. Eliza agora era uma pequena celebridade, porque seus retratos nus estavam expostos por todo o ateliê. Ao lado dela, Shipley parecia muito pequena e loura.

Tom era extremamente bom. Ele roubou a cena, andando de um lado a outro, cerrando os dentes, cuspindo e gesticulando. Adam também não era ruim. Era o exemplo perfeito do *status quo*: alguém que não se expressava e nunca assumia riscos. Era legal como Peter realmente ajudava Jerry por ficar sentado ali, ouvindo, da mesma forma que ele, Nick, ajudando o esquisito que andava dormindo em seu iurte não chamando a segurança do campus.

Primeiro foi a pilha de cobertores e roupas. Depois, o livro, *Dianética*, que Nick ignorou. Estava cansado de buscar conforto nas banalidades. Como se podia alcançar paz interior a partir de fora? Depois, o fogão portátil que Eliza dera a ele, e que ele acabou deixando fechado na caixa. Ele preferia comer no refeitório, onde havia croutons e oito opções diferentes de molho para salada. Nem precisava fazer os pratos. Mas, alguns dias atrás, ele tinha ido ver o iurte e achara o fogão todo montado. Uma lata ainda quente de SpaghettiOs estava tombada no chão. Bom, pelo menos alguém o estava usando.

Tom tinha terminado seu longo monólogo sobre o cachorro. Agora ele e Adam brigavam sobre o banco. Tom socou Adam, que caiu no chão.

Shipley apertou a mãe de Tom.

— Cuidado! — gritou ela. — Ele tem uma faca!

Todos na plateia esticaram o pescoço para ver. Algumas meninas riram. Eliza cutucou Shipley com o cotovelo.

— Nada disso é real, idiota — cochichou no ouvido de Shipley. Tom era um ator surpreendentemente bom. Sua voz nem parecia a mesma. E Adam também era bem bonzinho.

A faca estava no chão.

— Pegue — Tom provocava Adam. — Pegue e lute comigo.

Shipley tapou os olhos com a mão livre. Seu coração estava disparado. Espiou por entre os dedos. Adam se curvou e pegou a faca. Ela começou a tremer incontrolavelmente com a ideia de Adam esfaquear Tom. Ela prendeu a respiração.

Ah, era perfeito. Era exatamente o que ela queria! Não, não era. Ah, meu Deus, qual era o problema dela? Todo o seu corpo tremia violentamente e ela soltou um riso nervoso.

Tom se atirou para a frente e enfiou em si a faca. Essa era a cena com a que ele se preocupava. Uma bolsa de sangue falso estava colada à sua barriga. Ele sentiu a frieza vermelha escorrer da bolsa, sujando a camisa. Engasgou, cambaleou para trás e caiu no banco. Adam correu para os bastidores. Tom estava morrendo. As luzes se acenderam. A peça tinha terminado.

A plateia se levantou, gritando e aplaudindo. Blanche colocou os dedos mindinhos na boca e assobiou. De dentro de seu casulo, Beetle soltou um gritinho de júbilo.

A mãe de Tom apertou o braço de Shipley.

— Ele estava maravilhoso, não é? — exclamou. — Ah, que bom que eu vim!

— Bravo! — gritava o pai de Tom. — Bravo!

— Mandou bem, garoto! — Ellen Gatz gritava de trás.

Na cabine de iluminação, Nick espirrou sua aprovação. Sua mira com o refletor não era das melhores, mas ele conseguira se virar.

Tom ficou deitado onde caiu, novamente apagado. A professora Rosen levou Adam de volta ao palco para agradecerem à plateia.

Adam se ajoelhou para cochichar no ouvido de Tom.

— Ei, hora de se levantar.

Ele continuava onde tinha caído. Shipley cobriu a boca com a mão. Ele nunca suportara ver sangue. Será que tinha desmaiado de verdade?

Tom podia se ver como um bebê, engatinhando pelos canteiros de flores da mãe. Viu a bola de beisebol que o pai lhe dera quando fez 10 anos, autografada por Reggie Jackson. Viu a rabanada que ele e o irmão faziam para a mãe em todo Dia das Mães. Eles colocavam noz-moscada na calda. Viu a beca da formatura. Eles mudaram as franjas do lado direito para o esquerdo depois que o diretor Doogie Howser entregou os diplomas. Cara, que sujeito baixinho... Ele viu Shipley tirar a roupa e ir para a cama. Beijou sua boca, sua orelha.

— Levante, Tom — disse Adam de novo. — A peça acabou. Já terminamos.

Tom voltou aos poucos à semiconsciência. A multidão rugia enquanto ele se colocava de quatro e então de pé, desequilibrado. A camisa branca estava manchada de vermelho. Os olhos eram fendas, a cara, lívida, todo o corpo ensopado de suor. Ele passou o braço pela cintura de Adam, cambaleou para o lado e pendurou o outro braço nos ombros da professora Rosen. Sustentando Tom pelos dois lados, a professora e Adam se curvaram juntos antes de o arrastarem para os bastidores.

Shipley batia palmas com tanta força que suas mãos doíam.

— Foi muito bom — admitiu Eliza, afinal. — Mas não tenho muita certeza do que diz sobre seu gosto para os homens.

— Bravo! — gritava o pai de Tom mais uma vez. — Bravo!

17

Melhor que ganhar e gastar um monte de dinheiro é achar um monte de dinheiro e gastar. Patrick pegara o carro três noites antes e ainda não o devolvera. Para sorte dele, a irmã deixara a carteira no banco da frente com US$ 135,00 em dinheiro e o cartão American Express. O nome dela era incomum o bastante para que as pessoas pensassem que podia ser de homem e era fácil copiar sua assinatura: ela escrevia como uma aluna do sexto ano. Primeiro, ele pagou por um tanque inteiro de gasolina premium. Depois, pegou um quarto no Holiday Inn. Jantou usando serviço de quarto nos últimos três dias, vendo pay-per-view e comendo frango à Kiev. Mas o Lobster Shack era lendário. Ele sempre desejara experimentar. Então, afundou na banheira, usando todo o xampu, o condicionador e o sabonete de espuma que o hotel fornecia, vestiu algumas roupas novas, foi de carro até o restaurante e pegou uma mesa tranquila no fundo.

O Lobster Shack era uma antiga espelunca especializada em frutos do mar, com a obrigatória madeira escura, redes de pesca, cordas e âncoras como decoração. O que o tornava único era que ficava na margem do rio Kennebec, que podia ser visto correndo pela janela dos fundos com uma ferocidade líquida sombria.

— Quer batata assada ou frita para acompanhar?

— Assada.

— Salada verde ou de repolho?

— Verde, por favor. E leite achocolatado, se tiver.

— Pode ser Yoo-hoo?

Patrick comeu sua salada caseira com molho de queijo gorgonzola e bebeu seu Yoo-hoo. Um dos dogmas de *Dianética* era que os prazeres simples, como fazer uma boa refeição, beijar uma mulher bonita, curtir um jogo de beisebol, são uma necessidade. Pode-se sobreviver sem prazeres, mas sem ele a vida não vale a pena. Para ele, isso fazia muito sentido. E parecia-lhe que o Lobster Shack era cheio de prazeres simples.

Ele folheou a revista que tinha achado no carro. Era a publicação literária da Dexter. Shipley tinha escrito um dos poemas.

Os Anos Entre Nós

Meu irmão, aquele do manicômio,
Levanta bem os braços
Para ter equilíbrio, as mãos
Em punhos enquanto rasteja,
Agachado como um gigante num espaço mínimo.

Eu o imito de brincadeira para chamar sua atenção.
Digo: "Você é gozado."
Ele responde com segredos na voz:
"Hoje viajei mil anos-luz."

Engraçado que ela tivesse escolhido escrever sobre uma época na qual ele não tinha prazeres simples, quando ele mal conseguia sobreviver. Foi depois de ele ter sido expulso do internato novamente. Daquela vez, ele roubara a bicicleta de um dos diretores. Em vez de o levarem para casa, os pais o levaram para o hospital Mount Sinai em Manhattan para uma avaliação psiquiátrica completa. Ele ficou lá por duas semanas, num quarto particular da ala psiquiátrica. Todos os dia era longamente entrevistado pelos médicos, que lhe administravam vários medicamentos. Ele via *A Roda da Fortuna* na TV e fazia suas refeições, no estilo família, com os outros lunáticos. Não podia abrir a janela ou usar sapatos com cadarços.

Ele não sabia por quanto tempo os pais pretendiam mantê-lo lá, então, numa tarde, desceu a escada dos fundos e saiu do prédio. Ninguém o impediu. Ele atravessou a Quinta Avenida e entrou no Central Park, grato por ser outubro e ainda não estar frio demais para ficar vagando só com uma roupa de hospital e sem sapatos. No parque, ele achou outra bicicleta e saiu da cidade, voltando para Greenwich.

Ele pegou as estradas secundárias, catando comida e roupas em caçambas de lixo pelo caminho, admirado com o que as pessoas jogavam fora e deliciando-se com a liberdade de pegar o que quisesse e se movimentar sem ser visto, nas sombras dos prédios. A primeira coisa que achara fora um blusão masculino cor-de-rosa, ainda na embalagem da lavanderia. Ele tinha uma queda por piratas quando era pequeno. Os piratas roubavam coisas para viver e continuar livres, como ele fazia. Foi naquela viagem de bicicleta, usando aquele blusão rosa, que ele se tornou Pink Patrick. Não era nada gay. Era seu nome de pirata.

— Um grelhado misto médio com batata assada — anunciou a garçonete, apresentando um prato com uma pilha de filés e patas de lagosta. No meio da mesa havia um cesto de plástico vermelho contendo as ferramentas de metal usadas para abrir a casca da lagosta, um babador de plástico e uma pilha de lenços umedecidos. Ele precisaria disso.

Era noite de sábado e o restaurante estava movimentado.

— Eu só preciso me sentar! — gritava um sujeito do outro lado do salão. Patrick desviou os olhos da mesa. Era o namorado de Shipley, com ela e mais duas pessoas de meia-idade que deviam ser os pais.

— Beba um pouco de água, Tom — disse a sra. Ferguson ao filho. — Você deve estar desidratado.

— Ele está bêbado — rebateu o sr. Ferguson. Ele levantou a mão para fazer um sinal à garçonete. — Vou tomar um uísque com gelo, e minha esposa vai querer uma taça de vinho branco. Chardonnay, ou Pinot Grigio, ou o que vocês tiverem. — Ele olhou para Shipley. — Duas taças. E um copo de leite para o garoto.

Tom apoiou a cabeça na mesa.

— Uau — gemeu. — Uau!

— Vou escolher sua comida — disse a sra. Ferguson enquanto examinava o cardápio. — Você sempre gostou de uma boa lagosta.

— Por que não dividimos uma? — sugeriu Shipley, colocando a mão no joelho de Tom. Ela e Tom não se viam desde antes do Dia de Ação de Graças. Era um alívio estar ao seu lado, mesmo que Tom não fosse ele mesmo.

Ele se encolheu ao toque de Shipley. As pernas da calça estavam úmidas de suor.

— Não estou com fome — balbuciou.

A sra. Ferguson cheirou o vinho e tomou um golinho cauteloso.

— Mas que cheiro medonho é esse?

— É peixe, querida — disse o sr. Ferguson, virando seu copo. — Este é um restaurante de frutos do mar.

— Não. O cheiro é de química — argumentou a sra. Ferguson enquanto cheirava o ar. — Parece formaldeído ou tinta.

Shipley também sentia o cheiro. Ela o sentira durante todo o percurso até ali, no banco traseiro do Audi dos Ferguson. Vinha de Tom. Ela se perguntou se era possível tomar tanto ecstasy a ponto de seu suor cheirar a química. Na realidade, ela ficara tão distraída com o odor e o comportamento de Tom que nem percebeu o próprio carro parado na frente do Lobster Shack.

Os pais de Tom pediram duas lagostas para todos, uma porção de fritas, pão de alho e consomê de peixe como entrada. A cabeça de Tom ainda estava deitada sobre a mesa. Ele parecia dormir.

— Tom? — Shipley se inclinou para cochichar em seu ouvido. Os lábios dela roçaram o cabelo dele. — Estamos num restaurante.

Tom virou a cabeça e lhe deu um beijo na boca. Os lábios dele tinham um gosto horrível, uma mistura de sal, álcool e alvejante. Shipley o empurrou, corando.

— Acho que ele está bem — disse ela aos pais.

— Beba o seu leite, filho — ordenou o sr. Ferguson, e virou seu uísque.

Tom se sentou ereto e olhou o copo alto de leite gelado. Antes, o leite parecia ter tanto apelo para ele, não se fartava dele, mas, agora, a ideia de bebê-lo lhe era completamente estranha. A ideia de fazer qualquer coisa que não respirar mais éter não o animava em nada. O frasco ainda estava no bolso do casaco, com a bandana de Grover. Ele podia dar um pulinho no banheiro e...

— Eu quis dizer agora — disse o sr. Ferguson com firmeza.

Tom obedeceu. O leite estava morno e parecia descer arranhando. A garçonete lhes trouxe o consomê. Nacos de peixe branco flutuavam num caldo cremoso e gelatinoso.

— Agora tome a sua sopa — disse a sra. Ferguson. — Parece deliciosa. Não sei com o que o alimentam por aqui, mas você está sumindo. — Ela balançou a cabeça. — E nós que nos preocupávamos que você fosse engordar na faculdade... — Ela sorriu para Shipley e tomou um gole de vinho. — Tratem de tomar suas vitaminas, os dois. Vocês ainda estão em crescimento.

Shipley pegou uma colher e provou a sopa.

— Está muito boa — confirmou. Ela amarrou um avental de plástico ao redor do pescoço de Tom, mergulhou a colher na tigela e ofereceu a ele. — Tome, prove.

Os lábios trêmulos de Tom se separaram e ele deixou que ela lhe desse a sopa na boca. Era salgada e quente, e ele não comia havia dias.

— Mais — murmurou ele, deixando a própria colher intocada. — Por favor?

Do outro lado do salão, Patrick via a irmã dar comida na boca do namorado como se ele fosse uma espécie de bebezão. Era meio hipócrita da parte dela escrever um poema sobre como *ele* era louco quando o próprio namorado nem conseguia segurar uma colher. O cara parecia uma versão gigante de uma boneca que Shipley tinha antigamente, aquela que comia purê de maçã e cagava em seu penico de mentira. Bebê de Verdade, ou sei lá como se chamava. Ela parecia feliz, alimentando-o. Tão feliz que não fazia ideia de que estava sendo observada. Depois que decidiu sair da rotina de acordar, ir para a escola, praticar esportes, jantar e ver Carson de segunda a sexta, só durante o dia todo, Patrick se tornara completamente invisível, pelo menos para a maioria das pessoas, na maior parte do tempo. E, sem dúvida nenhuma, para a irmã.

Metade de seu grelhado misto continuava no prato, intocado. Era nisso que dava fazer uma grande refeição quando não se está acostumado a comer muito. Ele não conseguia engolir tudo. Fez sinal para a garçonete e pediu que embalasse para viagem. Pensou em se levantar e pedir informações aos pais do namorado, fingindo não conhecer a própria irmã e ser só um visitante imbecil de Connecticut. Mas se acovardou. Espioná-la só era divertido quando ela não sabia que ele estava presente.

Ou talvez ela soubesse e só não demonstrasse. Ele achou um saco inteiro de roupas masculinas da Darien Sports Shop no banco da frente do carro. Estava com uma das roupas naquele momento. Não que precisasse delas; a menina que levara comida e roupas para ele, naquela barraca grande no Dia de Ação de Graças, o abastecera bem, embora as coisas da Darien Sports Shop fossem bem melhores.

Ele releu o poema da irmã. E se ela soubesse que ele estava ali e o poema fosse uma espécie de mensagem? Ele a olhou por cima da revista, enviando mensagens telepáticas da melhor maneira que sabia. *Estou aqui, está me vendo?* Sem olhar na direção de Patrick, a irmã limpou a boca do namorado, retirou um canudo da embalagem e o colocou no copo de leite. Com a embalagem para viagem debaixo do braço, Patrick se levantou, pôs o novo gorro e as luvas, ambos pretos, e saiu do restaurante, esbarrando na cadeira de Shipley ao passar.

A sra. Ferguson tentava ao máximo não deixar que o comportamento estranho de Tom estragasse a refeição.

— Então, está gostando da faculdade? — perguntou ela a Shipley.

Shipley limpou a baba de consomê no lábio inferior de Tom e lhe ofereceu outra colherada. Bebeu um gole de vinho, com vontade de fumar.

— É engraçado como a gente vem para a faculdade e meio que se envolve sem querer com as pessoas — disse, refletindo ela. — Gente com quem nunca se espera se envolver.

— E vocês dois se envolveram com uma turma legal? — perguntou a sra. Ferguson, franzindo a testa para o filho.

Shipley cruzou as pernas e as descruzou. Não chamava Tom, Nick e Eliza exatamente de turma. Eram mais como um grupo de foco, embora ela não soubesse bem no que deviam estar focalizando.

— Sim. E temos alguns bons amigos. — Ela cruzou as pernas de novo e tomou uma colherada de consomê com a mesma colher que estava usando para Tom. Isso era carinho. Ela lambeu os lábios, criando coragem. — Só acho estranho como a gente se desvincula das pessoas e, sabe como é, toma rumos diferentes que nunca teria tomado, por causa dessas primeiras conexões, os amigos que fez no primeiro dia aqui. Quero dizer, e se eu não tivesse me matriculado na orientação e não conhecesse o Tom no primeiro dia? Ou se eu morasse num alojamento diferente ou fosse aluna não residente? — Ela pensou em Adam.

O sr. Ferguson terminou sua bebida e estava tentando atrair a atenção da garçonete.

— Mas você está feliz com o rumo das coisas? — perguntou a sra. Ferguson. Ela parecia genuinamente se importar.

Shipley sorriu para Tom. Os olhos dele estavam fechados, mas ele ainda comia.

— Até agora, tudo bem.

O sr. Ferguson tomou mais duas doses de uísque. Depois as fritas e a lagosta chegaram, com o cheiro penetrante de gordura quente. Tom bebeu toda a tigela de sopa de Shipley e metade da dele, embora ainda não tivesse pronunciado uma palavra.

— Que tal uma carne de lagosta, filho? — sugeriu o sr. Ferguson. — Você adora as patas.

Shipley pegou o quebrador e meteu uma pata de lagosta dentro dele. Apertou o instrumento entre os dedos, rachando a casca. Um sumo claro espirrou no prato. Usando o pequeno garfo, ela pescou a carne da casca e mergulhou numa tigela de manteiga derretida. Segurou o garfo na frente dos lábios de Tom. Ele abriu os olhos e observou, estupefato, a carne cor de coral gotejante e trêmula.

— Parece deliciosa — disse a mãe, estimulando-o.

— Só uma mordidinha — disse Shipley.

Tom franziu a testa e torceu o nariz, como se estivesse prestes a espirrar. Depois, abriu a boca e vomitou na mesa toda.

O sr. Ferguson empurrou a cadeira para trás.

— Meu Deus do céu, filho! — exclamou ele.

A sra. Ferguson pegou um lenço umedecido e limpou o suéter.

— Talvez seja intoxicação alimentar. É melhor tirá-lo daqui.

Shipley já estava de pé.

— Acho que ele só está cansado. — Só o que Tom precisava era de um copo de água com sal de frutas e dormir um pouco. Ocorreu a ela que, depois que o colocasse em segurança na cama, poderia ir de carro para a festa de Adam e passar o resto da tarde se relacionando com pessoas que não tivera a oportunidade de conhecer porque ficara ocupada demais com Tom. E é claro que Adam estaria lá.

Estava esfriando. A sra. Ferguson os levou de carro. A festa de Adam devia ter sido um sucesso, porque o pátio da Dexter estava deserto. Até o alojamento de Tom parecia silencioso. Um único aluno de intercâmbio do Japão estava sentado na sala de estar assistindo a um episódio de *Northern Exposure*. Todos os outros, ao que parecia, haviam saído do campus. Isso também era bom, porque a ida de Tom do carro dos pais até o alojamento não fora uma bela visão.

Tom cambaleava, e passou os braços pela cintura da mãe. Apesar do babador, a frente da blusa branca que a mãe trouxera para ele vestir depois da peça estava suja de vômito.

— Eu te amo, mãe — murmurou ele.

— Vamos ter que jogar essas roupas fora — comentou a sra. Ferguson enquanto cambaleava sob o peso do filho.

Shipley segurou o cotovelo de Tom.

— Venha. Vamos para o seu quarto. — Ela procurou a chave no bolso da calça de Tom.

— Ei, pare com isso. Faz cócegas! — disse ele, ofegante.

O sr. Ferguson manteve a porta aberta.

— Coloque-o na cama. Vou comprar uma Coca na máquina de refrigerante. E acho que vou aproveitar para dar um telefonema rápido.

O quarto de Tom estava uma bagunça, cheio de tubos de tinta, latas de café cheias de água suja, caixas de leite vazias e pincéis. A cama de Nick ainda estava virada e o piso de linóleo, pegajoso pela tinta derramada. Tom desabou em sua cama. Shipley tirou os tênis dele enquanto a sra. Ferguson tirava a calça preta e suja.

— Estive no zoo — murmurou Tom de olhos fechados.

— Agora a camisa — instruiu Shipley.

— Vamos. — Tentou a sra. Ferguson. — Ajude-nos um pouco, Tommy.

Elas conseguiram despi-lo até a cueca e enfiá-lo debaixo do cobertor.

— Que bom que ele está usando a roupa de cama que encomendei — disse a sra. Ferguson, recuando para olhar o filho adormecido.

O sr. Ferguson abriu a porta e fez uma careta ao ver o quarto bagunçado.

— Falei com aquela professora. Ela disse que ele só está exausto. Disse que ele se trancou no quarto durante a semana toda tentando terminar a maldita pintura.

Ele ficou parado à porta, sem querer entrar no quarto. Os cantos de sua boca estavam repuxados para baixo e o cabelo grisalho, normalmente elegante, apontava para todo lado. Ele parecia cansado e desorientado, como alguém que tivesse passado por uma provação: uma tempestade no mar ou um acidente de carro.

Ele olhou para o relógio e, depois, para Tom.

— Pretendíamos acordar amanhã assim que amanhecesse, para voltar — continuou. Ele balançou a cabeça e botou o pé de mocassim no piso de linóleo. — Tenho que voltar ao trabalho, droga. Mas não sei, querida... — Ele suspirou. — O que você acha? Talvez a gente deva ficar aqui amanhã para ficar de olho nele.

A sra. Ferguson era daquele tipo de mãe de Westchester que não se deixava impressionar com facilidade. Criara dois filhos turbulentos e fortes, e era casada com um homem que, em várias ocasiões, bebera tantos martínis com os amigos no Oyster Bar da Grand Central que voltara para casa, desmaiara e urinara na cama.

— Ah, ele vai ficar bem.

Ela foi até a mesa de Tom e arrumou as pinturas das partes nuas do corpo de Eliza. Com a testa franzida, pegou as fotos Polaroids sujas de tinta de Shipley com a sacola vermelha da Macy's na cabeça.

— Eu, sem dúvida, estou pronta para cair na cama — anunciou ela, virando para baixo as fotos sobre a mesa.

Shipley se afastou da cama e procurou os cigarros na bolsa.

— Acho que devemos deixar que ele durma — disse ela, saindo do quarto antes dos dois.

Ela acompanhou os pais de Tom até o carro deles e lhes deu um beijo de despedida. Apesar do comportamento de Tom, era bom que tivessem se conhecido um pouco melhor.

— Estamos no Holiday Inn — disse a sra. Ferguson. — Diga a Tom para ligar se precisar de alguma coisa.

— Pode deixar — disse ela, e lhes acenou um adeus. Ainda eram 9 horas da noite. A festa de Adam devia estar rolando. Ela podia tomar uma cerveja, talvez fumar uns cigarros, talvez conversar um pouco com Adam. Podia até experimentar um jogo da ferradura.

Shipley atravessou o pátio para pegar o carro e descobriu que não estava ali. Lágrimas caíram de seus olhos enquanto ela atravessava a rua novamente e entrava em seu alojamento. Dentro do prédio, perto da porta, havia um telefone branco do campus. Ela o pegou, deu uma olhada na lista do campus pregada à parede e discou o ramal que procurava.

— Segurança da Dexter — atendeu uma voz irritada.

— Alô — disse Shipley com tranquilidade. — Gostaria de denunciar um furto. Do meu carro. Ele foi roubado.

18

O sol tinha se posto às 17 horas e o ar estava tomado pela quietude aprazível de uma tempestade próxima. Às 19h, a temperatura tinha caído para 7ºC. Agora que passava das 21h, estava à beira de congelar. Adam estava sentado na cadeira de balanço da varanda, as mãos nos bolsos do casaco de esqui. Esta tarde, Eli lhe comprara três barris de cerveja e os colocara no gelo, dentro do imenso bebedouro de animais do celeiro. Na esperança de manter os convidados longe da casa, Tragedy escrevera "CERVEJA" com um pilot preto em uma tábua da cerca, com uma seta grande apontando para o celeiro.

A promessa falsa, mas sugestiva de Tragedy por "refrescos e jogo da ferradura" dera certo. O gramado estava tomado de carros e o celeiro pulsava. Adam gostou da ideia de que a festa acontecesse mesmo sem ele, o anfitrião invisível. Só o que todos realmente precisavam era de um lugar para onde ir e de algo para beber. Foram os convidados que criaram o clima, deram o tom e provocaram a série de eventos aleatórios que inevitavelmente se seguiriam.

Um corvo solitário grasnou do telhado do celeiro. Depois, o som de música encheu o ar. Eram os Grannies, tocando *Eyes of the World* dentro do celeiro.

"Sometimes we live no particular way but our own.
And sometimes we visit your country and live in your home."

Adam se balançava na cadeira, esperando com uma paciência forçada. Ela virá, disse a si mesmo, ela tem que vir. Mesmo que estivesse com Tom, ela poderia tirar um minutinho para falar com ele. Ele poderia mostrar seu quarto, a oficina de solda do pai. As meninas adoravam essas coisas.

— Ei, apareceu Loser antes! — gritou Tragedy para ele da porta aberta do celeiro. — Que merda é essa? Quer uma cerveja?

O celeiro fazia Nick espirrar, mas era bom estar longe do campus, especialmente depois da tediosa semana de provas e do trabalho enervante de operar as luzes do espetáculo da professora Rosen. Nick ficou tão preocupado em fazer um bom trabalho que até se privou de ficar chapado durante o dia todo, o que era uma novidade para ele.

Sea Bass e Damascus cuidavam da cerveja. Eliza olhava Damascus deitado no chão aos pés do amigo, colocando na boca a ponta de um funil de plástico do tipo usado para combustível. Sea Bass pegou a mangueira de borracha comprida e despejou cerveja no funil.

— Ei, sabe o que quero de Natal? — comentou Sea Bass enquanto o amigo bebia furiosamente. — Um liquidificador. Assim a gente pode, sabe, preparar coquetéis e, tipo, sucos de fruta dentro do nosso quarto.

O barril gorgolejava. Damascus bebia sem parar. Por fim, bateu na perna de Sea Bass, indicando que já era o bastante. Sea Bass fechou a torneira. Damascus se sentou e soltou um arroto enorme.

— Sua vez — disse ele, entregando o funil a Nick.

Nick balançou a cabeça.

— De jeito nenhum, cara. — Ele pegou um copo de plástico e encheu-o pela metade com cerveja. A poeira se erguia do chão do celeiro. Ele espirrou, borrifando todo o barril. — Não posso me deitar. Febre do feno.

— Dê aqui, eu vou. — Eliza pegou o funil das mãos de Damascus e se deitou no lugar dele.

Nick ficou sobre ela, olhando. Ela estava chateada com ele por algum motivo, ele sabia. Agora adoeceria de propósito só para contrariá-lo.

Eliza pousou a cabeça no colo de Damascus e colocou a ponta do funil na boca. O líquido frio lhe fez cócegas nas narinas. Ela fingiu que estava no dentista, só que, em vez de pedir para ela cuspir, as ordens do dentista eram para engolir, engolir, engolir.

— Legal! — Damascus apoiou as mãos atrás da cabeça de Eliza. Os dedos dele eram quentes e reconfortantes no crânio dela. Ela fechou os olhos e continuou engolindo. — Firme e forte.

Ela tinha perdido o jantar, mas agora estava se enchendo de cerveja. Espirrava em sua barriga e na meia-calça. Nem tinha um gosto ruim, assim deitada. Talvez, se ela tivesse deitado para comer papinha de presunto enlatado como se fosse criança, teria sido capaz de engolir aquilo também.

— Boa — incentivava Damascus. — Boa.

Finalmente, ela fez um gargarejo e Sea Bass fechou a torneira. Damascus a ajudou a se sentar.

— Você está bem? — Ele a envolveu gentilmente com um braço. — Vai vomitar?

Eliza enxugou a boca com as costas da mão. Balançou a cabeça, agarrada aos joelhos para se equilibrar. Seu centro de gravidade tinha se alterado. O celeiro estava meio torto.

Nick lhe estendeu a mão.

— Venha — disse ele. — Vamos tomar ar.

Ele a levou até a porta do celeiro e a encostou no batente. Sua franja preta caía sobre as sobrancelhas. Ela precisava de um corte de cabelo.

— *"They're dancin'g, dancin' in the streets!"* — Grover cantava e batia em seu tamborim.

Os Grannies tinham montado os instrumentos no canto do celeiro e tocavam sua lista de músicas dos Grateful Dead. Os três Grannies tinham cheirado o éter de Geoff, e tocavam alto e esporadicamente, com surtos espontâneos de percussão e gritos exultantes aleatórios.

O agora sempre presente casaco preto de Eliza estava desabotoado. Por baixo, ela estava com um short preto por cima de uma meia-calça preta e toda rasgada.

— Odeio essa música — Ela arrotou. Ninguém da Dexter, além dos Grannies, gostava dos Grateful Dead. Todo mundo gostava de Nirvana, Jane's Addiction e R.E.M.

De vez em quando, a música era pontuada pelo bater de ferraduras uma na outra e gritos de alguns jogadores. Tragedy tinha montado uma pista de lançamento de ferradura na baia dos cordeiros, ao fundo do celeiro, e uma multidão de entusiastas cheios de cerveja tinha se formado à sua volta.

— Quer jogar? — perguntou Nick.

Eliza balançou a cabeça, colocou a mão na boca e deu alguns passos trôpegos para fora do celeiro. Então vomitou na grama.

— Ah, meu Deus! — ofegou ela, limpando a boca. — Bem melhor.

Uma mangueira verde e enrolada estava pendurada no lado interno da porta do celeiro. Nick colocou sua cerveja no chão, abriu a torneira e estendeu-a para ela.

— Tome — disse ele. — Beba.

Eliza tomou alguns goles cautelosos, tombou a cabeça para trás, fez um gargarejo e então cuspiu.

— Pronto. — Ela devolveu a mangueira. — Nova em folha.

Nick fechou a torneira e devolveu a mangueira ao gancho. Eliza se encostou no batente de novo, respirando profundamente o ar frio da noite. Ele se aproximou e ficou ao lado dela, olhando a escuridão. Na casa, as luzes da cozinha estavam acesas e alguém estava sentado na cadeira de balanço da varanda.

— Deve nevar mais tarde — disse ele. — Tipo assim, muito.

— Valeu, Garoto do Tempo. — Eliza pegou o braço dele e o puxou para si. Ficou na ponta dos pés e colocou a boca sobre a dele. Sua língua passou nos dentes de Nick, incitando-os a se abrir.

Nick se afastou.

— Ei! O que está fazendo?

Ela fez uma careta.

— Eu só queria transar com você, é pedir demais? Pense nisso como uma gentileza qualquer. E não me diga que está se poupando para alguém, porque isso é babaquice. Obviamente, se a pessoa para quem está se poupando não quer transar com você agora, não vai querer mais tarde. *Capisce?*

Nick a olhou por um momento, enfurecido. É claro que Eliza tinha razão. Ele estava se poupando para Shipley, o que era ridículo. Shipley nem estava ali, e, quando chegasse, ficaria com outra pessoa. Eliza estava bem na sua frente e o queria. Além disso, ela era praticamente uma *sex symbol* do campus, agora que seus retratos nus tinham sido revelados. Até Damascus e Sea Bass pareciam estar a fim dela.

Ele pegou o copo de cerveja abandonado e tomou o que restava. Devia ser uma boa coisa não ter fumado maconha nenhuma hoje.

— Tudo bem — concordou, e depois espirrou. — Vamos nessa.

— Eu te disse que as pessoas viriam. — Tragedy passou um copo de cerveja para Adam.

— É. — Adam tomou um gole. — Tem mesmo muita gente aqui.

— É claro que não são as pessoas certas — observou Tragedy. Ela pegou o Cubo Mágico na escada da varanda e o embaralhou, tremendo sob o vestido branco e fino. — Brrrr. — Tragedy entrou na casa e voltou com o casaco de pele de guaxinim de Ellie. Ficava ótimo com as botas de borracha pretas.

— Se quiser, tipo, sair e tentar a sorte, eu dou cobertura — propôs ela. — Pode ir de carro até os alojamentos ou o que for. Ver se ela está por lá.

— Talvez — disse Adam. Ele olhou a irmã, os olhos brilhantes e esperançosos. — Tem certeza?

248

Tragedy brincava com o cubo.

— Por favor... Só pare de choramingar e dê o fora daqui. E só volte depois que encontrar a garota.

A cadeira balançou ferozmente quando Adam se levantou.

— Vai ter que colocar as ovelhas para dentro. — Ele fechou o zíper da jaqueta e procurou a chave do carro nos bolsos. — E não se esqueça dos gatos. Se esfriar mais, eles vão precisar entrar na casa.

— Não sou uma monga — disse Tragedy.

— Tá legal. Fui. — Adam sorriu como um bobo para a irmã. — Divirta-se.

Ela revirou os olhos e lhe mostrou o dedo.

— Tá, você também.

O ar estava denso e frio, e o céu, cinza-escuro e baixo misturado com laranja. As lanternas traseiras do VW de Adam desapareceram na estrada. Tragedy atirou o cubo na cadeira de balanço e foi para o celeiro.

A festa estava boa. A música tocava alto e todos já pareciam bêbados demais para perceber como tinha esfriado. O bater de ferraduras ressoava no ar frio com poeira de feno.

— E aí, lindinha? — Um cara com costeletas ridiculamente grandes a cumprimentou. Ele colocou um copo gelado de cerveja em sua mão. — Meu nome é Sea Bass — disse ele com um sorriso torto. — E este é Damascus.

Um cara atarracado, de cabelo preto e encaracolado, olhou de relance para ela.

— Quer experimentar o funil?

Nick seguiu Eliza por uma escada bamba até o palheiro. As tábuas estavam frouxas e balançavam, e eles podiam ver os convidados da festa pelas frestas. Quatro lâmpadas nuas pendiam das vigas do teto. Uma poeira prateada se elevava no ar, cintilando na luz amarela. A neve iminente agora era palpável. As pessoas se reuniam em volta do bebedouro cheio de barris como se fosse uma fogueira de acampamento, os ombros envoltos nas mantas de lã empoeiradas dos cavalos que alguém tinha achado na área das cocheiras.

— Eu queria ter um cobertor — disse Eliza com tristeza. O feno era macio sob seus pés, mas arranhava a pele. As poucas vezes em que transara tinham sido nos lençóis rosa e azul da Cinderela de sua casa, a profanação perfeita. Ela abriu o casaco e o colocou por cima de uma pilha de feno.

Nick a olhava com a mão nos bolsos.

— Não pretende ficar completamente nua, pretende?

— Bem nua — disse Eliza, rindo. Ela desabotoou o cardigã. As pontas do cabelo preto roçavam na pele clara das clavículas.

— Você é muito bonita, na verdade — disse ele.

— Na verdade? — Ela dobrou o suéter e o colocou em cima de um fardo de feno. Depois tirou a blusa. — Isso é um elogio? — Ela tirou o short. De sutiã vermelho e calcinha preta de rendinhas, ela parecia uma artista de circo.

Nick espirrou. Depois espirrou de novo, e de novo. Enxugou o nariz nas costas da mão.

— Desculpe. Acho que minhas alergias não são muito sexies.

— Na verdade, são.

Os olhos de Nick estavam vermelhos e lacrimejantes e as narinas, inchadas. Havia uma cicatriz cor-de-rosa e pequena entre as sobrancelhas, lugar onde ele se machucara na orientação, no dia em que se conheceram. Eliza estendeu a mão e limpou o nariz dele. Ela tirou aquele gorro idiota.

— Você deve ser alérgico a seu gorro — disse ela, puxando-o para perto para beijar seu pescoço.

— Você é realmente linda — disse Nick de novo e colocou as mãos por dentro do cós de sua meia. Sob seus pés, os Grannies começaram *Fire on the Mountain*.

"There's a dragon with matches that's loose on the town. Take a whole pail of water just to cool him down..."

Eliza desabotoou os jeans de Nick e os puxou para baixo até os tornozelos. Sentou-se em seu casaco.

— Tem que tirar os tênis.

Nick estava de pé sobre ela com o pênis ereto e grande se projetando de sua cueca Fruit of Looms. Parecia um pouco com um unicórnio.

Ele se agachou para desamarrar os cadarços.

— Provavelmente vou ter um surto de urticária.

Eliza não esperava que ele fosse tão fresco.

— Você construiu seu próprio iurte — disse ela, chutando-o nas costas. Ela tirou os sapatos e arrancou a calça dele completamente. — Deixe de ser mulherzinha. Esperei muito tempo por isso.

Nick espirrou violentamente.

— Tá bem, tá bem — disse ele, e rolou para cima do casaco dela para escapar do feno. Era muito confortável, na verdade, embora ele também fosse alérgico a peles.

— Trouxe camisinhas e tudo — anunciou Eliza. — Peguei no Centro de Saúde. — Ela pescou uma no bolso do short que tinha tirado e examinou o pequeno texto impresso na embalagem. — Vai gostar em saber que eles têm uma espécie de creme especial para matar espermatozoides e deslizar. Ah, e ondas, como as fritas da Ruffles.

Nick espirrou de novo, desta vez ainda mais violentamente.

— Provavelmente vão me dar assaduras também.

— Ah, meu Deus... — Eliza atirou a camisinha para ele. Tirou a meia-calça e a jogou em Nick.

— Quer fazer isso ou não?

Nick espirrou de novo e abriu os braços.

— Venha cá — disse ele. — Você deve estar com frio.

Eliza riu e mergulhou em cima dele, fazendo uma avalanche de feno cair na cabeça da multidão abaixo.

— Pra falar a verdade, estou ficando com mais calor — murmurou ela. O pênis dele se apertava contra seu umbigo. Ela estendeu a mão para baixo e o pegou. — Mais calor, mais calor. Quente!

— É isso aí! Quero dar os parabéns a quem estiver trepando aí em cima! — gritou um dos Grannies. — Divirta-se, cara. Divirta-se!

Esperar a neve cair é como ver uma flor se abrir: se coçar o nariz, você perde o primeiro floco. Em seguida, o horizonte fica branco como um prato.

Eram quase 23 horas. A porta do celeiro estava aberta. Pesados flocos de neve branca caíam do céu como um coro de anjos de papel. Minutos antes, a casa dos Gatz, a única em centenas de metros, era plenamente visível. Agora estava bloqueada pela brancura.

— Acho que vamos ficar presos aqui por um tempo — observou Geoff, balançando o frasco de éter nas mãos esqueléticas.

— Hora de uma curta pausa! — Wills baixou a guitarra e deu um nó na saia amarela e comprida como se estivesse se preparando para uma luta de boxe ou um bom jogo de cabo de guerra. Geoff derramou um pouco de éter na ponta do nó e Wills se agachou para cheirar. Grover estendeu uma das alças do macacão e Geoff também a molhou com éter.

— Mas que troço é esse? — perguntou Tragedy, cambaleando de bêbada.

— Não vai querer saber. — Sea Bass piscou para ela. — Fique com a cerveja.

— Nada é pior do que sair de uma onda de éter — observou Damascus. — Além de tudo, fede.

— Éter não é legal — disse Sea Bass com determinação.

Tragedy não gostava que lhe dissessem o que era bom e o que era ruim; preferia decidir por si mesma. Jogo da ferradura, por exemplo.

Ela tinha aprendido tudo sobre drogas na escola. Em casa era tão chato... todo mundo as tomava. Mas não ela. Os pais se entupiram tanto de drogas na faculdade que tinham praticamente lesão cerebral. As drogas sempre pareceram uma tremenda burrice. Mas o éter era diferente. Não era um comprimido, nem um pó ou um mato tosco.

— Posso experimentar um pouco? — perguntou ela a Geoff.

Ele avaliou o rosto bonito de Tragedy, seu cabelo preto e brilhante, o corpo curvilíneo envolvido por um vestido de verão branco, insuficiente e inadequado, e o casaco de pele de guaxinim. Avaliou as botas pretas de borracha e os joelhos ossudos e morenos.

— Você parece uma modelo — disse ele.

Ela estendeu a mão para o frasco de éter.

— Vamos lá. É só me dizer o que tenho que fazer.

Geoff deixou que ela segurasse o frasco. Colocou a mão no bolso e pegou um pedaço de pano.

— É só despejar um pouco no pano, segurar contra o nariz e cheirar.

Tragedy fez o que ele disse. Adam piraria quando voltasse e a descobrisse toda fodida. Teoricamente, ele devia estar de babá dela, devia estar cuidando de tudo! Ela molhou o trapo com o líquido claro e tóxico e o levou ao nariz. Fechando os olhos, respirou repetidas vezes, deixando que a pulsação inebriante do éter a consumisse.

Os Grannies pegaram seus instrumentos.

— É uma nevasca do caralho! — gritou Wills antes de tocar os primeiros acordes de uma música muito acelerada que podia ou não ser dos Grateful Dead.

Tragedy fechou os olhos, caindo em uma espécie abençoada de transe. Cada pelo de seu corpo vibrava intensamente. Ou talvez fosse o casaco de guaxinim ganhando vida.

— Você está bem? — perguntou Sea Bass.

— A gente disse que era ruim — intrometeu-se Damascus.

— Vocês não sabem como é. — Tragedy estava efusiva, ainda de olhos fechados. Podia ouvir os gatos arranhando o outro lado da parede do celeiro. Podia ouvir as ovelhas se agrupando perto da cerca. Ela virou o frasco de novo no trapo e o levou ao nariz mais uma vez, adorando a fúria clínica e penetrante que abria caminho por suas vias nasais. *Arranha, arranha. Béé, béé. Arranha, arranha. Béé, béé.*

Ela abriu os olhos. Lá fora, a paisagem era de um branco felpudo e brilhante, como um suéter de angorá. Passara tantas horas devorando os guias de viagem, imaginando como seria escalar montanhas no Nepal ou andar de trenó de cães no Alasca, e agora seu próprio quintal lhe parecia inteiramente espetacular e desconhecido. A cara de Geoff surgia diante dela, os olhos encovados arregalados nas órbitas fundas e famintas. Ele ergueu o polegar ossudo numa solidariedade silenciosa. Ou talvez tivesse dito alguma coisa que Tragedy não conseguiu ouvir.

Hipnotizada pela brancura, ela cambaleou para fora do celeiro. Flocos de neve brancos desciam do céu e se aninhavam em seus cílios. As ovelhas batiam as patas e a olhavam pela cerca. Elas deviam ter sido colocadas para dentro horas antes.

Tragedy estendeu as mãos. Os flocos de neve giravam ao cair do céu e derreter em sua pele nua. O quintal já estava coberto por um manto de neve. A casa era um borrão espectral. Tudo era branco, branco, branco.

— Vou pra lá! — gritou ela, correndo para o branco. Ela disparou pelo quintal, para trás da casa, entrando no bosque. Estava mais frio do que percebera, e mais escuro no bosque. Espirais de gelo caiam em sua pele e deslizavam no pelo grosso do casaco. Em volta dela, árvores altas balançavam e tremiam, sem folhas e estranhas. Ela tinha andado por essas trilhas quase todos os dias de sua vida, mas, nesta noite, não conseguia enxergar nada. Como seria irônico se ficasse perdida.

19

A grade aproximada de matérias dos calouros de uma universidade de humanidades como a Dexter é mais ou menos assim: noções de geologia, romantismo, inglês fundamental, redação criativa com foco em poesia, compreensão de música. Uma prova de inglês de meio de semestre teria duas questões discursivas e quatro a serem respondidas em um breve parágrafo, como por exemplo: "Quem escreveu os versos: 'When I Behold, upon the night's starr'd face,/ Huge cloudy symbols of a high romance,/And think that I may never live totace/ Their shadows, with the magic hand of chance', e o que ele ou ela quis dizer com isso?" Haveria uma parte adicional de gramática com perguntas capciosas e impossíveis, como: "Redija uma frase exortativa irônica em pentâmero iâmbico usando um gerúndio, um fonema e uma conjunção. Favor usar a pontuação correta." A prova de geologia era toda decoreba, inclusive a parte prática, que exigia a identificação de 14 espécies de rochas. Estudar para compreensão da música era quase agradável. Uma noite de sono inteira ouvindo, em volume baixo, concertos de Mozart, Bach, Chopin e Beethoven e você seria capaz de distingui-los pela manhã.

Shipley estava sentada à mesa de seu quarto do alojamento, ouvindo os Noturnos de Chopin e vendo a neve cair com a antologia de românticos aberta em *When I Have Fears*, de John Keats. Era quase meia-noite e a neve caía intensamente. Ela devia ser a única estudando no campus. Todos os outros estavam na festa de Adam, que tinha provavelmente se transformado numa gigante festa do pijama, uma vez que ninguém pretenderia voltar de carro na nevasca. Era provável que Adam já tivesse caído nos braços de alguma menina bêbada, mandona e superesforçada que tivesse começado a estudar para as provas em outubro. É claro que Shipley podia ter pegado emprestado o jipe de Tom para dar ela mesma uma olhada em Adam. O jipe seria melhor na neve que a Mercedes, de qualquer maneira. Mas Tom não podia ser perturbado.

Em meio aos acordes dolorosos da música, ela detectou o som desarmônico de alguém batendo na porta.

— Olá? — chamou ela, sentando-se muito ereta.

A porta se abriu numa fresta.

— Shipley? Está aí?

Por um momento, Shipley pensou que podia ser um de seus devaneios: aqueles pornográficos, que tinha antigamente, antes de entrar para a faculdade. Um estranho alto e lindo entraria em seu quarto escuro, confundindo-o com o dele, enquanto ela estava semiadormecida em sua cama. Ele tiraria a cueca samba-canção e faria um ritual de alongamento de time de futebol que envolvesse golpes de caratê, grunhidos e flexões dos músculos, sem saber que ela o olhava debaixo dos cobertores. Depois, ele iria para a cama e, agradavelmente surpreso ao descobri-la ocupada por ninguém menos do que a própria Shipley, começaria a transar apaixonadamente com ela, por trás. Pela manhã, ela acordaria e o veria afagando seu cabelo e olhando seu rosto com adoração. "Qual é o seu nome?", perguntaria ele.

— É Adam.

Shipley virou-se para a porta.

— Adam?

— Esperei por você — disse ele, entrando no quarto. Os ombros da parca azul estavam pontilhados de neve. — No final, decidi vir te ver.

A verdade era que Adam ficara dirigindo em círculos pelo campus da Dexter por quase duas horas, criando coragem. A visibilidade estava tão ruim que ele enfim resolveu parar. Agora estava ali. E, por milagre, ela também estava.

— Está nevando muito — disse ela, fechando o livro. Chopin tocava ao piano. Noturno em Sol Maior, Opus 37, Andantino. Ou a fita tinha passado para Beethoven?

Adam abriu o casaco até a metade. Tirá-lo completamente parecia presunçoso demais.

— Eu ia te oferecer uma carona para a festa, mas o tempo está muito feio lá fora...

— Não, por favor. Entre. Sente-se — disse Shipley.

Adam tirou o casaco e o pendurou na maçaneta. Sentou-se na ponta da cama de Shipley.

— Talvez de manhã a gente pudesse esquiar — disse ele feito um idiota. Ele nem sabia esquiar, a não ser cross-country, o que não contava.

— Meu pai acabou de comprar uma casa no Havaí — disse Shipley. — Sabia que dá para esquiar lá?

— Esquiar no Havaí? — exclamou Adam em voz alta. — Achei que só tivesse vulcões e praias lá.

Era a conversa mais vazia que qualquer um dos dois já tivera na vida.

— Você estava ótimo na peça. — Shipley foi até a cama e se sentou ao lado de Adam. Os jeans dele estavam úmidos. Suas pernas eram muito compridas. — Mas eu...

Ela queria dizer que tinha cometido um erro. Que não pretendera beijá-lo daquela vez, na cozinha da professora Rosen. Queria dizer que tivera uma noite difícil, com Tom num caos completo e vomitando em tudo, e a mãe de Tom vendo fotos dela nua. Em vez disso, ela se viu querendo derrubar Adam na cama e beijá-lo de novo. A fita trocou de lado e começou uma nova música. Violinos e um violoncelo. Era uma sonata de Mozart, ou um concerto de Bach. *Dolce ma non troppo* ou *dulce de leche*. Ah, será que ela não aprenderia nada?

— Não quero que pense que vim até aqui para... — começou Adam, então parou. Era evidente por que ele tinha vindo.

Shipley sorriu.

— Eu estava começando a me sentir uma idiota, estudando num sábado. Todo mundo está na sua festa.

Adam não sabia se estava imaginando coisas, mas ela parecia se aproximar cada vez mais. Tinha cheiro de peixe, fritas e cigarro.

— Esteve no Lobster Shack recentemente? — perguntou ele, rindo. Ele tinha ido ao restaurante com sua família em três ocasiões: no aniversário de 13 anos de Tragedy, depois da sua formatura do Ensino Médio, no final de junho e uma vez que o tio Laurie estivera de visita. Eles sempre voltavam cheirando a peixe frito.

Shipley corou.

— Desculpe. Estou fedendo? — O alojamento estava tão silencioso que ela não se sentira à vontade para tomar um banho. Era assustador demais.

— Mais ou menos — admitiu ele. — Mas não se preocupe, não é assim tão terrível.

— Desculpe. — Ela se afastou dele na cama.

— Não. — Ele voltou a estreitar o espaço entre os dois. — Não está num um pouco ruim.

Shipley se deixou olhar para ele de novo. Seu rosto estava a centímetros de distância. Agora ela podia ver as sardas.

— Alguém roubou meu carro — disse ela. — De novo.

— Precisa ter mais cuidado — murmurou Adam com a voz rouca. Ele não conseguia parar de sorrir. Eles estavam respirando o ar um do outro.

Isso era melhor que qualquer devaneio. Shipley não ligava para o próprio cheiro; simplesmente não aguentava mais. Derrubou Adam na cama e abriu as pernas dele.

— Eu queria muito ir à sua festa — confessou ela.

Adam se aproximou dos lábios dela e a beijou.

— Está melhor aqui.

Shipley tirou a blusa e desabotoou os jeans. As últimas notas da sonata saíam da caixa de som. Adam beijou os quadris nus dela e deslizou a calça jeans para baixo pelas suas coxas.

Ela caiu de costas na cama com um suspiro complacente.

— Eu realmente preciso aprender o nome dessa música.

Patrick ficou feliz por passar o inverno no Maine. O inverno era tão extremo... Às vezes havia dias quentes como hoje mais cedo: um presente pré-Natal agradável, ou um lembrete de agosto. Depois vinha a neve, acumulando-se nos acostamentos e nos telhados das casas, embranquecendo tudo e tornando o verão inviável.

Na época em que morava com a família, eles passavam o Natal no Caribe. Os pais gostavam de praias desconhecidas e ilhas onde eram os únicos brancos. Ele jogava dominó com os meninos de Salt Key. "Patrick, Patrick! Dominó, Patrick, dominó!", gritavam os meninos na janela dele, na casa de hóspedes simples onde ficavam. Nenhum dos meninos calçava sapatos e as palmas das suas mãos eram cor-de-rosa como as entranhas de um peixe. As mulheres locais faziam vestidinhos de verão para sua irmã. Eles iam a um desfile no vilarejo e ela parecia uma boneca com o vestido amarelo-vivo, o cabelo louro em tranças com contas vermelhas. O pai o levava para pescar com arpão e ele pegava uma barracuda.

A Mercedes derrapou na estrada ainda cheia de neve. Mais além, havia uma casa branca e bonita. Carros estavam estacionados de qualquer jeito por todo o quintal e um pequeno rebanho de ovelhas se espremia esperançoso atrás do celeiro, como se alguém tivesse se esquecido de alimentá-las. Na casa, as luzes da cozinha estavam acesas, mas a festa claramente acontecia no celeiro. Ele podia ouvir a guitarra antes mesmo de sair do carro.

— Bill Clinton é *tão* gato! — soou uma voz de menina pelo ar gelado enquanto ele andava pela neve até a casa. Patrick subiu a escada da varanda e espiou pela janela encardida da cozinha. A casa estava silenciosa e tranquila, como se tivesse sido colocada para dormir pela neve. A porta não estava trancada.

A cozinha estava uma bagunça. Patrick abriu a geladeira coberta de lembretes do tipo *Ligar para o veterinário para vermifugar. Vender esterco. Queijo!!,* e todo tipo de porcaria. Por dentro, a geladeira era ainda mais bagunçada: maçãs meio comidas e marrons, queijo mofado, pão duro. Ele ansiava por alguma coisa doce, mas se sairia melhor numa caçamba de lixo. Um pote de iogurte parecia promissor, mas, quando ele abriu a tampa do recipiente, viu que estava cheio de grãos de café. Ele avançou numa bola redonda de queijo macio embalada em plástico que parecia fresco e em um monte de uvas verdes ainda no saco plástico da loja. Enfiou a bola de queijo na boca e bebeu um pouco de água fria da torneira para ajudar a engolir.

Comendo as uvas de três em três, ele abriu a porta da cozinha e foi para a varanda. Agora nevava ainda mais forte. Ele mal via o celeiro. Quando finalmente o alcançou, abriu a grande porta de madeira e colocou a cabeça para dentro.

Os alunos da Dexter, parecendo tão bêbados que mal conseguiam se sustentar, dançavam em volta de um cocho de metal contendo três barris de cerveja enquanto uma banda tocava seu repertório de músicas dos Grateful Dead pela terceira vez. Damascus e Sea Bass jogavam ferradura, gritando e uivando como se fosse o Super Bowl. Geoff estava deitado no chão, um esqueleto no piso do celeiro, com os olhos fechados e o funil na boca. No canto do celeiro, Nick e Eliza dançavam lentamente, apoiados um no outro. Eliza estava com o gorro de Nick.

— Eu te amo — sussurrava ela no ouvido de Nick.

— Eu também — cochichava Nick. — De verdade.

Patrick pensou ter ouvido um miado. Espiou através das tábuas de madeira empoeiradas de uma baia próxima. No chão havia uma caixa de papelão abrigando uma gata cinza e seus filhotes. Os gatos o fitaram com olhos amarelos e acusativos. *Você andou bebendo?*, eles pareciam dizer. Os gatinhos tremiam. Patrick abriu a porta da baia e pegou a caixa. Carregou-a para fora do celeiro e pela neve até a casa, aninhando a abertura da caixa no peito para evitar a neve. A gata era grande. Devia pesar quase 10 quilos.

Ele pôs a caixa na mesa da cozinha, encheu uma tigela com leite de ovelha da geladeira e a colocou ao lado da caixa. Os pais dele nunca lhe permitiram ter um animal de estimação. Era bom cuidar dessas criaturinhas.

— Pronto — disse ele à preocupada mamãe-gato. — Está vendo? Eu não sou tão mau.

A gata cinza continuava a encará-lo enquanto ele terminava as uvas. Passou-se um minuto ou dois. Depois, ela se levantou, espreguiçou-se e saltou da caixa para beber o leite. Patrick curvou-se para a caixa e pegou um gatinho preto e macio, colocando-o cuidadosamente dentro do bolso da parca. Foi para o carro, ignorando o olhar acusador da gata.

Tragedy enterrou o queixo por baixo da gola do grosso casaco de guaxinim. As peles eram bem quentes. Indo quase até os tornozelos, isolavam completamente cada parte de seu corpo, menos a cabeça, que congelava. Logo ela seria capaz de arrancá-la dos ombros, como uma verruga que fora congelada.

Ela gostava de andar. Independentemente do clima, sempre gostara de andar. O bosque em torno da Dexter era ligado por uma trilha em espiral, como um pretzel gigante, à cidade de Home no meio de uma volta e à universidade, no alto da colina, no meio da outra. Ela achava que conhecia a trilha até de olhos vendados: na chuva, no bom tempo, no sol ou na completa escuridão. Uma de suas rotas habituais a levava do alto da colina atrás de sua casa até o ginásio de esportes da Dexter, do outro lado da Lagoa. Era a trilha que ela estava agora. Pelo menos, pensou que fosse. Andar em meio a uma nevasca no escuro era como resolver um Cubo Mágico que só tivesse quadrados brancos.

A melodia dos Bee Gees, com a qual fora batizada, tocava em sua mente como música ambiente num supermercado. *It's hard to see. With all this snow and no pants on, you're going nowhere...*

Os pais dela esperavam que, ao batizar a linda bebê de Tragedy, conseguiriam algum alívio para todas as horrendas tragédias do mundo. O pessoal é político. Faça amor, não faça a guerra. Pense globalmente, aja localmente. Aqueles eram os seus lemas. E ela gostava de como as pessoas os repetiam quando diziam seu nome, rolando-o pela boca e sentindo seu sabor. "Bonito", diziam, olhando-a de cima a baixo.

Onde estava a porra do ginásio? Ela andava havia horas e não existia nenhum prédio ou luz por ali. A trilha em que estava terminava num grupo de árvores arrancadas pela raiz. Pareciam os destroços de um carro. Ela possivelmente virara em algum lugar. Talvez tivesse atravessado a fronteira com o Canadá, o que seria bom; a mãe e o pai sentiriam falta dela, mas ela poderia lhes escrever amanhã e contar que estava bem.

— Merda! — exclamou Tragedy, lembrando-se das ovelhas. Devia tê-las colocado nas baias de trás e levado algum feno para elas.

— Mas que porra! — gritou, lembrando-se dos gatos. Agora estava frio e Storm, a gata, estaria faminta. Eles deviam ter sido colocados dentro de casa.

— Mamãe vai me matar — murmurou ela, voltando sobre suas pegadas.

Adam provavelmente chegará em casa primeiro. Então, colocará as ovelhas para dentro. E, se Storm estiver mesmo com fome, vai berrar até que ele ouça. Tragedy poderia compensar amanhã, fazendo o sanduíche preferido dele: pasta de amendoim com geleia. Mas, primeiro, precisava achar uma saída no bosque.

Eram quase 2 horas da manhã e a neve ainda era intensa. As notas recorrentes do toque de recolher entravam por baixo da porta — esforços de um aluno do corpo de reservistas que começara a tocar corneta. Shipley estava deitada sob o lençol com a cabeça no peito nu de Adam, cochilando. Ele estava bem acordado. Como poderia dormir? Ele sentia como se tivesse acabado de nascer. Enfim estava vivo!

— O que você queria ser quando era criança? — perguntou ele. — Quero dizer, o que queria ser quando crescesse?

Shipley quase sonhava. Ela estava muito cansada, mas também queria conversar com Adam.

— Cobradora de trem — respondeu ela, grogue.

Adam riu, a caixa torácica empurrando a cabeça de Shipley.

— Sério?

— Eu adorava o som de quando eles perfuravam a passagem — disse Shipley de olhos fechados. — Greenwich fica só a quarenta minutos de trem de Manhattan. Eu costumava pegar o trem para a cidade com a minha mãe para fazer compras. Saks, Bendel's, Bergdorf. Depois, andávamos pela Quinta Avenida, perto do Central Park. Minha mãe gostava de olhar os prédios.

Adam esperou que ela continuasse.

— Eu não queria ser cobradora de trem de verdade — admitiu ela com um bocejo. — Sempre pensei que me casaria, teria duas filhas e moraria num daqueles prédios da Quinta Avenida. Elas iriam para o Sacred Heart para poder usar aqueles lindos uniformes com avental xadrez vermelho e branco.

— Aham— murmurava Adam, estimulando-a. Ele não fazia ideia do que ela falava. — Continue.

Ela se aproximou mais dele para que o topo de sua cabeça ficasse na curva do pescoço dele. O cabelo de Shipley cheirava a mar.

— Não sei o que vou fazer quando crescer. Acho que vou ser poeta — disse ela, refletindo. — A professora Rosen gosta dos meus poemas.

— O que mais? — incitou-a.

— O que mais? — Ela abriu os olhos brevemente e os fechou. — Eu tenho um irmão... — disse, a voz falhando enquanto caía no sono e entrava em seus sonhos.

Seu sorvete de creme pingava na saia. A escadaria do Met estava apinhada de turistas e estudantes. A apenas alguns metros, um grupo deles estava sentado, fumando e fofocando.

"Tome, use isto", disse-lhe a mãe, entregando-lhe um Kleenex. "Não se esqueça de que vamos nos encontrar com seu pai para jantar às 7 horas."

Um porteiro uniformizado abriu a porta do prédio de toldo verde do outro lado da avenida. Ergueu a mão de luva branca, os lábios segurando um apito prateado enquanto parava um táxi. O carro parou, o porteiro abriu a porta do prédio e dele saiu Tom, de óculos escuros Ray-Ban pretos e a mesma camiseta branca, calça preta e tênis velhos que tinha usado na peça, mas sem o sangue. Ele parecia um astro de cinema. Não; ele *era* um astro de cinema.

Agora ela beijava Tom e ele não tinha cheiro de química, mas de sabonete Ivory, e sua pele era tão macia e...

Bip! Bip! Bip!

Luzes laranja piscaram pela janela enquanto a equipe da manutenção limpava a neve da parte da avenida Homeward que pertencia à Dexter. O céu tinha o tom cinza rosado próximo do amanhecer e ainda nevava, embora não tanto quanto antes. Eram quase 6 horas da manhã. Adam ainda estava acordado. O corneteiro, que estivera praticando a noite toda, começou o toque de despertar.

— Não sei... — disse Shipley sonolenta, metade em seu sonho e metade na conversa que tivera algumas horas antes. — Talvez eu não devesse ter vindo para uma universidade do Maine.

Os dois ficaram em silêncio por um momento. Adam roçou o queixo no cabelo dela.

— Se não tivesse vindo para uma universidade do Maine, não teria me conhecido — observou ele incisivamente.

Os limpa-neve desceram a estrada e o corneteiro parou para respirar. Por um momento, o quarto ficou silencioso. Depois soou um tiro, ricocheteando nas janelas e provocando arrepios na espinha dos dois. O corneteiro recomeçou a tocar, desta vez, uma marcha.

A menos de 700 metros, Tragedy estava deitada na neve, sangrando. Quem quer que tivesse atirado nela tinha infringido a lei; a temporada de caça aos ursos terminara logo depois do Dia de Ação de Graças. Mas ela não era um urso. Era uma pessoa, de casaco, que nem era de pele de urso. A temporada de caça aos guaxinins bem que podia durar o ano todo, aqueles pestinhas.

— Pelo menos não estou morta, merda — xingou ela, tentando se levantar. — Ei! — ela gritou. — Ei! Estou sangrando aqui, caralho!

Nada. Flocos de neve caiam lindamente pelas árvores cobertas de branco. A tempestade diminuía aos poucos.

— Ei! — gritou Tragedy mais uma vez, mas seu grito saiu rouco demais para chegar a algum lugar. A bala a havia atravessado em algum lugar perto do umbigo. Ela sentia que tinha comido um quilo de pimenta. — Ei! — tentou gritar, desta vez ainda mais rouca. Sua voz era só um sussurro, mais silencioso que um floco de neve batendo no chão.

Ela não podia andar, então se arrastou pela neve, raspando-a com as mãos nuas. Um espaço entre as árvores mostrava a Dexter College, belamente assentada na colina, os prédios de tijolinhos polvilhados de neve, a luz azul brilhando no topo da capela como uma estrela de árvore de Natal. Parecia aqueles globos de neve que vendiam na livraria do campus. Parecia uma merda de um presente de Natal. E, bem na beira do campus, havia uma tenda enorme. Ela teria de se arrastar uns 100 quilômetros até lá, mas chegaria. E depois explodiria de tanto berrar, até que alguém aparecesse.

— Merda — gemeu. Suas mãos doíam. — Mamãe vai me matar.

20

Dizem que um animal de estimação pode fazer maravilhas por sua saúde mental. Um bicho é uma fonte de conforto. Fazer uma casa para um animal de estimação lhe dá um senso de segurança e bem-estar. Cuidar dele é muito satisfatório e ensina a ter responsabilidade pelos outros. Os animais de estimação gostam de restos de grelhado misto do Lobster Shack. Pelo menos a maioria deles.

Patrick ainda não tinha pensado num nome para o gatinho. Frodo era bom, mas, depois de batizar um gato com o nome de um personagem do *Senhor dos Anéis*, você está acabado: só você e seu gato, vivendo em sua própria terra dos contos de fadas, de magia e encantos. Blackie era retardado. Jet era gay demais. Raymond, muito gay. Hugo era meio teatral. Quem sabe Victor? Não, é gay também. Pink Patrick com um gato chamado Victor. Parecia algo saído de *Psicose*.

Seus instrutores da Outward Bound escreveram sobre o incidente Pink Patrick no relatório que foi entregue para os pais.

"Patrick, você é gay?", o pai lhe perguntou depois de ler o relatório.

"O quê?", perguntou Patrick. "Hein?" Foi só o que pensou em dizer. Ele nunca havia tido namorada, tampouco um namorado. Ele era Pink Patrick. As pessoas o evitavam.

— Tome, gatinho — disse ele, colocando no chão uma tigela de plástico com grelhado misto que tinha desfeito em lascas mínimas. O gatinho andou até a tigela e farejou. Depois se sentou nas ancas e começou a lamber a bunda.

— Você é gay? — perguntou Patrick para o gatinho. Ele abriu um sorriso quando o gato parou para fitá-lo com seus grandes olhos amarelos.

Um dos grossos cobertores de lã que aquela garota tinha levado para ele estava num monte no chão, bem onde ele deixara dias antes. Ele se deitou e se enrolou no cobertor, esfregando as palmas das mãos nas coxas. As abas do iurte estavam bem fechadas, mas ele ainda congelava. Pensou em ligar o fogão portátil para o gatinho, mas queria dormir, e, no manual, dizia para não deixá-lo funcionando sozinho.

— Tome, gatinho — disse ele de novo, mas o gato não se mexeu.

— Sirva-se — Patrick disse e se virou.

Ele tinha estado dirigindo por horas, hipnotizado pela neve e o *flap, flap, flap* dos limpadores de para-brisa da Mercedes. Quase batera no mesmo carro branco várias vezes. Idiota, dirigindo um carro branco na neve. Por fim, o gatinho começara a miar como louco no banco traseiro e ele concluiu que devia estar com vontade de fazer cocô. Não podia deixar um gato fazer cocô no quarto do Holiday Inn, então o levara para o iurte. Ele até arrumara um lugar no canto para ele usar como caixa de areia, mas a porcariazinha ainda não tinha feito nada.

Ele cochilou. Um instante depois, foi acordado por um som de arranhão. Patrick se sentou.

— Está finalmente fazendo o seu cocô? — perguntou ao gatinho, mas descobriu que ele estava dormindo enrolado dentro do gorro de lã vermelha que a garota lhe levara no Dia de Ação de Graças. O peito minúsculo subia e descia com a respiração.

— *Ei* — chamou alguém de fora da barraca. Foi só um sussurro, ou talvez fosse o vento. — *Ei.*

Patrick se levantou e desamarrou a aba da porta. A menina que lhe levara mantimentos estava deitada a seus pés, vestindo o que parecia uma pele de urso. Uma trilha de neve cor-de-rosa descia a colina atrás dela e entrava pelo bosque.

— Oi — sussurrou Tragedy para o bico das botas de Patrick. Depois desmaiou. O gatinho preto se aproximou e se deitou em seu cabelo.

Não estava mais nevando. O sol tentava sair. Alguns flocos errantes vagavam pelas árvores. Patrick pegou as mãos frias e vermelhas da menina e a arrastou para dentro. Ela não se mexeu. Estaria morta? Ele se ajoelhou e pôs a orelha perto de sua boca. Uma pequena lufada de ar fez cócegas no lóbulo de sua orelha. Mas, cara, as mãos dela estavam geladas, e o rosto, todo brilhante e vermelho, como se tivesse sido lavado a jato. Ela estava dura, como congelada.

Ele correu de um lado a outro na barraca meio escura, preparando o fogão e acendendo-o com os fósforos de cozinha que tinha em um saco Ziploc. Ajustou a chama no máximo e aproximou o fogo da menina o máximo que pôde. Ela estava prostrada, fria e rígida, em seu casaco de pele imundo.

— Merda. — O fogo era ridículo. Mal emitia calor suficiente para descongelar um camundongo. Ele precisava de uma chama maior.

A barraca era cheia de porcarias: uma panela de metal, um par de luvas, uma lata de milho. De repente, ele se lembrou de *A guerra do fogo*, o único filme que vira em um drive-in e uma de suas lembranças mais remotas. Os pais o haviam levado depois que Shipley nasceu e os dois dormiram no banco da frente com o bebê enquanto ele via o filme do banco de trás. Era sobre homens das cavernas procurando brasas em antigas fogueiras porque tinham perdido suas brasas originais e não sabiam fazer fogo. O homem não pode existir sem o fogo. A evolução do homem pode ser rastreada até essa busca. Na semiescuridão do iurte, ele tropeçou na *Dianética* de L. Ron Hubbard. Seria a morte para ele ter de queimá-lo, mas era um livro bem grosso. Depois que as chamas pegassem, seriam imensas.

Ele abriu o livro e arrancou algumas páginas, amassando-as em bolas firmes e jogando-as no fundo da panela antes de atirar todo o livro dentro. Depois, desligou o fogão e desconectou o pequeno tanque de querosene para molhar o livro com o combustível. Colocando a panela sobre o fogão, ele acendeu um fósforo, jogou-o ali dentro e *puf*: o livro irrompeu em chamas. Ele se balançou para trás nos calcanhares, satisfeito com seu trabalho. Até o cheiro era bom.

Uma por uma, as sábias palavras de L. Ron Hubbard, como "sobrevivência", "engramas", "auditar", "purificar", eram queimadas e se desintegravam à medida que o fogo aumentava. Patrick colocou a panela perto do ombro da menina. A menina dormia, só que não parecia estar dormindo. Parecia uma afogada que tinha sido retirada do canal Gowanus, como em *Law & Order*, um programa de TV que ele via na parada de caminhões em Lewiston, aonde ia de tempos em tempos. O gatinho soltou um miado sofrido e meteu a pata na mão flácida da menina. Parecia ter menos medo dela do que dele. Patrick pôs a mão no chão e estendeu a outra sobre o corpo para afagar o gatinho.

— Vá, entre no casaco dela ou algo assim — disse ele. — Trate de aquecê-la.

O gatinho contornou a cabeça da menina e se deitou em seu cabelo, piscando os olhos para a luz do fogo. Patrick se sentou sobre os calcanhares. A mão que estava no chão parecia pegajosa. Ele examinou a palma na luz que bruxuleava. Estava suja de uma coisa vermelho-escura. Sangue.

— Merda!

A menina não se mexia desde que ele a arrastara para dentro. Ele cutucou seu casaco. Qual era a origem do sangue? Será que ela tinha despelado um animal e vestido-o como casaco? Não, o casaco tinha botões. Ele os desabotoou e o abriu. Só as alças do vestido de verão ainda estavam brancas; o resto estava coberto de sangue. Ela morria de hemorragia.

Ele abotoou novamente o casaco, tirou o gatinho do cabelo dela e o enfiou no bolso. Depois, meteu as mãos por baixo das costas e das coxas da menina e tentou erguê-la.

Ela era maior que ele; era alta. O cabelo preto e os pés grandes arrastavam-se no chão enquanto ele cambaleava por trás dos alojamentos, andando pela margem do campus da Dexter até o estacionamento na frente do Coke. O sol agora brilhava mais, porém, ainda era cedo e o campus estava silencioso. Tropeçando, ele deixou a menina cair na neve funda e fofa e abriu a porta traseira da Mercedes. A cabeça dela bateu na porta ao entrar, mas ela nem se encolheu.

O motor deu a partida.

— Ande — grunhiu enquanto as rodas giravam na neve funda. Ele voltou à estrada e pisou no acelerador, indo para o hospital nos arredores da cidade. Atrás dos alojamentos, o fogo brilhava dentro do iurte, soltando fumaça feito um vulcão.

Sea Bass era o único com tração nas quatro rodas e pneus para neve.

— É de se pensar que, vindo para a faculdade no Maine, as pessoas tivessem mais senso — zombou ele. Nick, Eliza e Geoff se espremiam no banco traseiro de seu 4Runner. Todos os outros ainda estavam na casa de Adam, tentando desenterrar os carros com as duas pás que tinham achado no celeiro.

— Eu tinha correntes — anunciou Damascus em tom defensivo, no banco do carona. — No meu carro, em casa.

— Não se trata dos pneus — Geoff falou, as mãos ossudas cruzadas placidamente no colo enquanto ele olhava pela janela. Ao invés de abatido por ter ficado a noite toda acordado cheirando um frasco inteiro de éter, Geoff estava louco para calçar os Nikes e sair para correr. — É como os calçados de corrida. O que importa é a distribuição do peso.

Eliza segurava a mão vermelha e marcada de Nick. Eles haviam dormido um por cima do outro no celeiro. Agora todo o corpo de Nick estava coberto por uma urticária feroz e seus olhos estavam quase fechados, de tão inchados.

— Acho que preciso ir para o Centro de Saúde — queixou-se ele. — Tomar uma cortisona.

— Acho que preciso dormir numa cama — murmurou Eliza. Ela se virou para olhar o perfil de Nick. Esperava que, depois da noite passada, ele parecesse mais velho, mais másculo. Mas sua barba era só uma penugem; nem valia a pena se barbear. — Desculpem por ser estraga-prazeres, mas amanhã temos provas — lembrou ela a todos.

— Merda — gemeu Sea Bass. — Estou fodido.

Nick enxugou o nariz no punho da camisa.

— De repente eu consigo que a enfermeira me dê um atestado. — Ele olhou a outra mão, envolvida pela de Eliza. Não esperava que ela fosse do tipo que ficava de mãos dadas, e sim mais do tipo chicotes e coleiras, mas ela era quase afetuosa. Ele a imaginou apresentando-o a um de seus amigos, na cidade dela: "Este é o meu namorado, Nick." Ele achou que seria legal.

— Ei — cochichou ele no ouvido dela. — Acha que posso passar o Natal na sua casa? — Afinal, não tinha mais para onde ir.

— Mas é claro — respondeu Eliza, também cochilando. Ela pegou o rosto inchado e boboca dele e lhe deu um beijo. Era o que ela sempre ansiara, alguém que quisesse ficar com ela, que fosse dela. — Melhor não levar seu narguilé, então.

Ela imaginou Nick fumando bem no meio da sala enquanto os pais trabalhavam em seu escritório de imobiliária sobre a garagem. *Está queimando incenso, princesa?*, perguntariam eles com o ânimo distraído de sempre.

— Eu estava pensando em parar, mesmo — disse Nick. Algo relacionado à neve e a passar a maior parte da noite em um celeiro empoeirado sem ficar chapado o deixara pronto para o desafio. Ou talvez fosse Eliza que lhe desse vontade de encarar essa.

O 4Runner subia a colina para o campus. A Dexter parecia tentar ao máximo ficar linda, para que os alunos se lembrassem de voltar depois do Natal. Raios dourados do sol da manhã brilhavam gloriosamente sobre os agradáveis prédios de tijolinhos envoltos em quase meio metro de neve branca e fresca. Um boneco de neve gigante com um boné da Dexter estava alegremente no meio do pátio.

Sea Bass baixou a janela.

— Beleza! — gritou ele para duas meninas em esquis cross-country. As meninas viraram a cabeça e lhe deram um aceno animado. O dia pedia por isso.

— Puta merda! — exclamou Damascus, apontando. — O que é tá acontecendo?

Uma fumaça preta subia do telhado do Root. O alojamento parecia estar em chamas.

— Não é no alojamento. — Geoff semicerrou os olhos em sua janela. — É um incêndio na mata de trás.

Sea Bass ligou o pisca-alerta e parou na entrada que levava ao estacionamento temporário do outro lado do pátio, atrás do Root. Pouco depois do estacionamento, perto do bosque, havia uma fogueira gigante. As chamas tinham seis metros de altura e eram laranja-escuras. Faíscas voavam no ar como estalinhos. A neve em volta do fogo já derretera.

— É o iurte — disse Nick, quase satisfeito consigo mesmo. Bem feito para aquele babaca que morava ali sem sua permissão. — O iurte está pegando fogo.

— Ah, não — ofegou Eliza. A porra toda estava em chamas. Ela apertou a mão dele, protetora. — Que merda.

— Que merda *do caralho!* — exclamou Sea Bass.

— Está *desabando* por causa do incêndio — disse Damascus, declarando o óbvio.

Todos ficaram em silêncio por um momento, hipnotizados pelas chamas. Depois, Geoff abriu a porta.

— Ei, vamos lá, gente — disse ele com um entusiasmo pouco característico. — Vamos dar uma olhada.

Eles andaram com dificuldade pela neve. O fogo era magnífico. E as autoridades ainda não tinham percebido. Vacilando um pouco pelo choque e a privação de sono, Nick levantou a mão para proteger os olhos doídos da fumaça. Pouco além do incêndio, erguia-se o topo da capela, sua luz ardendo viva, azul e confiável como sempre.

Patrick parou o carro na frente da emergência do hospital. Ele acendeu as luzes de alerta e olhou para o banco traseiro. A menina estava desfalecida numa pilha de peles sangrentas sobre o couro bege e luxuoso, o cabelo preto se espalhando no chão e os joelhos dobrados numa posição fetal para acomodar as pernas compridas.

Ele saiu do carro, perguntando-se se deveria notificar alguém dentro do hospital ou só carregá-la. Nos filmes, eles carregavam os feridos para dentro.

Havia alguns idosos na sala de espera, dormindo.

— Ela está sangrando — disse Patrick à mulher da recepção. — Pode até já estar morta — acrescentou, embora tivesse visto as narinas da garota inflando e a testa franzindo quando ele a arrastou para fora do carro.

A recepcionista se levantou e olhou a menina em seus braços. Pegou o telefone.

— Tenho uma hemorragia. Possível caso perdido. Preciso da maca! — berrou ela e bateu o fone no gancho. Empurrou uma prancheta pelo balcão.

— Vai precisar assinar isto.

Patrick ficou parado ali, respirando com dificuldade. A garota estava pesada com o casaco de peles.

— O que eu faço? — disse ele. — Coloco-a no chão?

A recepcionista pegou a prancheta de volta.

— É sua mulher?

Patrick a encarou por um momento.

— Não. Eu nem a conheço... — Ele parou e recomeçou. — É minha amiga.

— Nome? Data de nascimento?

— D-de quem, meu? — gaguejou ele.

— Não, dela. Qual é o nome dela? — perguntou a recepcionista com impaciência. — Quando ela nasceu?

— Não sei — admitiu Patrick. — Ela é nova.

A recepcionista pegou o telefone de novo.

— Onde diabos está a maca? — Ela bateu o fone novamente. — Podem se sentar ali até que eles cheguem — disse ela a Patrick.

Ele cambaleou para a cadeira mais próxima e se sentou com a garota atravessada no colo. O rosto dela estava roxo e ela tinha um cheiro estranho. Estava péssima. Passava o noticiário matinal do fim de semana na pequena televisão no canto perto do teto. Pouco antes do comercial, a câmera mostrou a grande árvore de Natal no Rockefeller Center. O pai costumava levá-lo para ver essa árvore; só os dois. Todo feriado de Natal, desde que ele tinha 8 anos até partir para a Dexter, eles pegavam o trem, iam a Brooks Brothers comprar calça e casaco novos para ele e depois visitavam a árvore. Só olhavam, sem falar nada. Às vezes, tomavam chocolate quente. Depois, o pai dizia: "É melhor levar você para casa." Eles iam a pé até a Grand Central, ele pegava o trem e voltava sozinho para Greenwich.

Chegou a maca, empurrada por dois residentes.

— Paciente mulher, nome e idade desconhecidos! Trauma! — gritou a recepcionista para eles.

Os residentes ajudaram Patrick a levantar a garota e colocá-la na maca, sujando os lençóis brancos com sangue.

— É aquela menina da turma da minha irmã — um deles observou enquanto a levavam.

— Devo voltar depois? — perguntou Patrick à recepcionista. — Para ver se ela está bem?

A recepcionista nem levantou a cabeça.

— Isso não é comigo.

As portas de vidro se abriram e entraram dois policiais corpulentos usando parcas azul-escuras da polícia e armas nos coldres. Estavam acompanhados pelo velho ex-policial que cuidava da segurança da Dexter.

— É o seu carro estacionado ali? — perguntou o cara da Segurança da Dexter. — Ele pronunciou "ali" como "alia".

Patrick assentiu.

— É.

— Você não é aluno da faculdade, é? — perguntou o cara.

Patrick balançou a cabeça.

— Não mais.

— Ele acabou de trazer uma menina — disse a recepcionista. — Ela não estava nada bem.

Os policiais se aproximaram dele pelos dois lados e seguraram seus braços.

— Aquele carro é roubado — disse um deles. — É melhor vir conosco.

21

Os alojamentos estavam animados de novo. Todos tinham voltado da festa, ou de onde tinham passado a noite: o alojamento da namorada, esquiando em Sugarloaf, a casa de um amigo em Boston. Não foi um retorno ruidoso, não com as provas começando no dia seguinte. Aquela pílula amarga teria de ser engolida, mastigada ou pulverizada e cheirada, sem onda nem pico como recompensa; só um caderno azul e duas horas de um tédio mortal. Era aconselhável estudar e agora era a última chance de fazer isso.

Shipley acordou sobressaltada. O cabelo estava grudado no rosto e ela precisava de um banho. Alguém batia na porta. Ao lado dela, Adam bocejou e se sentou também.

— Oi — disse ele, sorrindo.

A batida recomeçou.

— Segurança — explicou quem batia com um grito. — Encontramos o seu carro.

— Só um minuto! — Shipley se enrolou no edredom e se aproximou da porta. Três meses antes, ela chegara à Dexter virgem. Agora, ali estava ela, abrindo uma fresta da porta e falando com o segurança do campus usando só com um edredom em volta do corpo enquanto um cara pelado estava esparramado em sua cama. Ela abriu a porta e sorriu com simpatia, como se não fosse grande coisa.

— Srta. Gilbert? — O segurança não pareceu perceber que ela estava sem roupa nenhuma. Ele nem pareceu perceber Adam. Provavelmente via isso todo dia.

Shipley assentiu e ele lhe entregou a carteira.

— O carro está estacionado na vaga do outro lado da rua. É melhor ir à delegacia quando puder. O cara que roubou seu carro está preso. Alega que é seu...

— Eu sei quem ele é — disse Shipley rispidamente. — Ele não deixou um bilhete, deixou?

O segurança franziu a testa.

— Não que eu saiba.

Atrás dela, Adam limpou a garganta. A cueca vermelha estava como um balão murcho no piso de linóleo.

Shipley estendeu a mão.

— Posso ficar com a chave, por favor?

O homem lhe entregou a chave.

— Está acontecendo muita coisa esta manhã — disse ele ao se virar. — Vocês andaram ocupados ontem à noite.

Nesse momento, Eliza surgiu estabanada no corredor, com a franja embaraçada e pedaços de feno presos no casaco. O segurança deu um passo para o lado e a deixou passar.

Shipley fechou a porta na cara de Eliza e atirou a cueca de Adam para ele. Ele se atrapalhou ao vesti-la enquanto ela colocava o roupão.

— Ei! — explodiu Eliza um segundo depois. — Por que fez isso, porra? — Ela avaliou a cena. O jeans de Shipley estava embolado embaixo da cama. Sua calcinha passada a ferro estava onde tinha ido parar, no meio do quarto. — Beleza, piranhuda, você age rápido! — Ela tirou os tênis e colocou os pés num par de galochas vermelhas. — Ei, precisam sair e ver uma coisa. O iurte de Nick está pegando fogo. Andem logo, vistam-se. Eu juro, é demais!

Ela esperou do lado de fora enquanto Shipley e Adam vestiam as roupas da véspera.

— Não acredito que ainda nem tomei banho... — disse Shipley.

Foi a única coisa que eles disseram. Adam estava sem graça. Uma coisa era ficar sozinho com Shipley, mas, de repente, tinha coisa demais acontecendo: segurança do campus, carros roubados, colegas de quarto, incêndios. Era meio esmagador. E havia o fato de que ele deixara a irmã de 15 anos sozinha na festa. Precisava voltar.

Do lado de fora, o ar estava limpo e sujo ao mesmo tempo. A neve era magnífica. Estava em toda parte. Mas o céu parecia cheio de fuligem. No início, Shipley teve a impressão de que o telhado do Root pegava fogo. Tom estava lá, pensou ela, sentindo-se culpada. Mas, à medida que se aproximava, viu que o fogo estava mais atrás, depois do alojamento.

O iurte era um cone de fogo erguendo-se 10 metros no ar. Sea Bass, Damascus, Geoff, os três Grannies e um monte de outros alunos alimentavam as chamas com gravetos e jornal, tentando fazer com que durasse o máximo possível, qualquer coisa para procrastinar.

Adam manteve as mãos nos bolsos enquanto eles se aproximavam. Isso era mesmo uma novidade. Isso era emoção. Mas ele precisava voltar para casa.

— Nick! — gritou Shipley quando o viu olhando o fogo com o gorro puxado para trás, os olhos vermelhos de fumaça e alergias. — Eu sinto muito! — Estava condoída. — Todo o seu trabalho...

Eliza passou o braço pela cintura de Nick.

— Ele não liga. — Ela levantou uma das abas do gorro e lambeu a orelha dele.

Nick tirou o gorro e o jogou no fogo.

— Isso! Graças a Deus! — gritou Eliza. Ela abriu o zíper de seu short por baixo do casaco comprido e o tirou.

— Não. Isso não. Eu adoro esse! — Nick resgatou o short antes que ela o atirasse nas chamas.

— Oun. — Eliza colocou as mãos em concha na cara assada de Nick e o beijou.

— Uau — observou Shipley. — Deve ter sido uma festa e tanto.

— Acho que talvez... — Nick se curvou e pegou o narguilé vermelho e gigante que estava a seus pés. — Talvez este seja o começo de uma nova era. — Ele atirou o narguilé no fogo e o cachimbo explodiu com um estalo dramático.

Grover atirou a bandana vermelha no fogo. Depois, Liam tirou a camisa de batique e a jogou também. Em seguida, foi a saia de Wills. De repente, todo mundo estava tirando a roupa e jogando no fogo.

— Muito bem, muito bem — gritou o sr. Booth, reitor da Dexter, em um megafone da escadaria da capela. — O corpo de bombeiros está a postos, mas quero que vocês se divirtam primeiro, crianças. Sei que a época é estressante, com as provas de amanhã. Vocês têm meia hora para enlouquecer com essa sua fogueira; depois, quero todos na biblioteca, estudando.

Se ele não tinha conquistado os alunos antes, conquistou agora de uma vez por todas.

— E não se esqueçam do café. O Starbucks vai ficar aberto 24 horas na semana que vem. O primeiro café do dia é por minha conta. Basta que mostrem sua identidade.

— *É isso aí, Boothy!!*

Adam limpou a garganta.

— Ei, você vai ficar bem? — perguntou ele a Shipley. — Quero dizer, você se importa se eu voltar para casa? Eu meio que tenho que limpar e arrumar tudo, antes que meus pais voltem.

Shipley assentiu, corando. Ela se perguntou se Tom estava olhando da janela.

— Está bem. Tudo bem. Vá para casa e eu te ligo depois, tá legal? Quero dizer, tenho duas provas amanhã, então vai ficar meio apertado, mas vamos pensar em alguma coisa. — Ela nem acreditava que estava tão despreocupada e distraída. — Tudo bem?

Adam estava apressado demais para perceber. Tinha de desatolar o carro.

— Tudo bem. Então, tchau — disse ele, e se afastou com as mãos ainda nos bolsos.

O fogo queimava com entusiasmo. Os alunos saltitavam em volta dele em vários estados de nudez.

— *Fire, fire on the mountain!* — cantava Wills num falsete alto, fazendo todo mundo rir.

A casa parecia exatamente como Adam abandonara, a não ser pelas marcas de pneus que os convidados haviam deixado no gramado coberto de neve. A escada da varanda estava escorregadia e ele xingou Tragedy por não limpá-las com a pá e cobri-las de sal, como os pais ensinaram a fazer quando tinham uns 6 anos.

— Oi, cheguei! — chamou ele ao entrar na cozinha, ansioso para contar à irmã tudo sobre a noite anterior. A caminho de casa, ele imaginou que ficaria em silêncio e triunfante no jantar daquela noite, enquanto a mãe e a irmã o censuravam por estar apaixonado. Imaginou trazer Shipley para casa e transar com ela em seu quarto enquanto os pais estavam no primeiro andar bebendo vinho e dançando *How Deep Is Your Love*. Ele imaginou a irmã e Shipley ficando amigas e trocando roupas, bandanas e bijuterias, ou o que fosse que as meninas faziam com as amigas. Mas Tragedy não respondeu. Ele correu para o segundo andar.

— Alguém em casa? Tragedy, você está aí? — chamou, andando rapidamente pelo corredor até o quarto dela. Como sempre, a cama estava arrumada, com cantos perfeitos como os de um leito de hospital. O chão imaculado. Uma pilha organizada de livros para gente bem mais velha estava na mesa. Latim avançado. Cálculo II. *Cem anos de solidão. Suave é a noite. Teoria do Caos. Greece*, de Fodor. *Brazil*, de Michelin. Sua coleção de Cubos Mágicos enfeitava a escrivaninha. Uma das janelas tinha ficado escancarada e a neve se acumulava no peitoril. Estava congelando ali. Ele puxou o trinco da janela, espanando a neve para o chão. De onde estava, havia uma visão clara da entrada de carros e do gramado. A não ser pelo caminho que ele percorrera da entrada até a varanda e as dezenas de marcas de pneus que davam voltas pelo quintal, os 45 centímetros de neve recente estavam imaculados e intocados. Nenhuma pegada nova levava da casa ao celeiro, onde Tragedy devia ter ido de manhã para dar feno às ovelhas. Na realidade, as ovelhas estavam na neve perto da cerca, balindo como loucas. Ele tremeu violentamente e foi vestir um suéter em seu quarto.

Tudo no quarto também estava como ele havia deixado: a cama feita às pressas com as roupas empurradas para baixo, a cadeira da mesa torta. Ele fez a volta e disparou escada abaixo. Quatro pares de olhos verdes de gato o fitavam de uma caixa de papelão forrada com uma toalha embaixo da mesa da cozinha. Storm, a gata cinza, levantou-se espreguiçando, depois saltou da caixa e trotou até a tigela vazia no chão ao lado do fogão a lenha. Miava, queixosa.

— Tá bem, tá bem — disse-lhe Adan, enquanto vasculhava os armários em busca de comida de gato. Onde a irmã estava?, perguntou-se, ficando cada vez mais irritado. Depois de alimentar a gata, ele colocou as botas de neve Sorel e foi ao celeiro para dar feno às ovelhas. A porta do celeiro estava aberta. Adam acendeu a luz. Os três barris estavam virados de lado como carcaças abandonadas. Copos de plástico espalhados pelo chão como ossos. Ele subiu a escada e atirou dois fardos de feno do palheiro para o chão e então os carregou para o pasto nevado. As ovelhas baliram ansiosas quando o viram, apertando-se na cerca e golpeando a cabeça nas laterais lanosas das vizinhas. Atacaram com fome o feno antes que ele tivesse cortado o cordão.

Ele as observou comer por um tempo, perguntando-se o que fazer. Como curtiria sua euforia por ter passado a noite com Shipley, seu primeiro amor verdadeiro, quando não havia ninguém ali para partilhar isso com ele? Será que Tragedy tinha ido para a casa de alguém? Será que só saíra para dar uma caminhada? Ou desta vez ela finalmente tinha conseguido fugir?

Voltando para casa, ele ligou para o número do tio Laurie e examinou o conteúdo da geladeira enquanto o telefone tocava. A não ser por um pedaço de torta de cordeiro que tinha sobrado e um presunto cru, a geladeira normalmente bem-abastecida estava estranhamente vazia. Não havia nenhuma uva. Faminto, ele olhou a bancada, procurando os recipientes conhecidos em que Tragedy guardava o resultado de seus esforços diários com o forno. Nada.

— Alô, Laurence falando — atendeu finalmente o tio Laurie. O irmão mais novo de Ellen era chefe do Departamento de História na escola pública de Lebanon, em New Hampshire. Tinha se formado na Columbia, com louvor.

— É o Adam. Só estou ligando para perguntar... para contar uma coisa a meus pais. — De repente, ele desejou não ter ligado. Se Tragedy realmente tinha fugido, não havia nada que eles pudessem fazer, a não ser esperar que ela voltasse para casa.

— Eles já foram, filho. Acabaram de sair — disse-lhe o tio Laurie. — E como você vai? Como está a faculdade?

Adam fechou a geladeira e olhou seu carro pela janela.

— A faculdade está bem. É ótima — disse com entusiasmo.

— Que bom. Seus pais disseram que você estava passando por maus bocados — disse tio Laurie. — Disseram que estava pensando em pedir transferência.

Adam tinha se esquecido completamente da transferência. Até tinha se reunido com a professora Rosen para discutir suas opções. O mais longe possível, dissera-lhe ele, e ela havia sugerido a faculdade irmã da Dexter, Universidade de East Anglia, na Inglaterra.

Mas, depois desta noite, tudo isso era irrelevante.

— Acho que agora está melhorando — disse ao tio. — Olhe, dei uma festa no celeiro na noite passada. É melhor limpar tudo antes que eles voltem, está bem?

— Parece uma boa ideia. — O tio Laurie riu. — Cuide-se. E dê um alô a sua irmã por mim. Verei vocês no Natal.

— Até o Natal — disse Adam, e desligou.

Precisou de um bom tempo para limpar o celeiro e colocar tudo no lugar. Alguém tinha vomitado no balde de esterco e em uma das velhas mantas dos cavalos. Ferraduras enferrujadas estavam espalhadas por todo lado, e faltava uma das pás. Quando terminou, Adam enfileirou os barris na porta do celeiro, prontos para o pai colocar na picape e devolver à loja de bebidas na cidade. Depois, arrastou os pesados sacos de lixo até a entrada de carros e voltou para casa para tirar a neve e colocar sal na escada da varanda. Entrando novamente, acendeu a lareira, abasteceu o fogão a lenha e andou de um cômodo a outro, casando sapatos e ajeitando revistas e folhas soltas de papel. Tinha acabado de se sentar com um pedaço requentado de torta de cordeiro quando o telefone tocou.

— Alô? — atendeu ele, com o garfo suspenso.

— Aqui é do Hospital Regional de Kennebec. É o sr. Gatz? — disse a pessoa do outro lado da linha.

Adam baixou o garfo.

— Não. Quero dizer, sim. Qual é o problema? Tem alguma coisa errada?

— Recebemos uma Tragedy Gatz. Na unidade de tratamento intensivo. Imagino que seja sua...

— Irmã — respondeu Adam como um robô. Pela janela, via a picape dos pais entrando na propriedade, com Ellen ao volante. Ele podia ver os rostos inocentes atrás do grosso vidro do para-brisa e desejou que eles continuassem dirigindo, passassem da casa, de Home, e fossem a um lugar com clima e notícias melhores. — Chegaremos logo — disse antes de desligar.

Adam se levantou e vestiu o casaco. A torta de cordeiro ficou intocada no prato. Os pais estavam abrindo a porta da pickup quando ele saiu para a varanda.

— Caramba, Adam! — gritou Eli. — Ninguém se preocupou em colocar as malditas ovelhas para dentro ontem à noite?

Ellen continuava num silêncio pouco característico, a boca rígida e o rosto pálido. Parecia sentir que havia algo errado.

— Chegue pra lá, mãe, eu dirijo — disse Adam, gesticulando para que ficassem no carro.

Ellen deu espaço para ele assumir a direção.

— É Tragedy — explicou ele ao fechar a porta e dar a partida no carro. — Ela levou um tiro.

22

Não fazia tanto tempo desde que Nick precisava esperar do lado de fora do quarto que dividia com Tom enquanto Shipley e Tom namoravam, esgueirando-se para sua cama depois que eles dormiam e saindo antes que acordassem. Não fazia tanto tempo que Eliza tinha de sofrer durante todo o almoço no refeitório, fingindo estar distraída, comendo seu sanduíche de geleia com pasta de amendoin, enquanto Shipley e Tom se tocavam por baixo da mesa. Não fazia tanto tempo que Eliza pensara em entrar para a equipe de lenhadores e virar lésbica, não necessariamente nessa ordem, ou que Nick pensara em se matricular em sessões de "saúde mental" com a enfermeira para falar de sua raiva reprimida da mãe e do colega de quarto. E não fazia tanto tempo que Tom e Shipley formavam um daqueles casais da Dexter que todos achavam que se casaria logo depois da formatura.

Não fazia tanto tempo... só alguns dias.

Agora o jogo tinha virado. Era Shipley quem se sentava sozinha à mesa, fingindo estudar, enquanto Eliza passava creme de cortisona no corpo praticamente nu de Nick por baixo de uma coberta de algodão fina.

— Você depila as pernas? — ela ouviu Eliza cochichar.

— Não — protestou Nick.

— Mas é tão sem pelo... — insistiu Eliza. — Tem certeza? Nick bufou e esperneou.

— Quer examinar minhas pernas com mais atenção?

Eliza desapareceu por baixo da coberta. Shipley aumentou o volume do Tchaikovsky e releu a mesma passagem de Byron pela terceira vez.

— Ei! — gritou Nick. — Pare com isso!

Shipley arrastou a cadeira para trás e tirou os fones dos ouvidos.

— Vejo vocês depois — disse ela, embora nenhum dos dois estivesse ouvindo. No corredor, ela pegou o telefone e discou o número dos Gatz.

— Deixe um recado ou seja um ninguém! — entoou a voz de Tragedy, alta e animada, na secretária eletrônica.

— Aqui é Shipley Gilbert, eu queria falar com Adam — disse Shipley. — Sem recados — acrescentou ela feito uma idiota antes de desligar.

Ela ficou no corredor deserto por um tempo, tentando decidir o que fazer. Ainda não vira Tom — ninguém o vira —, mas desconfiava de que ele ainda estivesse dormindo. Uma boa namorada teria lhe levado um copo gratuito de café do Starbucks e um prato de torradas do refeitório. Uma boa namorada teria passado o dia com ele escrevendo resumos e testando seus conhecimentos de economia para ele não reprovar na prova. Mas ela já provara que não era uma namorada tão boa assim.

O sol do meio-dia estava alto e forte. Pela janela do corredor, Shipley via a Mercedes preta, bem estacionada pela

Segurança da Dexter em uma vaga perto da rua. O que havia na mala agora? Donuts? Croissants? Bolos com glacê?

Quatro meses antes, ela teria ligado para casa para contar sobre Patrick, mas não era a mesma pessoa que fora há quatro meses. Ela não era tão virtuosa, nem tão leal ou discreta. Não era a menina boazinha que o irmão mais velho ignorava ou com quem implicava. Ela não sabia quem era ou no que estava se transformando, mas era possível que ver Patrick na cadeia a ajudasse a entender. Byron que se danasse. Ela havia aprendido o suficiente sobre romantismo no curso do semestre para se dar bem na prova.

A cadeia era um anexo de concreto à delegacia, um prédio retangular e baixo com uma rampa para cadeirantes que levava à entrada. Um fluxo constante de moradores subia e descia a rampa, e entrava e saía pela porta como se ali fosse uma agência dos correios. Que motivos as pessoas teriam para ir a uma delegacia, perguntou-se Shipley, a não ser que estivessem visitando um preso?

— Multas de estacionamento à sua direita — disse a mulher uniformizada na recepção.

— Não, não é isso — balbuciou Shipley. — Vim ver alguém. Na prisão.

— Preciso de seu nome, relação com o detido e de sua identidade, por favor — disse a mulher.

Depois de esperar alguns minutos, um policial a levou pela delegacia até a cadeia. Não havia grades. O único sinal de segurança era que, depois de passar pela porta da cadeia, o policial a trancava.

— Você tem uma visita — disse o policial, batendo em outra porta num corredor estreito antes de abri-la com uma chave. — Vai ficar bem com ele? — perguntou a Shipley.

Agora Shipley desejava não ter ido. Seria bom se mais alguém estivesse ali para fazer as apresentações e cuidar da maior parte da conversa. Mas ela estava sozinha.

— Acho que sim — respondeu ao policial, com relutância. — Mas pode deixar a porta aberta? — A ideia de ficar presa ali dentro com Patrick era apavorante. O que eles diriam um ao outro?

— Sem problemas — disse o policial, abrindo completamente a porta. — É procedimento padrão. — Ele se afastou e puxou uma cadeira dobrável no corredor. — Se precisar de mim, estarei bem aqui.

Patrick estava sentado na cama, segurando um livro, o cabelo e a barba louros longos e desgrenhados. Usava o suéter de lã que ela lhe comprara na Darien Sports Shop, calça de moletom marrom da Dexter e botas de trabalho sem cadarços. Seu eterno casaco tinha sido retirado.

— Oi — disse Shipley. — Bonito suéter.

Patrick olhou o suéter e depois a irmã.

— Obrigado.

— Bonita calça de moletom também... Dá para pensar que você ainda é aluno.

A arrogância de Shipley o enervou.

— Você vai me tirar daqui?

Ela apoiou as costas na parede. O único lugar para se sentar era a cama, e Patrick já estava nela.

— Depende — disse ela, embora não tivesse certeza do que dependia. Ela não conseguia se lembrar da última vez em que ela e Patrick tinham se falado cara a cara. — Sabia que a mamãe e o papai se separaram? Sabia que papai tem uma casa no Havaí? Ele vai me levar lá, depois das provas. Ah, e aquela barraca grande no campus pegou fogo. O iurte. Loucura... — Ela pôs as mãos nos quadris. — O que andou fazendo esse tempo todo, aliás? Onde esteve?

Patrick deu de ombros.

— Por aí.

Ele não ficou surpreso pelos pais. Sempre brigavam muito. E não ficou surpreso com a barraca também. Ele tinha feito uma boa fogueira.

— Então, você vai me tirar daqui? — repetiu ele. Precisava ver como aquela garota estava se saindo. Não se importava realmente; só precisava saber.

Shipley olhou o aposento. Agora que estava ali havia alguns minutos, parecia mais com uma cela. Não tinha janela, e nada a não ser uma cama, uma privada e uma pia.

— O que está lendo? — perguntou ela.

Patrick virou o livro nas mãos.

— É a Bíblia — disse ele. — Estava lendo outra coisa, mas estragou. E, sabe como é, a Bíblia não é tão ruim.

Shipley esperou que ele começasse uma espécie de sermão religioso hipócrita. Patrick era famoso por se apegar a certas crenças, como o paganismo ou o misticismo, tornando-se muito devoto e intolerante com qualquer um que não partilhasse da mesma fé, até que descobria algo novo em que acreditar. E sempre havia um livro. Mas a Bíblia era quase óbvia demais. Com o cabelo comprido e a barba desgrenhada, ele já estara muito parecido com Jesus.

— Talvez eu leia um dia desses — disse ela, embora não tivesse a intenção de fazer isso. Tinham ficado com sua bolsa na recepção; caso contrário, ela teria acendido um cigarro.

— E o que vai fazer quando sair daqui? — perguntou. — Quero dizer, não pode continuar roubando o meu carro.

Patrick balançou a cabeça.

— Eu não roubava. Pegava emprestado. Além disso, o carro também é meu.

Shipley revirou os olhos. Queria muito ter um cigarro.

— Preciso ver alguém — disse-lhe Patrick. — Pode me tirar daqui, por favor, para que eu faça isso?

Shipley nunca o ouvira falar dessa maneira, como se realmente se importasse com alguma coisa.

— Tudo bem — disse ela. — Sabia que tenho provas amanhã? — Ela colocou a cabeça para fora da porta e acenou para o policial. — O que preciso fazer para tirá-lo daqui?

Como Shipley não registrara a queixa e não havia provas de que Patrick tivesse feito mais alguma coisa ilegal, só o que precisava fazer era tirar dinheiro de seu cartão de crédito e pagar a fiança.

— Obrigada, mamãe — disse ela ao assinar o recibo.

O mesmo policial levou Patrick para a recepção e o entregou a Shipley, como um presente indesejado. Novamente ela pensou em ligar para os pais, entretanto era mais interessante não fazer isso. Eles teriam bastante dos dois no Natal.

— Tudo bem, e quem é a pessoa que precisa ver tão desesperadamente? — perguntou ela depois que saíram.

Seria útil se Patrick soubesse o nome dela.

— Só parentes — disse-lhes a recepcionista do hospital.

— Mas eu a trouxe para cá — protestou Patrick. — Ela estava de casaco de pele e sangrava. Quer dizer que ela está viva?

Shipley se perguntou se talvez devesse ligar para o pai, afinal.

A recepcionista semicerrou os olhos para uma folha de papel na mesa.

— Qual é o seu nome mesmo?

— Patrick.

Ela semicerrou os olhos para o papel de novo.

— Alguma chance de você ser Pink Patrick?

Shipley foi até uma cadeira.

— Vou esperar aqui enquanto você faz sua visita. — Ela se sentou e pegou a edição de novembro da revista *Time*, com Bill Clinton na capa.

— Ela está esperando por você — disse a recepcionista a Patrick. — No segundo andar. Tragedy Gatz. Quarto 209. Acaba de sair da cirurgia.

Shipley largou a revista no chão. Patrick já ia para o elevador.

— Espere! — chamou ela, correndo até ele. — Espere por mim!

A recepcionista fechou a cara para ela, mas o elevador chegou e não havia nada que pudesse fazer. O coração de Shipley batia alto e acelerado. *Fortíssimo*.

A porta do quarto estava aberta. Adam e mais duas pessoas, que deviam ser os pais, estavam de pé à cabeceira do leito onde a irmã de Adam se encontrava deitada, com o rosto inchado e curativos nas mãos. Um tubo intravenoso estava preso ao braço dela.

— Vieram aqui para o transplante de bunda? — brincou Tragedy com a voz rouca quando os viu. — Chegaram ao quarto certo.

O cara que chegou com Shipley piscou os olhos azuis e frios. Parecia familiar a Adam, mas ele não conseguia se lembrar quem seria.

Patrick não contava com uma plateia. E, agora que sabia que a menina estava viva, nem tinha certeza de que queria vê-la.

— Posso voltar em outra hora — disse ele, apertando o gatinho no bolso. Incrivelmente, ele tinha dormido, enroscado no fundo do bolso da parca, pelo tempo em que ele estivera preso.

A cor voltou ao rosto de Ellie.

— Você deve ser o famoso Pink Patrick! — exclamou ela. — Nosso herói! — Ela ergueu as sobrancelhas para Shipley. — E você, quem é?

Adam limpou a garganta.

— Mãe, esta é Shipley. A menina de quem te falei.

Ellen franziu os lábios, deixando claro que não ficara muito entusiasmada com o que quer que tivesse ouvido.

— Vamos deixar Pinkie e Trag sozinhos um pouco — disse ela, conduzindo os demais para fora do quarto. — Esse rapaz salvou a vida dela.

Shipley os seguiu para o corredor e fechou a porta ao passar, ainda tentando se acostumar com a ideia de que Patrick era um herói.

— Nem acreditaria na manhã que eu tive — disse ela a Adam.

— Ela levou um tiro de um caçador — disse Adam. — Saiu para andar ontem à noite com o casaco de pele da mamãe e se perdeu na neve. Então, um caçador a baleou.

— E, se ela morresse, eu teria de matar você também — declarou Eli. — Os dois.

— O tempo estava tão ruim que o cara nem devia saber que atingiu alguma coisa — continuou Adam, ignorando o pai. — De qualquer modo, foi um acidente.

— Mas ela está bem — insistiu Shipley, procurando a ajuda de Adam. Os pais não eram lá muito simpáticos.

Adam franziu o cenho.

— Depende da sua definição de bem.

— Eu sinto muito — disse ela.

— Para sua informação, Adam está de castigo — Ellen se intrometeu. — Até que tenha 45 anos. Mas não acho que vá fazer alguma diferença.

Shipley riu. Depois parou. Ninguém mais ria.

Adam queria tocar nela, beijá-la, dizer-lhe que estava tudo bem, mas já se resolvera por uma coisa que não tinha nada a ver com tocar em Shipley, beijá-la ou conversar com ela de novo.

Ellen e Eli foram até a cafeteira e se serviram de café com creme em copos de isopor.

Shipley se encostou na parede e fechou os olhos. Precisava de um cochilo.

— Meu irmão sempre foi tão atrapalhado... — disse ela a ninguém em particular.

Patrick criara ódio de hospitais quando era criança. Sofrera de infecções crônicas no ouvido e de gotejamento pós-nasal, e, ao fazer 6 anos, o pediatra determinou a remoção de suas amídalas e adenoides.

Os pais haviam mentido para ele. "Vai dormir o tempo todo e, quando acordar, vai tomar sorvete", disseram. Mas, quando ele acordou, sua cabeça parecia um polvo cujas oito pernas tinham sido devoradas por um tubarão. Ele não queria sorvete nenhum e se recusava a falar com os pais. Foi mais ou menos nessa época que ele parou de tirar o casaco.

Shipley era só um bebê então, otimista e boba. Ficava sentada no chão, fazendo sujeira com o sorvete dele, enquanto ele via episódios seguidos de *Além da imaginação*. Ele pensou que o reencontro com ela hoje seria uma espécie de virada, que ele se tornaria algo mais do que apenas o tema incompleto de um poema curto. Mas agora via que teria sido fácil demais. As viradas não aconteciam com facilidade.

O quarto estava cheio de máquinas que apitavam. Havia flores na mesa de cabeceira e a TV era afixada à parede. Não era nada parecido com uma prisão, embora o cheiro fosse mais ou menos o mesmo.

— Eu te trouxe uma coisa. — Patrick pegou o gatinho no bolso e o colocou na cama. O gato foi até o peito de Tragedy e se deitou.

Ela afagou seu pelo macio com as mãos enfaixadas.

— Então, ainda estou aqui graças a você. — Ela olhou para Patrick e depois estremeceu. — Mas não me sinto muito bem. Não se ofenda se eu apagar.

Patrick assentiu.

— Eu estava preso — disse ele, tentando explicar por que não viera antes. — Não por sua causa. Por outra coisa.

Tragedy fechou os olhos.

— Tudo bem.

No corredor, Adam deu um passo na direção de Shipley e parou.

— Olhe — disse ele em voz baixa —, tenho duas provas amanhã e duas na quarta, e então acabou para mim. — Seu olhar encontrou o dela. — Vou pedir transferência.

— O quê? — Shipley respirou fundo. Em sua mente, ela já criara duas hipóteses distintas. Na primeira, Tom desafiava Adam a um duelo cruel, com espadas, e Tom vencia. Na segunda, ela envenenava Tom com arsênico, depois ela e Adam fugiam juntos para o Havaí. — Transferência para onde?

— East Anglia. Na Inglaterra. A Dexter tem uma espécie de intercâmbio com eles, então posso transferir minha matrícula. Eu não queria ir, mas agora acho que é melhor assim. Meus pais estão muito chateados comigo.

— É melhor assim — repetiu Shipley. Ela se virou para olhar os pais de Adam, abraçando-se perto da cafeteira. Queria conhecê-los e fazer amizade com eles, mas eles não queriam conhecê-la. Alguém tinha de levar a culpa pelo que acontecera e ela era esse alguém. Ela era um perigo.

Adam tocou o braço de Shipley e ela se virou. Antes que ele pudesse dizer alguma coisa, Shipley segurou sua cabeça e pressionou a boca contra a dele. Adam pretendia lhe dar um abraço rápido e carinhoso de despedida, mas algo em resgatar o irmão da cadeia e visitar uma menina semimorta no hospital dera a Shipley um gosto pelo drama. Não foi como o beijo na porta da geladeira da professora Rosen, mas chegou perto.

— Adam? — interrompeu Ellen por trás deles. — Vamos para casa daqui a pouquinho. Assim que o amigo de Trag for embora. Vamos preparar um almoço para ele e pegar umas coisas para sua irmã. Você vem?

Adam sorriu, ainda beijando Shipley. Não seria ele quem pararia o beijo. Podia beijá-la para sempre. Por fim, Shipley recuou e sorriu para ele.

— Agora tem uma coisa para se lembrar de mim.

Adam enfiou as mãos nos bolsos.

— Vou me lembrar de você — prometeu ele.

— Foi um prazer conhecê-los — disse Shipley aos pais de Adam, mas eles fingiram não ouvir. Era evidente que ela não estava convidada para o almoço, e Patrick provavelmente ficaria melhor com os Gatz do que com ela. — Acho que devo ir estudar.

Adam fechou os olhos e os abriu novamente. Ela ainda estava ali, embora andasse pelo corredor em direção ao elevador. Ele chegou, fazendo um *plim,* e a porta se abriu. Shipley levantou a mão em um aceno e entrou.

Tragedy estava cansada demais para falar. O gatinho se lambia na curva de seu braço, a linguinha rosa molhando e alisando o pelo preto com uma persistência impressionante. Patrick ligou a TV, mas estava tão alta e irritante que a desligou. Abriu a gaveta da mesa de cabeceira e achou outra Bíblia. A capa era de um azul vivo com caracteres em dourado e estava escrito "Versão do Rei Jaime" na base. A da cadeia só dizia "Bíblia Sagrada" em branco num fundo preto. Ele a trocou pela do rei Jaime e fechou a gaveta.

— Bem, acho que vou embora — disse ele. — Que bom que está viva — acrescentou sem a menor emoção.

Tragedy virou a cabeça.

— O médico disse que agora não vou poder ter filhos — disse-lhe ela. — O que é uma porra de uma merda.

Patrick sorriu de seu jeito de falar.

— Isso é dureza.

Ela fechou os olhos.

— Mas não pense que vai escapar. Contei a meus pais sobre você. Eles vão te levar para nossa casa para fazer uma boa refeição e dormir numa boa cama quente. Então engula essa, babaca.

Patrick não tinha certeza disso. Ele não conhecia os Gatz e, em geral, as pessoas não o queriam por perto. A pior coisa no incêndio do iurte era que ele não tinha mais onde dormir, mas sempre podia voltar para seus antigos abrigos de inverno: um Winnebago amassado e sem vidros na margem do regato Mesalonskee, um antigo barracão perto de um depósito da cerveja Busch, uma parada de caminhões em Lewiston, um abrigo para sem-tetos em Augusta e talvez, depois que os estudantes fossem passar os feriados em casa, a cozinha superaquecida no porão do Root.

— A gente se vê — disse Patrick.

Ele abriu a porta e a fechou sem fazer barulho depois de passar. Os Gatz esperavam por ele, cheios de sorrisos e abraços de urso.

— É, a gente se vê, Pinkie. — Tragedy bocejou e adormeceu.

23

O sono e a vigília são estados ativos controlados por grupos específicos de estruturas cerebrais. O corpo faz seu trabalho de reparo durante o sono, restaurando suprimentos de energia e tecido muscular. Se por acaso você estiver se recuperando de um porre de ecstasy e éter, há muitos reparos a serem feitos.

Tom desmaiara de cara na cama, vestido, pouco antes das 9 horas da noite de sábado. Agora eram 4 horas da tarde de domingo. No fundo de seu córtex cerebral, ele detectou uma batida ritmada que era alta e rápida demais para ser do próprio coração. Seus dedos dos pés se retorceram. Ele flexionou os calcanhares. Depois, rolou na cama e abriu os olhos. O sol entrava pelas janelas. O ar tinha cheiro de torrada queimada.

— Tom? — *Toc, toc, toc, toc, toc.* — Tom?

Ele ficou deitado de costas, piscando para o teto. Seus lábios pareciam ter sido colados. As vias nasais pareciam ter sido arrombadas por um desentupidor de canos.

Toc, toc, toc, toc, toc, toc, toc, toc, toc, toc.

— Tom?

Que dia era hoje mesmo?, perguntou-se ele. Tom se lembrava da peça, na qual tinha ido bem, pensou. Os pais estavam lá, ou talvez isso fizesse parte de um sonho. Eles o levaram com Shipley para jantar naquele lugar de frutos do mar perto do rio. Ele comeu lagosta. Usou um babador. Agora seu estômago parecia oco e azedo. Talvez ele fosse alérgico a lagosta

Toc, toc, toc, toc.

— Tom? Você está aí? Vou entrar. A porta não está trancada.

A professora Rosen abriu a porta e entrou no quarto, parecendo ter acabado de voltar de um esqui cross-country. As meias de lã cinza estavam puxadas sobre a perna da calça de veludo marrom. O casaco vermelho Gore-Tex amarrado na cintura, e ela ainda estava de óculos de sol e gorro de esqui. Ela levou um momento examinando os tubos de tinta e pincéis espalhados, as telas que secavam, o chão sujo de tinta. A cama virada de Nick e a forma prostrada de Tom.

— Tom — disse ela incisivamente. — Não me ouviu bater? — Ele se apoiou sobre os cotovelos.

— Cadê Ele Shipley? — Ele se sentou e esfregou os olhos para se livrar do sono. — Cara, mas que cheiro de queimado é esse?

Um canto da boca da professora Rosen se torceu para cima num meio sorriso amargo.

— Seus pais vieram te ver hoje cedo, mas não quiseram acordá-lo. Tiveram de voltar a Nova York. Prometi a eles que passaria aqui e veria como você está. Seu pai queria que eu me certificasse de que você estudasse um pouco antes das provas.

Tom pestanejou e olhou o pulso. O relógio não estava ali. Ele o havia tirado para a peça.

— Então é domingo... — disse ele.

— E o cheiro de queimado é da fumaça do iurte que o seu amigo Nicholas construiu lá atrás. Foi incendiado esta manhã — contou ela.

— Puta merda! — Tom olhou para a cama virada de Nick e franziu a testa. — Ninguém, tipo, queimou lá dentro, não é?

— Não. — A professora foi até a mesa de Tom e pegou a toalha de banho azul, dobrada no encosto da cadeira. Atirou para Tom. — Por que não toma um banho? Vou ver se encontro Shipley. Encontre-me na frente do alojamento daqui a vinte minutos. Vou levar vocês para comer alguma coisa.

Tom pegou a toalha.

— O refeitório ainda está aberto para o café da manhã?

A professora abriu outro de seus meios sorrisos.

— Tom, já passa das 16h. O refeitório só vai abrir para o jantar às 18h.

Shipley entrou num rompante no quarto enquanto Tom estava na janela olhando o anel preto de cinzas do iurte na neve branca e funda. Pingava água no chão de seu corpo recém-banhado.

— Tom! — exclamou ela, estendendo um copo imenso de café do Starbucks para ele. Estivera deitada na cama de seu quarto, exausta e sonolenta, e pretendia estudar quando a professora Rosen chamou. — Trouxe um latte venti para você.

Seu cabelo louro estava num rabo de cavalo bagunçado e ela tinha olheiras. As bainhas do jeans pareciam molhadas e salpicadas de sal. Tom a achou maravilhosa. Estendeu os braços. A toalha azul escorregou de sua cintura.

— Eu te amo — disse ele, inteiramente pelado.

Shipley colocou o café sobre a mesa suja de tinta e foi para os braços abertos de Tom. Ele a abraçou com força sobre o casaco e pousou a testa molhada em seu ombro.

— Espero não ter estragado tudo ontem à noite — murmurou ele.

Ela afagou suas costas molhadas com as mãos enluvadas. Ele era tão forte e seu quarto estava tão bagunçado... *Ele* estava uma bagunça. Mas ela o amava mesmo assim. Sempre o amaria. A Adam também.

— Você esteve bem. Esteve ótimo — disse ela, e se abaixou para pegar a toalha. — Tome, vá se vestir. A professora Rosen está lá embaixo. Disse que vai nos levar para comer donuts.

O sol poente já desaparecia atrás da colina. A minivan da professora Rosen esperava por eles. Flocos errantes de neve caíam das árvores e flutuavam em direção ao chão. Tom abriu a porta lateral da van. Um bebê estava na cadeirinha do carro.

— Ei, eu não sabia que você tinha um filho! — Ele mexeu nas orelhas e mostrou a língua para o bebê. Ele parecia dormir de olhos abertos.

— Entre aí. — A professora Rosen se virou e empurrou as coisas do banco traseiro para o chão. Fraldas, mapas, mamadeiras.

Tom e Shipley entraram. Nick e Eliza já estavam no banco de trás, de mãos dadas.

— Oi, piranhuda — disse Eliza. — O que é isso? Os Musical Boys?

O rosto de Nick estava rosado e brilhava de tanta cortisona.

— Já se prepararam para as provas?

Tom fechou a porta e se acomodou no banco de um lado do bebê enquanto Shipley se sentava do outro.

— E quem diria que nevaria ontem à noite? — Ele encontrou o olhar da professora no retrovisor. — Vocês sabiam?

A professora Rosen deu ré na van em direção à estrada.

— A tempestade estava no noticiário a semana toda. As pessoas compraram todo o mercadinho. Os perus acabaram. Também não tem batata. Acho que as pessoas acharam que todo o sistema ruiria.

Eles desceram a colina para a cidade. Havia neve em toda parte. Todo o campus se transformara em um país das maravilhas no inverno.

— Olhe só tudo isso! — Tom se admirava, como se nunca tivesse visto neve na vida. Virou a cabeça para admirar o perfil de Shipley contra os bancos de neve branca do lado de fora. Depois, baixou os olhos para o bebê. Os olhos dele eram castanho-escuros e a pele era da cor de xarope de bordo. Ele segurava o dedo de Shipley.

— Estou louca para o Natal chegar — murmurou Shipley. — A pele de Beetle me lembra o Havaí.

— Eu também estou — concordou a professora Rosen. — Vamos para Sedona.

— E eu vou ficar de pijama até o Ano-Novo — Tom bocejou.

Nick falou de trás.

— Eu vou para a casa de Eliza.

— Não vejo a hora de comer donuts — disse Eliza. Ela colocou a mão por dentro da parte de trás da calça de Nick e a deixou ali. — Ei, alguém mais está tendo um tremendo *déjà vu?* — Ela olhou a neve por um tempo, depois se virou e mostrou a língua para Nick. Ele ficava tão melhor sem o gorro, e agora a pele começava a se acalmar.

Nick tirou a franja da testa de Eliza para ver como ela ficava.

— Caraca — disse ele, e soltou a franja. — Você deveria começar a usar gorros. — Ele beijou a ponta do nariz dela. — Eu poderia tricotar um pra você.

— Ah, meu Deus... — Eliza fez uma careta. — Por favor, alguém dê um tiro na gente agora e acabe com a nossa infelicidade.

Shipley soltou o cinto de segurança e se esgueirou por cima da cadeirinha de Beetle para se sentar no colo de Tom.

— Ei! — exclamou a professora Rosen.

Nick e Eliza agora estavam se pegando, os sons mais estalados de beijos abafados pelo rolar dos pneus na estrada molhada. Tom abraçou Shipley e a puxou mais para perto. Pelo vidro traseiro do carro, ela podia ver a luz azul do topo da capela da Dexter, brilhando significativamente no alto da colina, como um farol. Era difícil acreditar que um dia pudesse se apagar.

Atrás deles, a estrada era um rio negro atravessando um campo branco e cintilante margeado de árvores escuras. Uma nuvem de fumaça subia da chaminé de uma fazenda próxima. Ela imaginou Patrick, Adam e os pais sentados em volta do fogo, comendo os biscoitos de Tragedy e bebendo vinho. Se Adam fosse para a Inglaterra, Patrick poderia dirigir o carro dele em vez do dela. Patrick poderia até morar com os Gatz. Isso poderia ser bom para todos.

Ela passou os braços pelo pescoço de Tom e o beijou de um jeito vago e inseguro, como alguém tentando entrar em uma casa quando se esqueceu da chave. Ela o beijou na testa, nas têmporas, na orelha, no pescoço, no queixo. Ele tinha cheiro de sabonete Ivory, creme de barbear Gillette, creme dental Colgate e xampu Johnson & Johnson para bebê: tudo que ela costumava usar. Mas havia outras coisas que ela desejava; coisas que nem sabia que existiam. Depois que se sentia o gosto do inesperado, era difícil se acostumar com menos.

Ela parou para respirar.

— Sabia que tem neve no Havaí?

— Por isso eu vim para a faculdade — Tom brincou. — Para aprender merdas assim. — Ele tombou a cabeça para trás e franziu os lábios, ansioso para ter mais dela.

Shipley bateu a cabeça de Tom contra o encosto e o beijou na boca, dessa vez com convicção. Depois, sem dizer mais nada, afastou-se e se esgueirou novamente por cima da cadeirinha de Beetle. A van passou por uma lombada e, por um momento, ficou no ar. Um dos livros de filosofia de Nick caiu da bolsa e foi para o chão, aos pés de Shipley. *Investigação acerca do entendimento humano*, ela leu de cabeça para baixo. Graças a Deus não fazia essa matéria.

Ela fechou o cinto de segurança de novo e olhou pela janela. O céu estava carregado e pronto. Nevaria de novo em breve. Haveria mais neve, mais beijos, mais sexo, mais tiros, mais incêndios. Por isso ela tinha ido para lá, por isso todos foram. Isso era a universidade.

Agradecimentos

Eu ficaria morta de culpa e incapaz de escrever qualquer coisa se não soubesse que meus filhos sempre estiveram bem sem mim, e por isso agradeço a Marsha Torres, Erasmo Paolo e a minha mãe, Olivia. Obrigada, Suzanne Gluck, agente extraordinária, por ser forte, sensata, solidária e divertida em todos os momentos certos; e a Sarah Ceglarski, Elizabeth Tigue e Caroline Donofrio por serem maravilhosas. Na Hyperion, obrigada, Brenda Copeland, por sua inteligência, seu discernimento e suas respostas rápidas, e bom gosto para queijos; Kate Griffin por seu profissionalismo; e a Ellen Archer, por me dar algumas chances. Agradeço a Barbara Pavlock por sua ajuda com o latim. Obrigada, Paragraph, onde o início deste livro foi escrito. Obrigada a Karaoke Wednesdays. Obrigada, Ambien. Obrigada, Agnes e Oscar, meus filhos e professores com quem aprendi tanto. E agradeço a Richard, por ler esta coisa várias vezes e por ser um marido tão bom, apesar de ser casado comigo.

Permissões

Letras de *Fire on the Mountain, Uncle John's Band* e *Eyes of the World,* copyright Ice Nine Publishing Company. Usadas com permissão.

Partes de "The Zoo Story" reimpressas com permissão de Edward Albee.

"THE ZOO STORY"
Copyright 1959 de Edward Albee, renovado em 1987
Todos os direitos reservados

ADVERTÊNCIA: Os profissionais e amadores são advertidos de que "The Zoo Story" está sujeito a direitos autorais. É plenamente protegido pelas leis de copyright dos Estados Unidos e de todos os países cobertos pela International Copyright Union, inclusive o domínio do Canadá e o resto do Commonwealth britânico, a Convenção de Berna, a Convenção Panamericana de Copyright e a Convenção Universal de Copyright, bem como todos os países com quem os Estados Unidos têm relações recíprocas de direitos autorais. São estritamente reservados todos os direitos, inclusive de palco para profissionais ou amadores, cinema, recitais, palestras, leituras públicas, radiodifusão, televisão, vídeo ou gravação de som, todas as outras formas de reprodução mecânica ou eletrônica, como CD-ROM, CD-I, armazenamento de informações e sistemas de recuperação e fotocópia, e os direitos de tradução para línguas estrangeiras. Destaca-se a questão das leituras públicas, cuja permissão deve ser obtida com o agente do autor por escrito.

As questões referentes a direitos devem ser dirigidas a:

William Morris Endeavor Entertainment, LLC
1325 Avenue of the Americas
Nova York, Nova York 10019
A/C: Jonathan Lomma

THE ZOO STORY foi produzida pela primeira vez no Billy Rose Theatre em Nova York, EUA, em 9 de outubro de 1968.

Edward Albee desde então escreveu uma sequência a "The Zoo Story" intitulada "Homelife". As duas partes formam a peça "At Homes at the Zoo".

Este livro foi composto na tipologia Minion Pro,
em corpo 11,5/15,3, e impresso em papel Off-white $80g/m^2$,
no Sistema Cameron da Divisão Gráfica
da Distribuidora Record.